WILDE IRISCHE SEELE

GEHEIMNISVOLLE BUCHT: BUCH 3

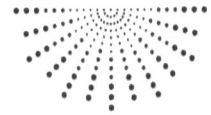

TRICIA O'MALLEY

LOVEWRITE PUBLISHING

WILDE IRISCHE SEELE

Geheimnisvolle Bucht: Buch 3

Buchumschlag: Victoria Cooper
Übersetzung: Ulrike Bartz
Lektorat: Annette Glahn

Lovewrite Publishing: 382 NE 191st, st#24553, Miami, FL, USA, 33179-3899

„Kunst ist der konservierte Honig der menschlichen Seele."

~ Theodore Dreiser

KAPITEL EINS

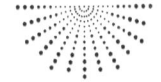

„Aislinn, warte!"

Aislinn fluchte verhalten, als Baird ihr von der Tür von Gallaghers Pub aus zurief. Sie legte ein höfliches Lächeln auf und drehte sich zu ihm um.

Baird Delaney.

Als groß, dunkel und lecker hatte Cait ihn beschrieben, und Aislinn konnte nur zustimmen. Oder vielleicht war es die Drahtgestellbrille, die sie umgehauen hatte. Baird war Anfang der Woche in ihr Geschäft gekommen, um Bilder für seine neue Psychiatriepraxis auszusuchen, und hatte Aislinns Welt verdreht.

„Tut mir leid, Baird, ich wollte mich nicht verdrücken, aber ich hatte eine lange Woche", sagte Aislinn sanft, während ihre Finger ihre Handtasche umklammerten. Baird schien mit Wärme und Licht zu pulsieren, und es war fast, als würde sie in die Sonne schauen.

Aislinn blinzelte, errichtete ihre geistigen Schutz-schilder und versuchte, sich normal zu verhalten.

„Ash...entschuldige, kann ich Dich so nennen?" Baird

hielt inne und fragte höflich, womit er Aislinns Herz noch weiter verdrehte.

„Klar, danke, dass Du fragst", sagte Aislinn leise und versuchte, nicht direkt in seine rauchgrauen Augen zu sehen, die von den dunkelsten Wimpern umrandet waren, die sie je gesehen hatte. Um ihre Gedanken von seinem straffen Körper im schwarzen T-Shirt abzulenken, versuchte Aislinn, einen Namen für seine Augenfarbe zu finden. Grafit? Nein, zu dunkel. Schiefer? Nein, auch zu dunkel. Schneeregen.

„Ash? Hallo?"

Aus ihren Gedanken gerissen, errötete Aislinn. Und wollte sich selbst dafür treten, dass sie errötete. So war sie sonst nie.

„Entschuldige, was hast Du gesagt?"

Ein Lächeln kroch langsam über Bairds Gesicht, fast als ob er wüsste, wo ihre Gedanken hingewandert waren.

„Ich wollte wissen, wohin Du gehst. Es ist doch noch nicht so spät."

„Na ja, weißt Du, ein Geschäft zu führen kann anstrengend sein; ich wollte früh aufstehen, um ein paar Projekte fertigzustellen", sagte Aislinn überstürzt.

„Aber die Hauptband hat noch gar nicht angefangen zu spielen. Ich hatte gehofft, dass Du mit mir tanzt", sagte Baird und trat näher an Aislinn heran. Seine Nähe war wie ein Schlag in die Magengrube, und Aislinn fühlte sich etwas schwindlig. Sie gab ihr Bestes, nicht nach hinten zu treten.

„Ein andermal", flüsterte Aislinn und versuchte, nicht auf seinen Mund zu starren.

„Habe ich etwas falsch verstanden? Ich war mir ziemlich sicher, dass zwischen uns eine Anziehungskraft besteht", sagte Baird direkt und Aislinn erschrak. Typisch Psychiater, dass er seine Gefühle so offen zeigt, dachte sie.

„Ich...ich wollte einfach...", sagte Aislinn langsam, während sie in sein Gesicht starrte. Seine reine Essenz schien sie zu hypnotisieren und sie konnte nicht anders, als näher zu treten und einen Kuss auf seine Lippen zu hauchen.

Hitze und ein Gefühl der Richtigkeit brannten durch Aislinn und sie stolperte zurück.

„Oh nein, das wirst Du nicht", sagte Baird leise, ergriff ihre Arme und zog sie näher, bis ihre Brüste gegen seine harte Brust strichen.

Aislinn bebte gegen Baird, als er sie küsste und immer wieder sanft an ihren Lippen knabberte. Sie seufzte in seinen Mund, während er sie mit seinem Kuss verführte, sich ihm mehr zu öffnen, ein kleines bisschen mehr zu geben. Sie umklammerte ihn, während ihr Kuss intensiver wurde. Aislinn stöhnte in seinen Mund, als ein anzüglicher Pfiff ihre Umarmung unterbrach.

Aislinn wollte nicht sehen, wer gepfiffen hatte und starrte auf Bairds Brust, froh darüber, dass sie sich genauso stark hob und senkte wie ihre. Sie brachte es nicht über sich, in seine Augen zu sehen. Keiner von beiden sagte ein Wort.

Aislinn traf eine Entscheidung, seufzte und nahm seine Hand. „Nimm mich mit zu Dir nach Hause."

„Was? Nein. Ich will mit Dir ein Date haben, das ist alles, was ich möchte", sagte Baird steif, mit offensichtlich verletzter Ehre. Aus irgendeinem Grund freute Aislinn sich darüber und sie lachte in sein attraktives Gesicht.

„Du spielst nach den Regeln, hm?"

„Nicht immer, aber in diesem Fall, ja", sagte Baird.

„Möchtest Du nicht ein bisschen Spaß haben, Doktor?", sagte Aislinn und sah ihn mit hochgezogener Augenbraue an. Sie war entzückt als sie sah, wie sich *seine* Wangen röteten.

„Es geht nicht darum, dass ich nicht Spaß haben will, sondern dass ich möchte, dass Du mich ernst nimmst", sagte Baird leise.

„Oh, ich verspreche, dass ich Dich ernst nehme. Sehr ernst", flüsterte Aislinn und kam näher, um an Bairds Unterlippe zu knabbern.

Baird seufzte und lehnte seine Stirn an ihre.

„Du weißt, dass ich Dich will", flüsterte Baird.

„Ich weiß", sagte Aislinn.

„Aber es fühlt sich falsch an", sagte Baird.

„Das ist es nicht. Es ist alles richtig. So richtig", sagte Aislinn und lächelte ihn an. Aislinn war über sich selbst überrascht. Als Künstlerin und Frau, die höchstes Selbstvertrauen in sich hatte, war sie nicht unbedingt hemmungslos mit den Partnern, mit denen sie ihr Bett teilte, und doch hatte sie gleichzeitig nichts dagegen, etwas anzufangen, wenn die Anziehungskraft offensichtlich war. Selten jedoch handelte sie so schnell – bei nichts in ihrem Leben.

„Mein Haus ist total chaotisch, ich habe kaum ausgepackt. Sollten wir nicht lieber zu Dir gehen?", fragte Baird und Resignation kämpfte mit Aufregung in seiner Stimme.

„Nein, lass uns zu Dir gehen. Wir sorgen dafür, dass Du Dich zuhause fühlst", sagte Aislinn mit einem Lachen. Sie war noch nicht bereit, Baird in ihr Zuhause zu lassen.

Sehr wenige Menschen wurden in ihre Wohnung eingeladen, ihren Zufluchtsort, und Aislinn war sicher, wenn Baird mit ihr dorthin gehen würde, würde es extrem schwierig werden, die Erinnerung an ihn in ihrem Raum zu löschen.

„Unter einer Bedingung", sagte Baird.

Aislinn neigte ihren Kopf zur Seite und wartete.

„Ich darf Dich zu einem richtigen ersten Date ausführen. Ein nettes, für Erwachsene, bei dem wir alles tun, was man bei einer ersten Verabredung so macht, um uns besser kennenzulernen", sagte Baird bestimmt.

Aislinn lächelte Baird trotz der Sorge, die sie spürte, an. Oh ja, sie könnte sich leicht in ihn verlieben.

„Abgemacht."

KAPITEL ZWEI

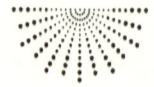

Aislinns Hand erwärmte sich in Bairds großer Hand, als er sie den Bürgersteig entlang zu seinem Büro und Apartment zog, die den Hafen überblickten. Die Geräusche des kleinen Dorfs verstummten und Aislinn atmete tief ein, um ihre plötzliche Nervosität zu lindern. Noch vor Sekunden war sie sich so sicher gewesen, jetzt fragte sie sich, was sie machte.

Es war nicht der Sex, der ihr Angst machte. Es war, was danach kam. Das Date, das sie ihm versprochen hatte. Aislinn schüttelte ihren Kopf. Sie sollte eigentlich ganz weit wegrennen von Baird. Es würde niemals funktionieren, dass dieser ordnungsgemäße Arzt und sie jemals eine Beziehung haben könnten.

„Es ist eine schöne Nacht", sagte Baird und Aislinn erschrak.

„Ja, das ist sie", sagte sie, während er sie anlachte.

„Du weißt schon, dass es Deine Idee war", stichelte Baird und Aislinn ertappte sich, wie sie ihn anlachte.

„Ich weiß. Ich benehme mich lächerlich. Erzähl mir,

warum Du mit Deiner Praxis hierhergezogen bist", sagte Aislinn, um die Unterhaltung von dem, was sie vorhatten, weg zu lenken. Sie konnte fast ein Neonschild sehen, das SEX vor ihrem geistigen Auge ausstrahlte.

„Ich brauchte einen Wechsel. Ich liebe Galway, aber irgend etwas hat mich hierher gerufen. Ich war schon mehrmals hier. Ich nahm ein langes Wochenende, fuhr die Küste entlang, starrte auf das Wasser. Ich weiß nicht, wie ich es erklären soll. Ich musste einfach in Grace's Cove sein. Ich habe mir durch meine Praxis einen Haufen Geld erspart und entschieden, hier eine Auszeit zu nehmen. Ich kann mir nicht vorstellen, dass meine Praxis hier so voll sein wird wie in Galway, aber ich bin sicher, dass ich nach einer Weile einen Patientenstamm aufbauen kann. Wenn nicht, na ja, kommt Zeit, kommt Rat", sagte Baird und zuckte mit den Schultern.

Aislinn fragte sich, ob es wirklich die Bucht war, die ihn gerufen hatte. Es wäre nicht das merkwürdigste, was in dieser Stadt passiert war.

„Es würde mich nicht überraschen, wenn Deine Praxis hier gut laufen würde", sinnierte Aislinn.

„Meinst Du? Ich habe gemerkt, dass Leute in kleineren Städten oft zögerlich sind, Therapie irgendeiner Art auszuprobieren,", sagte Baird eifrig, die Leidenschaft für seinen Beruf deutlich erkennbar in seiner Stimme.

„Oh, ich bin sicher Du wirst feststellen, dass Grace's Cove anders ist als die meisten Kleinstädte, die Du kennst", lachte Aislinn leise.

„Das musst Du mir mal irgendwann erklären. Ich möchte gern mehr über die Stadt lernen", sagte Baird und hob seine Augenbrauen, als sie sich seinem Gebäude näherten.

„Na, ich bin sicher, Du hast alle möglichen Gerüchte gehört", begann Aislinn und Baird stoppte sie.

„Ein andermal", sagte Baird und zog ihre Hand an sein Herz, bevor er sich herunter lehnte, um einen Kuss auf ihre Lippen zu legen. Aislinn fühlte, wie Lust tief in ihrem Bauch anfing zu pulsieren.

Baird drehte sich um, steckte den Schlüssel in das Schloss seiner Tür und zog Aislinn mit sich in das kleine Treppenhaus, das zum zweiten Stock führte.

„Die Wohnung ist nichts Besonderes, aber der Ausblick ist es wert", sagte Baird, während sie die abgetretenen Stufen hochstiegen.

„Das kann ich mir vorstellen. Ich bin in das Wasser hier verliebt", sagte Aislinn und rumpelte in Bairds Rücken, als er anhielt und sich umdrehte, um sie anzusehen.

„Darin verliebt? Interessanter Ausdruck", sagte Baird.

„Denk nicht zu viel darüber nach, Dr. Delaney." Aislinn lächelte ihn an, obwohl ihr Kopf mit Gedanken summte. Sie nahm an, dass es Teil seiner Arbeit war, versteckte Bedeutungen zu analysieren.

„Mache ich nicht. Es ist nur interessant. Zwischen etwas lieben und verliebt sein ist ein großer Unterschied", sagte Baird, während er den Gang entlang zu einer schmalen Tür ging, die in einem fröhlichen Rot angestrichen war. Aislinn lehnte sich gegen die Wand und beobachtete Baird, wie er die Tür aufschloss.

„Das kann schon stimmen", sagte Aislinn leise.

Baird sah in ihre Augen, bevor er die Tür aufstieß.

„Willkommen", sagte er und forderte sie auf, in sein Zuhause zu treten.

Aislinn strich an Baird vorbei und fühlte ein Zittern über ihren Körper gehen aufgrund seiner Nähe. Angestrengt versuchte sie, ihre geistigen Schutzschilder aufrechtzuerhalten, aber Baird schien mit einer berauschenden Kombination aus Lust, Intelligenz und Wärme zu pulsieren. Sie atmete tief ein, während sie durch das kleine Wohnzimmer ging, um am Fenster zu stehen.

„Der Mond ist hell heute Nacht", sagte Aislinn.

Baird ließ das Licht ausgeschaltet und kam zu ihr ans Fenster. Aislinn bebte, als er hinter sie trat und über ihre Schulter auf das Wasser sah, das vor ihnen ausgebreitet lag.

„Ja, das ist er. Sieh Dir nur diesen Himmel an", sagte Baird.

Der Mond hing wie ein fetter Globus im Himmel, sein weiches weißes Licht zog einen Pfad über das ruhige Wasser des Hafens. Sterne blinkten entlang des Horizonts und Aislinn fühlte den Drang, die Romantik des Hafens zu malen.

„Wenn ich dies malen würde, würde ich es Licht der Meerjungfrau nennen", sinnierte Aislinn.

„Das ist hübsch. Womit würdest Du es malen?"

„Wahrscheinlich Wasserfarben. Nur, um diese verschleiernde Unschärfe an den Rändern hinzubekommen...siehst Du, wo der Himmel auf das Wasser trifft und sie so weich ineinander verschmelzen? Wasserfarben wären perfekt dafür", sagte Aislinn.

„Verschmelzen. Das mag ich. Ist das nicht so wie das, was wir hier tun?", fragte Baird. Aislinn erschrak etwas, als er seine Hände an ihren Armen heruntergleiten ließ, bevor er ihre Taille umfasste. Nervosität kam für einen Moment hoch, und sie atmete tief aus. Sie konnte nicht verleugnen, dass sie sich von Baird angezogen fühlte, aber er brachte die Androhung einer wirklichen Beziehung mit sich. Eine, von der Aislinn nicht sicher war, dass sie damit umgehen könnte. Aber wenn diese Nacht alles war, was sie sich erlauben würde mit ihm, dann würde sie aufs Ganze gehen, dachte Aislinn.

Aislinn drehte sich in Bairds Armen und sah ihn von unten aus halbgeschlossenen Augenlidern an.

„Viel Verschmelzung ist ja hier bis jetzt noch nicht passiert, oder?", sagte Aislinn frech und Baird stieß ein kleines Lachen aus, bevor er sie eng an seine Brust zog.

Aislinn schnappte nach Luft, als ihre Brüste gegen die harten Muskeln seiner Brust strichen. Obwohl er intelligent war wie nur irgendwas, hatte Baird ganz offensichtlich seinen Körper nicht vernachlässigt. Aislinn konnte sich vorstellen, dass mehr als eine seiner Patientinnen für ihn schwärmte. Mondlicht fiel über sein Gesicht und brachte die Intensität in seinen Augen heraus. Aislinn hielt seinem Blick stand. Lust knallte zwischen ihnen wie ein starker Stromschlag.

Baird schüttelte seinen Kopf und starrte auf ihren Mund. „Du solltest nicht so schön sein."

Aislinn Kinnlade fiel nach unten und sie schlug ihn auf die Brust, aber er hielt sie fest an sich.

„Dein Gesicht. Es ist eine Mischung aus wirklich interessanten Kontrastelementen. Es sollte eigentlich nicht funktionieren, aber das tut es. Es könnte einen Mann aus dem Gleichgewicht bringen."

Aislinn starrte ihn an, verloren in seinen Worten, der Lust und dem Licht, das von ihm ausstrahlte.

„So schlecht siehst Du selbst auch nicht aus, Dr. Lecker", sagte Aislinn mit einem Lächeln.

Bairds Augenbrauen zogen sich verwirrt zusammen. „Dr. Lecker?"

Aislinn lachte und streckte sich, um an seiner Unterlippe zu knabbern. „Lecker," schnurrte sie.

„Ah", sagte Baird, während er seine Lippen sanft über ihre strich, und Aislinn konnte fühlen, wie sich tief in ihrem Bauch Hitze bildete. Sie ließ ihre Hände an seiner Brust hochgleiten und legte sie um seinen Hals. Aislinn zog seinen Kopf näher und versank in dem Kuss. Sie ließ ihre Schilder fallen und Bairds Gefühle wuschen über sie. Es war, als ob seine Leidenschaft sie in die Magengrube schlug, und Aislinn taumelte gegen ihn. Leidenschaft, mit einem Hauch von Verlangen gefärbt. Aislinns Herz machte einen kleinen Sprung bei dem Gedanken und sie versuchte verzweifelt, sich auf die körperlichen Empfindungen zu konzentrieren, die Baird in ihrem Körper aufbaute.

„Du schmeckst wie der Mond...wie kühle Hitze", murmelte Baird gegen ihre Lippen.

„Ah, Du bist ein Poet", sagte Aislinn, als Baird anfing, mit ihr in seinen Armen rückwärtszugehen.

„Ein Hobby", gab Baird zu. Er drehte sich und zog sie einen dunklen Flur herunter zu seinem Schlafzimmer. Er ging durch eine Tür und bückte sich, um eine kleine Tischlampe einzuschalten, die in der Ecke auf dem Boden stand. Kisten säumten das Zimmer und ein Doppelbett dominierte den Rest des kleinen Raums.

Aislinn hatte Angst, dass Baird es sich anders überlegen würde – dass sie diese eine Nacht mit ihm verlieren würde – und sie ging zu Baird und schob ihn rückwärts zum Bett, bis die Rückseite seiner Beine die Bettkante trafen.

Aislinn schubste ihn sanft, bis er auf der Matratze saß und sah in seine Augen, bevor sie den Saum ihres Kleids über ihren Kopf zog. Befriedigung erfüllte sie, als Bairds Kinnlade beim Anblick ihres leuchtenden lilafarbenen BH und Tanga aus Spitze herunterfiel. Obwohl Aislinn nicht übergewichtig war, würde sie sich nicht als schlank bezeichnen. Sie hatte genug Kurven, um die lilafarbene Spitze interessant zu machen, und als Baird sofort seine Hände ausstreckte, um ihre Brüste zu umfassen, lächelte sie. Lila Spitze gewinnt, dachte sie.

„Oh mein Gott", flüsterte Baird, als er ihre Brüste in seine Hände nahm. Aislinn zitterte, als er seine Daumen über ihre Brustwarzen strich.

„Ich mag bunte Unterwäsche", sagte Aislinn.

„Und dafür danke ich Dir", sagte Baird. Aislinn kreischte, als er sie hochhob und auf das Bett warf. Sie federte einmal, ihr Haar fiel aus der Spange und sie starrte ihn unter einem wuscheligen Lockenkopf an. Ihr Mund stand offen, als Baird sein Hemd auszog und in engen Jeans und Brille vor ihr stand.

Sie schob ihre Haare aus ihrem Gesicht und starrte ihn an. „Sehr elegant."

Baird lachte, öffnete sein Jeans und zog sie an seinen muskulösen Beinen herunter. Aislinn starrte auf seine Boxershorts, wo sein Verlangen nach ihr klar ersichtlich war. Baird kletterte aufs Bett und kniete vor ihr, während er sich mit seinen Armen neben ihren Schultern abstützte.

Baird lehnte sich herunter, um an ihrer Unterlippe zu knabbern und blinzelte ihr zu. „Auch wenn ich zu schätzen weiß, dass Du eine starke, moderne Frau bist, möchte ich gern das Verführen übernehmen, Aislinn."

Pure Hitze durchschoss sie und Aislinns Kinnlade fiel herunter, als er seinen Kopf herunterbeugte, um ihre Brustwarze durch die Spitze hindurch mit seinem Mund zu reizen, bis sie hart wurde. Sie stöhnte, als er seinen Mund über ihre Brüste bewegte und krümmte sich, um ihm besseren Zugang zu geben. Frustriert mit der Spitze im Weg, griff sie hinter sich und befreite ihre Brüste aus dem BH.

Baird stöhnte, als sie ihren BH auszog und auf den Boden warf. Er nahm ihre Brüste in seine großen Hände und rieb weiter an ihren Warzen, während sein Mund sich nach unten über ihren weichen Bauch bewegte. Ein Hauch von Nervosität schoss durch sie, als sie merkte, wohin er sich bewegte. Bairds Atem war heiß gegen ihren Bauch und er reichte nach unten, um an dem dünnen Streifen Spitze zu ziehen, der ihre rechte Hüfte bedeckte.

Baird warf ihr einen Blick zu. „Wie sehr hängst Du daran?"

„Ich liebe sie."

„Ich kaufe Dir neue." Aislinns Mund wurde trocken, als Baird die Spitze von ihrem Körper riss. Baird lächelte sie teuflisch an und schob sich zwischen ihre Beine. Sie schnappte nach Luft, als er seinen Kopf zu dem V zwischen ihren Beinen beugte. Aislinn schloss die Augen und ließ sich von den emotionalen und körperlichen Empfindungen, die auf sie einhämmerten, wegschwemmen. Mit heruntergelassenen geistigen Schutzschildern war es, als wäre sie an zwei Orten gleichzeitig. Bairds Lust zu spüren, während seine Zunge sie fast zum Orgasmus brachte, war eine mächtige Liebesdroge. Aislinn konnte die Welle der Empfindungen, die durch sie rollte, nicht aufhalten und schrie die Zimmerdecke an, als Baird sie über die Schwelle brachte. Aislinn schnappte nach Luft, als ihre Beine um seinen Kopf herum zuckten.

Baird hob sich wieder hoch und küsste seinen Weg nach oben über ihren Bauch, an ihren Brüsten vorbei, bevor er die weiche Stelle an ihrem Hals liebkoste. Aislinn legte ihre Arme um seinen breiten Rücken und zog ihn zu sich, sie wollte das Gewicht seines Körpers spüren.

„Aislinn, Du...Gott. Dein Körper. Ich will alles", keuchte Baird an ihrem Hals.

„Ich will Dich auch. So sehr", flüsterte Aislinn und drehte ihren Kopf, um seine Lippen zu küssen.

"Ich...ich bin nicht vorbereitet", gab Baird zu. Aislinn brauchte einen Moment, um zu verstehen, was er meinte.

„Oh, ich nehme die Pille. Jeden Morgen um die gleiche Zeit. Es ist alles ok." Aislinn lächelte ihn an, dankbar, dass er nett genug war, um zu fragen.

Bairds Augen verengten sich vor Lust, als er merkte, dass die letzte Barriere weg war. Aislinn starrte ihn an, als er sich auf einem Arm abstützte und mit dem anderen seine Unterwäsche auszog und aus dem Bett warf. Die Stärke dieses Mannes war phänomenal, dachte sie, gerade als er seinen Körper zwischen ihre Beine schob und ihre Knie öffnete.

Baird beugte sich über sie, nahm ihre Unterlippe in seine und saugte sanft daran. Er zog sich zurück und lehnte seine Stirn an ihre.

„Ich wollte es in dem Moment, als ich Dich Anfang der Woche gesehen habe. Mich hat noch nie vorher jemand so heftig angezogen wie Du", sagte Baird an ihren Lippen.

„Ich...ich auch", gab Aislinn nervös zu.

„Ich werde mir richtig Mühe geben müssen bei unserem ersten richtigen Date." Baird lächelte gegen ihren Mund und drang mit einer eleganten Bewegung tief in sie hinein. Aislinn schrie in seinen Mund und verkrampfte ihre Muskeln gegen den Eindringling, während ihr ganzer Körper schrie: „Ja!"

Baird wartete nicht, bis sie sich an seine Länge gewöhnt hatte. Stattdessen wurde er schneller, als ob er spürte, dass Aislinn nah am nächsten Orgasmus war. Aislinn hielt sich fest und bewegte sich bei jedem Stoß mit, bis sie in seinen Mund schrie, als sie um ihn herum explodierte. Ihr ganzer Körper bebte von der Macht des Orgasmus und ihr Herz schien zu flüstern: „Ja, der hier."

Aislinn hielt sich fest, während Baird seine Erfüllung fand. Sie zog ihn näher und keuchte gegen seine Schulter, während alle Nervenenden in ihrem Körper strammstanden. Sein harter Körper und ihre Weichheit passten perfekt zusammen.

Ihr Kopf versuchte zu verstehen, was gerade passiert war. Es war nicht das erste Mal, dass sie zwanglosen Sex hatte, auch wenn sie es nicht zur Gewohnheit werden ließ. Also warum fühlte es sich alles andere als zwanglos an? Ihr Herz hämmerte in ihrer Brust und ahmte den Rhythmus nach, den sie von ihm spürte. Schlag für Schlag...sie stimmten überein.

Überwältigt errichtete Aislinn ihre Schutzschilder und

trennte sich emotional von ihm. Sie lächelte gegen seine Schulter und drückte einen Kuss auf seinen Hals.

Baird schob sich hoch und sah auf sie herunter. Er hatte seine Brille irgendwann verloren und das weiche Licht fiel über seine markanten Wangenknochen. Seine Haare standen wild durcheinander und Aislinn erinnerte sich vage daran, dass sie sich in ihnen mit ihren Händen festgeklammert hatte.

„Wo bist Du hingegangen?"

„Was?"

„Jetzt eben...ich konnte fühlen, wie Du Dich weggezogen hast", sagte Baird.

Aislinn starrte ihn an. Es war unmöglich, dass er über sie oder ihre Kraft etwas wissen konnte. Wie um alles in der Welt konnte er fühlen, wie sie sich abtrennte?

„Ich bin doch hier." Aislinn lächelte ihn an.

Baird sah sie nur mit hochgezogener Augenbraue an.

„Würdest Du aufhören? Danke, das war fantastisch", sagte Aislinn.

„Du bist atemberaubend", sagte Baird und beugte sich herunter, um einen sanften Kuss auf ihre Lippen zu legen. Aislinn stöhnte, als er sich von ihr wegrollte, um seine Unterwäsche zu finden.

„Ich hole mir ein Glas Wasser. Möchtest Du eins?"

„Gern. Badezimmer?"

Baird zeigte auf eine Tür im Flur und Aislinn beobachtete ihn, wie er in seinen Boxershorts aus dem Zimmer ging und genoss den Anblick.

„Scheiße, Scheiße, Scheiße", sagte Aislinn und fiel zurück aufs Bett. Sie lehnte sich herüber und hob ihren BH und ihr Kleid vom Boden auf. Aislinn ging schnurstracks

ins Badezimmer, um sich etwas zu säubern. Sie blickte
kurz in den Spiegel und seufzte, als sie feststellte, wie
glücklich sie aussah. Leuchtende Augen, Röte auf den
Wangen und ihre wild gelockten Haare ließen sie ein bisschen verrückt und wirklich sexy aussehen. Aislinn zog
ihren BH an und schlüpfte in ihr Kleid. Sie wusste, dass
ihr Haar nicht zu retten war, drehte es einfach in einen
Knoten und verließ das Badezimmer.

Aislinn ging am Schlafzimmer vorbei und fand Baird
in der kleinen Küche mit den Gläsern Wasser. Ihr Mund
wurde trocken, weil er praktisch nackt war, abgesehen von
seiner sexy Brille. Er drehte sich zu ihr um und ihr Herz
sank als sein Gesicht herunterfiel.

„Gehst Du noch wohin?"

„Ja, es ist spät, und ich, eh, muss morgen früh das
Geschäft aufmachen", sagte Aislinn lahm und hob ihre
Hände. Baird stellte die Gläser ab, ging zu ihr und
klemmte sie vorm Schrank ein.

„Es ist doch noch gar nicht so spät, Aislinn", sagte
Baird, sein Mund gefährlich nah an ihrem.

„Ich weiß...es ist nur...ich kann nicht bleiben. Kleine
Stadt, Klatsch, Du weißt, wie es ist", sagte Aislinn.

„Nein, weiß ich nicht. Bleib", sagte Baird stur,
während seine Lippen ihre reizten.

„Ich, ich kann nicht", flüsterte Aislinn gegen seinen
Mund.

„Warum?", wollte Baird wissen.

„Nicht, Baird. Ich, es war toll. Wirklich. Danke, dass
Du es so besonders gemacht hast", sagte Aislinn und
entzog sich seinen Armen. Sie reichte nach oben, gab ihm

einen sanften Kuss und tätschelte seine Wange. „Wir sehen uns."

Baird beobachtet sie, wie sie ihre Handtasche vom Tisch nahm und zur Tür ging.

„Wovor rennst Du weg?"

Aislinn hielt mit der Hand am Türknopf inne. Das war genau das, was sie befürchtet hatte. Mit einem Psychiater auszugehen bedeutete, dass er hinter ihr Blendwerk schauen konnte zu der wahren Verletzlichkeit, die unter allem lag. Aislinn war sich sicher, dass es besser war zu gehen und drehte sich, um ihn anzusehen.

„Schlaf gut, Dr. Delaney."

KAPITEL DREI

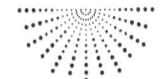

Baird sah zu, wie sich die Tür hinter Aislinn schloss und seine Hand verkrampfte sich ums Wasserglas. Er ging durchs Wohnzimmer, stand am Fenster und beobachtete, wie sie die Straße heruntereilte, als ob sie nicht schnell genug von ihm wegkönnte.

„Verdammt, Aislinn", sagte Baird und drückte seine Hände gegen das Fenster. Sein Blick folgte ihrem roten Kleid, das im Licht der Straßenlampen wie ein Signal leuchtete, bis sie um die Ecke verschwunden war.

„Wovor rennt sie weg?", dachte Baird, als er auf das Wasser starrte. Er hatte sich noch nie so schnell jemandem so verbunden gefühlt. One-Night-Stands waren nicht sein Ding, und es irritierte ihn, dass sie ihn einfach so verlassen hatte, nachdem sie ihn davon überzeugt hatte, dass es eine gute Idee war.

Er hatte protestiert, oder? Es war nicht so, dass er sie ausgenutzt hatte. Eigentlich war Baird kurz davor sich einzubilden, dass er selbst ausgenutzt worden war.

Aber.

Da war etwas. Er wusste es. Er hatte es in dem Moment gefühlt, als er sie in ihrem Laden kennengelernt hatte. Er war gefesselt gewesen von den Schwarzweißfotos, die im Fenster hingen, und war erwartungsvoll in das Geschäft geeilt, um zu sehen, was der Künstler sonst noch anzubieten hatte. Als Aislinn sich von der Leinwand, an der sie gearbeitet hatte, umdrehte, mit diesem wilden Lockenkopf, mit Farbklecksen auf ihrem Kittel, und ihm in die Augen sah...war er verloren gewesen. Es war, als ob die Zeit einfach für einen Moment stillstand. Wenn ihre Cousine Cait nicht kurz danach in den Laden gekommen wäre, hätte Baird ganz sicher etwas Blödsinniges gemacht, wie zu fragen, ob er ihr ein Haus kaufen könnte...oder ob sie mit ihm weglaufen würde.

Baird schüttelte seinen Kopf und fuhr sich mit der Hand durch seine Haare. Er ging vom Fenster weg, nahm das Glas Wasser und lief zurück ins Schlafzimmer. Aislinn hatte sofort auf seine Berührung reagiert, und er war sicher, dass sie genauso befriedigt gewesen war wie er. Und dennoch. Da war der Moment hinterher, als er spürte, dass sie sich zurückzog...ihre Grenzen zog. Als Psychiater hatte er gelernt, solche Signale in seinen Patienten zu erkennen, aber es hatte ihn überrascht, dass er es bei Aislinn fast fühlen konnte. Aber was war passiert, dass sie einen Schritt zurück gemacht hatte von ihm? Er hatte schon geplant, ihr Frühstück zu machen und sich zwischen seinen Laken an sie zu kuscheln.

Stöhnend ließ sich Baird wieder aufs Bett fallen ließ und seine Hand landete auf ihrem Spitzentanga. Er hielt ihn hoch und wirbelte ihn um seinen Finger. Die Feinheit der Spitze widersprach der Stärke seiner Besitzerin. Also warum war sie weggelaufen?

Herausforderungen machten Baird keine Angst, und Aislinn hatte gerade den obersten Platz auf der Liste von Dingen eingenommen, die er erforschen wollte. Baird war entschlossen, ihre Schichten freizulegen und fing an, einen Plan auszuhecken.

KAPITEL VIER

Aislinn rannte fast zu ihrem Laden, der Galerie Wilde Seele, voller Ungeduld, zu ihrem Zufluchtsort zu gelangen. Was hatte sie gemacht? Aislinn ließ eine Flut von Flüchen heraus, während sie die Hintertür ihres Ladens aufschloss und zwei Stufen auf einmal nahm zu ihrer Wohnung über dem Geschäft. Sie schaltete die Deckenlampen ein und ging durch ihr unordentliches Wohnzimmer zur Küche, um eine Flasche Bulmer's aus dem Kühlschrank zu nehmen. Aislinn warf ihre Schuhe von sich, ging zu ihrer roten Plüschcouch, ließ sich auf die Kissen fallen und starrte die Wand an.

Der Raum war voll mit ihren Kunstwerken und eine schräge Mischung aus Farbe und Stimmung. Es war schrill und gleichzeitig beruhigend, genau wie Aislinn es mochte. Sie wollte es sich nie zu bequem machen...egal, womit in ihrem Leben. Wenn sie nur eines wusste, war es, dass das Leben sich jeden Augenblick ändern konnte.

Aislinn nahm einen großen Schluck aus der Flasche

und ließ den erfrischenden Cider ihre Kehle kühlen. Tief im Inneren wusste sie, warum sie von Baird weggelaufen war. Obwohl sie die Anziehungskraft, die sie für ihn fühlte, nicht verleugnen konnte, konnte Aislinn sich einfach nicht vorstellen, dass sie eine langfristige Beziehung überdauern würden. Und Dr. Lecker war das Bedürfnis nach einer festen Bindung aufs Gesicht geschrieben.

Aislinn seufzte und zog ihre Beine unter sich. Es war nicht, dass sie sich nicht an jemanden binden könnte. Sie sah sich im Zimmer um und schaute auf ihre halbfertigen Kunstprojekte. Ok, manchmal hatte sie Probleme, sich einem Projekt zu verpflichten, aber sie hatte vorher schon Beziehungen gehabt. Es war nur, dass sie und Baird so unterschiedlich waren.

Und sie wusste, wohin das führen würde...Scheidung. Herzschmerz.

Sie wusste aus erster Hand, wie das war, da sie ihre Eltern beobachtet hatte, als sie es durchmachten. Aislinn lehnte sich zurück und ließ ihre Gedanken zurück zu diesen furchtbaren Jahren schweifen. Sie und ihr Zwillingsbruder Colin waren gerade Teenager gewesen, als ihre Eltern sich trennten. Es war für alle ein Schock gewesen, außer für sie.

Es war Aislinn unmöglich gewesen, nicht zu sehen, dass ihre Eltern unglücklich waren. Sie konnte sprichwörtlich die Mauer von Unzufriedenheit fühlen, die sie umgab, wenn sie im gleichen Raum zusammen waren. Ihre Mutter Mary, der sie sehr ähnlich war, hatte es vorgezogen, ein Freigeist zu sein, hatte immer Tagesausflüge aufs Land geplant, kleine Bands angehört und Reisen für sich allein geplant. Ihr Vater war der vernünftige Geschäftsmann. Sean führte sein Leben nach Plan und sein Unternehmen für Bootstouren war deshalb so erfolgreich. Die beiden hatten von Anfang an nicht gut zusammengepasst und Aislinn hatte sich oft gefragt, was sie zusammengebracht hatte.

Bis sie kurz nach der Scheidung von ihrer Halb-schwester Keelin erfuhr, und von Keelins Mutter, Margaret.

Aislinn hatte eigentlich nichts von ihnen wissen sollen, und sie konnte nicht anders, als die Neuigkeiten mit der einzigen Vertrauensperson zu teilen, die sie zu der Zeit hatte, Colin. Sie hatte einen Brief gefunden, den Mary an Sean geschrieben hatte, in dem sie ihm erklärte, dass sie wusste, dass Sean nie über seine wahre Liebe hinwegge-kommen war, und von der Tochter, die Sean mit Margaret hatte.

Es war wie ein Messerstich ins Herz gewesen.

Aislinn hatte in der Nacht ihre Taschen gepackt und war zu ihrer Mutter gezogen, während Colin entschied, bei Sean zu bleiben. In den Jahren danach hatte Aislinn kaum mit Sean gesprochen und die geistesabwesende Art ihrer Mutter toleriert. Es fiel ihr nicht schwer, als sie sich entschied, aus Marys Haus auszuziehen und sich in Grace's Cove niederzulassen. Es war ein Segen gewesen, ihren Laden zu finden, und als Aislinn merkte, dass sie die Miete aufbringen konnte, hatte sie nie wieder zurück-geschaut.

Die Beziehung zu ihrem Vater wurde über die Jahre wieder stärker, nachdem sie aus Marys Haus ausgezogen

war. Aislinn konnte nicht lange nachtragend sein und
fühlte, dass sie mit zunehmendem Alter mehr Weisheit
hatte und endlich Seans Seite der Geschichte verstehen
konnte – obwohl sie immer noch entschlossen war, ihre
unbekannte Halbschwester Keelin zu hassen.

Bis zu dem Tag, als Keelin in ihrem Geschäft
auftauchte.

Wow, das war ein ziemlicher Schlag in die Magengrube gewesen. Aislinn wollte Keelin nur aus Prinzip
hassen. Aber Aislinns Gabe ließ sie erkennen, das Keelin
genau so nervös und verängstigt war wie sie. Durch ihre
gemeinsamen außerweltlichen Fähigkeiten hatten sie eine
schwache Bindung geformt. Im letzten Jahr waren sie sich
nähergekommen, so wie Schwestern sein sollten.

Aislinn seufzte und schüttelte ihren Kopf. Es war
erstaunlich, wie sich Dinge entwickelten.

Als sie an ihre Kraft dachte, lachte sie laut auf,
während sie sich Bairds fragenden Blick vorstellte, wenn
sie versuchen wollte zu erklären, dass sie die Gefühle und
Auren anderer Leute lesen konnte, und manchmal sogar
flüchtige Einblicke in die Zukunft bekam. Er würde wahrscheinlich direkt aus der Tür laufen.

Aber Aislinn hatte vor langer Zeit aufgehört, vor sich
selbst wegzulaufen. Obwohl sie heute Abend von Baird
weggelaufen war, falls er mehr von ihr wollte, würde sie
ihm einfach erzählen müssen, was sie war. Das würde sehr
wahrscheinlich alles ziemlich schnell im Keim ersticken.

Aislinn fühlte sich nicht wohl bei dem Gedanken,
Baird komplett zu verlieren, aber sie war sicher, dass sie
auf dem richtigen Weg war und ging in ihr Schlafzimmer.
Sie schämte sich für ihr schlechtes Benehmen heute Abend

– es war sehr rüde gewesen, Baird so zu verlassen, wie sie es getan hatte. Seufzend kroch sie unter die Bettdecke in ihrem riesigen Bett und holte ihre Augenmaske heraus. Aislinn hatte den Verdacht, dass sie am nächsten Morgen eine Entschuldigung abliefern müsste.

KAPITEL FÜNF

Am nächsten Tag saß Aislinn an ihrem Schreibtisch im Geschäft und ging durch die Zahlen. Die Verkaufszahlen in diesem Sommer waren hochgegangen und sie würde bald neuen Bestand brauchen. Unglücklicherweise war sie heute Morgen kaum in der Lage gewesen zu malen, wie sie es eigentlich geplant hatte. Es war noch dunkel, als Aislinn wach geworden und in die Hügel gegangen war, um den Sonnenaufgang über dem Wasser einzufangen. Nach einer schlaflosen Nacht war sie schlapp und launisch und ihre Arbeit war melancholischer geworden, als sie gewollt hatte. Sie machte Schluss und ging zurück zum Laden, um Papierkram zu erledigen, bevor sie für den Tag öffnete.

Aislinn drehte einen Bleistift in ihre Lockenmasse, um sie von den Schultern zu halten, und schielte auf eine Rechnung auf ihrem Schreibtisch. Ein Klopfen unterbrach ihre Gedanken und sie lehnte sich im Stuhl zurück, um aus dem vorderen Fenster zu sehen.

Es war niemand durch das Fenster zu sehen, also stand

sie auf und hörte wieder das Klopfen – von der Hintertür. Aislinn eilte nach hinten in der Annahme, es wären Keelin oder Cait, die für einen kurzen Besuch vor der Arbeit vorbeikamen. Sie schwang die Tür auf und blieb wie angewurzelt stehen.

Baird stand vor ihr mit einem Strauß Margeriten in seiner Hand und ihr Herz schmolz ein kleines bisschen.

„Baird!"

„Aislinn, da ich nicht mit Dir aufwachen konnte, dachte ich, dass ich Dir Frühstück bringen würde", sagte Baird und zeigte zu ihrem Tisch im Innenhof. Aislinn schnappte beim Anblick des Tisches, der mit dicken Kerzen, Scones, Tee, und einer Schale Obst gedeckt war, nach Luft. Sie drehte sich zu ihm um und hatte Schwierigkeiten, Worte zu finden.

„Sag: ‚Danke, Baird'", sagte Baird.

„Danke, Baird", sagte Aislinn automatisch und fing sich dann wieder. „Nein, ernsthaft, danke. Ich hole etwas Wasser für die Blumen." Aislinn eilte in die kleine Küche hinten im Geschäft und zog eine kleine Vase, glasiert in fröhlichem blau, heraus und steckte die Margeriten hinein. Sie bewunderte ihre Schönheit, stellte sie auf ihren Arbeitstisch und ging zu Baird in den kleinen Innenhof hinter ihrem Laden.

Baird saß in einem engen dunkelblauen T-Shirt am Tisch, seine Metallgestellbrille am richtigen Platz. Aislinn wollte auf seinem Schoß sitzen und ihre Arme um seinen Hals legen. Stattdessen ging sie über den Hof und setzte sich ihm gegenüber auf die Bank. Nervosität kribbelte in ihrem Magen und ihre Finger schlugen einen *tap-tap-tap* Rhythmus auf dem Tisch.

„Scone?", fragte Baird.

„Bitte", sagte Aislinn leise und ließ sich von Baird einen warmen Scone auf ihren Teller legen und dicke Sahne daneben löffeln. Ohne zu fragen, schenkte er ihr eine Tasse Tee ein. Aislinn räusperte sich.

„Hör mal, ich...es tut mir leid wegen letzter Nacht. Ich hätte nicht so einfach davonlaufen sollen. Danke für eine wunderbare Zeit."

„Warum bist Du es?", fragte Baird.

„Warum ich weggelaufen bin?"

„Ja."

„Ich...aus verschiedenen Gründen, glaube ich." Aislinn zuckte mit den Schultern und schob sich ein Stück Scone in den Mund, um nicht mehr zu sagen.

„Fang mit dem ersten an und mach dann weiter", schlug Baird vor.

„Na ja, das, zum Beispiel. Du bist ein Psychiater", grummelte Aislinn.

Baird lachte sie an. „Und?"

„Also...Du solltest eigentlich schwer zu durchschauen sein. Stattdessen bist Du total direkt und jetzt fühle ich mich im Zugzwang."

Baird lehnte sich vor, sah in ihre Augen und Aislinn hatte Probleme zu atmen, während sie in seine grauen Augen starrte.

„Ich spiele keine Spiele. Ich lüge nicht. Und ich bin ehrlich mit meinen Gefühlen. Mit allem, was ich tue." Bairds Stimme hatte eine Intensität, die Aislinn ein bisschen zittern ließ. Er hatte sie letzte Nacht mit der gleichen Intensität geliebt.

„Siehst Du, genau das macht mir Angst. Du bist ernst.

Mit allem. Und ich weiß nicht, ob ich mich binden kann. Du bist ein Bindungstyp", protestierte Aislinn.

„Na, es ist ja nicht so, als ob ich Dich gefragt hätte, mich zu heiraten, Aislinn. Ich wollte mit Dir zum Essen gehen", sagte Baird sanft.

„Ich weiß. Ich verstehe das schon. Es ist nur...", Aislinn verstummte, während sie darüber nachdachte, womit sie ihn konfrontieren wollte. Ihre Unterschiede? Ihre Kindheit? Ihre Gabe?

„Lass mich raten, Dich hat schon mal jemand verletzt und Du zögerst, es nochmal zu versuchen?", vermutete Baird und gestikulierte mit seinem Scone.

„So etwas in der Richtung. Meine Eltern sind geschieden."

„Ah, das ist eine Seltenheit in Irland. Das muss hart gewesen sein", sagte Baird.

„Das war es. Unglaublich hart. Es war noch schlimmer, als ich herausfand, dass mein Vater immer noch in eine andere Frau verliebt war und dass ich eine Halbschwester hatte, die in Boston lebte."

„Puh." Baird pfiff leise. „Das ist eine Menge. Wie alt warst Du?"

„Dreizehn. Genau das richtige Alter, um total drama-tisch zu reagieren und zu meiner Mutter zu ziehen."

„War es nur die andere Frau, wegen der sie sich getrennt hatten?"

„Nein, sie waren so verschieden. Er war – *ist* – ein bodenständiger Geschäftsmann. Sehr organisiert. Fokus-siert auf eine erfolgreiche Karriere. Meine Mutter ist ein Freigeist. Wild, immer in Bewegung, Du weißt nie, woran

Du bei ihr bist. Ich liebe sie sehr, aber sie ist manchmal ganz schön anstrengend."

„Und so siehst Du uns? Ich bin ein verklemmter Psychiater und Du bist der Freigeist?" Baird kam direkt auf den Punkt.

„Genau."

„Also man kann Dich nicht überzeugen herauszufinden, wo wir Gemeinsamkeiten haben?"

„Ehrlich gesagt, ich weiß es nicht. Da sind Dinge, die Du vielleicht nie verstehen würdest, Baird", sagte Aislinn leise und sah hilflos in seine Augen.

„Wollen wir wetten?"

Aislinn seufzte und nahm einen Schluck von ihrem Tee. Wo sollte sie anfangen?

„Was weißt Du über die Gerüchte, dass Grace's Cove verwünscht ist – die eigentliche Bucht, nicht das Dorf?"

„Oh, ich habe alles möglich darüber gehört. Ich würde gern irgendwann mal da runter gehen."

„Aber, was genau?"

Baird lehnte sich zurück und beobachtete sie sorgfältig. „Ich habe gehört, dass die Bucht manchmal leuchten kann. Ich habe gehört, dass viele Leute Angst haben, hinzugehen. Es gibt Gerüchte, dass Grace O'Malley, die berühmte Piratenkönigin, dort liegt. Und ich habe gehört, wie über die besonderen Gaben der Nachfahren geflüstert wird."

„Aha! Also hast Du von den besonderen Kräften gehört."

Baird zuckte mit einer Schulter. „Und? Es ist ja nicht so, als ob keltische Mythologie nicht voll wäre mit rätselhaften Geschichten."

„Aber was ist, wenn es nicht Mythologie ist? Was, wenn es Wirklichkeit ist?", fragte Aislinn vorsichtig.

Bairds Hände ruhten auf seinem Schoss.

„Versuchst Du, mir etwas zu sagen, Aislinn?"

Aislinn atmete tief ein. Jetzt oder nie, dachte sie. Aislinn wusste, wie schwer es für Keelin und Cait gewesen war, eine Beziehung einzugehen, bevor sie ihren Männern von ihren Gaben erzählt hatten und entschied, den Sprung zu wagen.

„Alle weibliche Nachfahren von Grace O'Malley haben eine ganz besondere Gabe. Es zeigt sich bei jeder Frau anders. Intuition, Heilungskräfte, Gedanken lesen, emphatische Fähigkeiten...jede Frau hat ihre eigene Begabung, mit der sie umgehen muss", sagte Aislinn nervös.

„Wirklich? Das ist faszinierend. Ich bin aber nicht sicher, dass es wissenschaftlich möglich ist. Glaubst Du daran?", fragte Baird mit hochgezogener Augenbraue.

„Siehst Du, das ist genau der Grund, warum wir nicht zusammenpassen. Du bist so wissenschaftlich ausgerichtet", sagte Aislinn und fing an aufzustehen. Baird streckte seine Hand über den Tisch und nahm ihren Arm.

„Setz Dich. Bitte. Es tut mir leid, wenn ich Dich verärgert habe. Du hast das nur gerade mit solcher Überzeugungskraft gesagt."

Aislinn setzte sich und sah in Bairds Augen.

„Ich bin eine Nachfahrin von Grace O'Malley."

KAPITEL SECHS

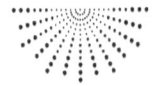

Aislinn ließ ihre Schilder herunter und erlaubte sich, Bairds Emotionen zu fühlen. Sie fand Verwirrung und etwas Verärgerung, verhüllt von Unglauben. Sie schüttelte ihren Kopf. Aislinn hätte diese Reaktion erwarten sollen. Sie hatte es in der Vergangenheit erlebt; es war nichts Neues.

„Du willst mir sagen, dass Du eine Art magische Kraft hast?" Bairds Stimme ging am Ende etwas hoch und Aislinn seufzte. Wenn dies das Ende sein sollte, könnte sie wenigstens ehrlich sein.

„Ja. Aber es ist keine Magie. Es ist einfach."

„Was...was kannst Du?"

„Ich bin emphatisch. Ich kann die Gefühle von Leuten lesen, ich weiß, wenn sie lügen, und manchmal bekomme ich flüchtige Eindrücke von der Zukunft. Oh, und ich kann Auren sehen. Deine ist blau. Eine schöne Aura, übrigens..." Aislinn verstummte, während sie Bairds Gesicht beobachtete.

„Ich...ich weiß nicht, was ich sagen soll."

Aislinn zuckte mit den Achseln. „Das ist ok. Ich weiß, dass Du mir nicht glaubst."

„Das ist es nicht. Ich bin sicher, dass Du glaubst, was Du sagst."

Aislinn wurde von einem Wutanfall getroffen und sie musste hart daran arbeiten, ihren Atem zu kontrollieren.

„Ich glaube, was ich sage, weil es die Wahrheit ist."

„Ok, ok...ich sage ja nicht, dass Du eine Lügnerin bist", sagte Baird beruhigend. Aislinn warf ihre Hände in die Luft.

„Komm mir nicht mit Deinem Seelenklempnerscheiß. Ich bin nicht verrückt. Es ist die Wahrheit. Und der Grund, warum wir nicht zusammen sein können. Du wirst es nie akzeptieren." Sie erhob sich und stand vor dem Tisch. „Danke fürs Frühstück. Und für letzte Nacht, wirklich. Es war wunderbar, aber es kann nirgends hinführen."

Baird sprang auf, ging um den Tisch herum und stellte sich vor sie. Aislinns Atem stockte wegen seiner Nähe und sie versuchte ihr Bestes, so zu tun, als würde es sie kalt lassen.

„Du hast mir nicht gerade viel Zeit gegeben, um zu verarbeiten, was Du gerade gesagt hast, Aislinn", sagte Baird.

„Was möchtest Du? Beweise? Na los, erzähl mir eine Wahrheit oder eine Lüge", forderte Aislinn ihn heraus.

Baird seufzte.

„Ich bin 36 Jahre alt."

„Lüge."

Baird schüttelte seinen Kopf. „Ok, ich bin 33."

„Wahrheit", sagte Aislinn.

„Meine Mutter lebt in Galway."

„Wahrheit."

„Ich trage schwarze Unterwäsche."

„Falsch. Sind wir fertig hier? Ich muss meinen Laden aufmachen", sagte Aislinn wütend und drehte sich ab, bevor sie wieder herumgerissen wurde.

Baird presste seine Lippen auf ihre und Aislinn drückte gegen seine Brust. In seinen Armen gefangen, schmolz sie gegen ihn. Nur für eine Minute. Als er seine Arme lockerte, trat Aislinn zurück und löschte die Lust, die tief in ihr hochgestiegen war.

„Ich muss weder Dir noch sonst jemandem etwas beweisen. Jetzt hau ab", sagte Aislinn ruhig. Dieses Mal ließ Baird sie gehen, als sie sich umdrehte.

KAPITEL SIEBEN

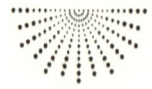

W as zum Teufel war das gewesen? Völlig verwirrt, wirbelten alle möglichen Gedanken durch Bairds Kopf, als er Aislinn auf dem Weg zu ihrem Laden beobachtete. Ein Teil von ihm wollte ihr hinterherlaufen und sie anbetteln, nochmal mit ihm auszugehen. Es war schlimmer, sie gehen zu sehen, als zu hören, was sie über sich zu sagen hatte.

Sein wissenschaftlicher Geist spottete über Aislinns Überzeugung, dass sie eine Art Kraft hatte. Und doch hatte er gerade einen kleinen Geschmack davon bekommen, oder?

Baird begann, den Tisch abzuräumen und hinterfragte seine eigenen Gefühle. Obwohl er schockiert war über das, was er gerade erfahren hatte, musste er entscheiden, ob ihm diese Neuigkeit Angst einflößte oder ihn neugierig machte.

Da er schon angefangen hatte nachzudenken, wie das alles möglich war, musste es ihn wohl neugierig machen, dachte Baird.

Baird nahm sich vor, ein paar Ärzte in Dublin zu kontaktieren, die auf die Feinheiten der Intuition spezialisiert waren. Vielleicht könnten sie etwas Licht in diese Sache bringen.

Baird sah auf seine Uhr. Er musste auspacken und sein Zeug organisieren. Jetzt war keine Zeit, zur Bucht zu gehen, aber er nahm sich vor, noch vor dem Wochenende zu diesem berüchtigten Strand zu fahren.

Mit einem letzten Blick auf das Geschäft zwang sich Baird zu gehen. Es sah aus, als hätte er einige Nachforschungen zu betreiben.

KAPITEL ACHT

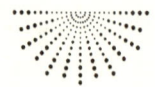

Aislinns Hände zitterten, während sie Rechnungen auf ihrem Schreibtisch herumschob. Sie ließ einen Bleistift fallen, bückte sich, um ihn aufzuheben, und war überrascht, dass ihr Tränen in die Augen stiegen.

Verdammt. Sie würde nicht wegen Baird weinen. Sie kannte den Mann ja kaum.

Deswegen hättest Du ja auch nicht mit ihm schlafen sollen, belehrte sie ihr Gewissen.

Aislinn knallte ihre Faust auf den Tisch. Mehr als alles andere hasste sie es, wie er ihre Gefühle beeinflusste – als ob sie sich in die Klapsmühle einweisen lassen müsste. Obwohl sie wusste, dass sie irrationale Momente hatte, war Aislinn sich ziemlich sicher, dass sie nicht verrückt war.

Mit einem Seufzer öffnete sie die Ladentür. Samstags war normalerweise viel los, da die Reisebusse Horden von Touristen auf der Suche nach Souvenirs brachten. Aislinn wappnete sich für den Ansturm der Leute auf ihren Laden und all die Emotionen, die sie mitbrachten, während sie ihren Bestand untersuchte. Ihr gingen die handgemalten Postkarten aus und sie nahm sich vor, diese Woche mehr blanke Karten zu holen.

Wie bestellt läuteten die Glocken über der Tür ein fröhliches Willkommen und Aislinn drehte sich um und begrüßte den ersten Kunden des Tages, dankbar für die Ablenkung.

Stunden später reckte sich Aislinn und ging nach hinten in ihre kleine Küche, um ihren Tee aufzufrischen. Die gute Seite daran, dass sie ihr eigenes Geschäft hatte, war, dass es ihr nicht viel Zeit ließ, über ihren persönlichen Problemen zu brüten. Der Tagesumsatz war gut gewesen, und Aislinn überlegte, den Laden nächste Woche für ein paar Tage zu schließen, um sich aufs Malen zu konzentrieren und mehr Fotos drucken zu lassen. Sie schloss ihr Geschäft ab und zu aus einer Laune heraus. Sie wusste, dass das manche Leute wahnsinnig machte, aber Aislinn weigerte sich, sich von ihrem Geschäft beherrschen zu lassen. Sobald sie das Gefühl hatte, Sklavin ihrer Arbeit zu sein, würde sie es verlassen. Die Freiheit, ihre eigenen Entscheidungen zu treffen, war äußerst wichtig für sie.

Die Glocken läuteten wieder und Aislinn drehte sich, um den neuen Kunden anzulächeln und stutzte.

Eine schlanke junge Frau stand in der Nähe der Tür und schaute sich ein Gestell mit kleinen Schwarzweißfotos an, die Aislinn ausgestellt hatte. Aislinn erkannte sie und hatte in der kleinen Stadt Gerede über sie gehört. Ihr Name war Morgan und sie hatte vor kurzem angefangen, auf Flynns Fischerbooten zu arbeiten. Sie war kaum älter als 19 Jahre und hatte eine erstaunliche Schönheit, die durch die Weichheit ihrer Jugend noch erhöht wurde. Aislinn war außerdem hundertprozentig davon überzeugt, dass sie eine weitere von Grace O'Malleys Nachfahrinnen vor sich hatte.

Statt ihren normalen fröhlichen Willkommensgruß auszurufen, blieb Aislinn wo sie war und beobachtete, wie Morgan sich durch den Raum bewegte. Sie hielt abrupt vor einem Bild der Bucht bei Sonnenuntergang an, auf dem die Strahlen der Sonne den Eingang zur Bucht durchbrachen und auf den Kliffen spielten, die den Sandstrand schützten. Es war eins von Aislinns Lieblingsbildern und sie war nicht überrascht, dass Morgan stehengeblieben war, um es anzusehen.

Das Mädchen reichte nach oben, um den Preis für das Bild zu sehen. Das Gemälde fiel ihr aus der Hand und Aislinn schnappte nach Luft, als es mitten im Fall stoppte und kurz in der Luft schwebte, bevor es an die Wand zurückging, während Morgans Hände an ihrer Seite blieben.

Morgan riss ihren Kopf herum, als sie Aislinn hörte und durchbohrte sie mit ihrem Blick.

„Entschuldigung, ich wollte gerade gehen", sagte Morgan schroff und floh zur Tür.

„Warte", rief Aislinn.

Morgan blieb mit ihrer Hand an der Türklinke stehen.

„Es ist ok. Du kannst meine Bilder anfassen", sagte Aislinn beruhigend, während sie das, was sie gerade gesehen hatte, überspielte. Morgan drehte ihr weiterhin den Rücken zu. Mit einem Achselzucken nickte sie und sah auf ihre Hand.

„Möchtest Du bleiben? Magst Du eine Tasse Tee?"

„Nein, ich muss los", murmelte Morgan, aber sie zögerte.

„Morgan. Warte. Ich weiß, dass Du eine von uns bist."

Morgans Kopf flog herum und Ärger zog über ihr Gesicht. Aislinn ging fast einen Schritt zurück, bevor sie sich wieder sammelte.

„Du weißt überhaupt nichts von mir", zischte Morgan.

„Oh wirklich? Ich weiß, dass Du merkst, wenn jemand Deine Gedanken liest. Ich habe gesehen, wie Du reagiert hast, als Cait es versucht hat. Und so sehr Du es auch versuchst, Du kannst Deine Gefühle nicht vor mir verstecken, und ich sehe eine verlorene, ängstliche und sehr wütende junge Frau. Also Du kannst Dich entweder von einer der wenigen Personen, die Dich wirklich verstehen, abwenden oder Du kannst einfach meinen Laden verlassen. Ich habe keine Zeit für Leute, die sich weigern zu akzeptieren, was sie sind." Aislinn versuchte, ihren Atem unter Kontrolle zu bringen. Sie wusste, dass sie einiges von ihrem Ärger über Baird an Morgan ausließ, aber das war ihr egal. Es erschien ihr, als ob das Mädchen etwas Klartext über die Realität brauchte.

Morgans Schultern fielen herunter und sie nahm ihre Hand vom Türknopf.

„Ich bleibe zum Tee, denke ich", flüsterte sie.

„Schließ die Tür ab, ich bin fertig für heute", entschied Aislinn und ging, um den Teekessel auf den Herd zu stellen.

KAPITEL NEUN

Aislinn blieb stumm, während sie Teetassen zusammensuchte und Morgan signalisierte, in den Innenhof zu gehen. Ihre Gedanken rasten, als sie darüber nachdachte, wie sie Morgan ansprechen sollte. Obwohl sie mehrere Beispiele von Grace O'Malleys Kraft im Einsatz erlebt hatte, hatte sie noch nie jemanden gesehen, der etwas durch die Luft bewegen konnte.

Telekinese.

Faszinierend, dachte Aislinn und trat in den sonnigen Innenhof. Morgan saß vornübergebeugt an ihrem Picknick-tisch und wich ihrem Blick aus.

„Oh, hör auf mit dem jämmerlichen Getue", sagte Aislinn, für heute mit ihrer Geduld am Ende. „Ich werde Dich nicht angreifen."

Morgan zuckte und dann glitt der Hauch eines Lächelns über ihre schönen Gesichtszüge.

„Ich habe gehört, dass Du komisch bist", sagte Morgan, ihre Stimme schwer und warm wie Whiskey, eine Stimme, die zu alt war – zu verführend – für ihr Alter.

„Ja, das bin ich wohl." Aislinn ließ den Schmerz, den eine Aussage wie diese ihr zufügen könnte, an sich abgleiten. Sie hatte vor langer Zeit aufgehört, sich Gedanken darüber zu machen, ob die Leute sie als exzentrische Künstlerin oder einfach nur als verrückt sahen.

„Danke", sagte Morgan leise, als Aislinn ihr eine Tasse Tee herüberschob. Aislinn setzte sich auf die Bank gegenüber von dem Mädchen und sah sie schweigend an. Aislinn spürte eine tiefliegende Kraft, die im Gegensatz zu Morgans dünnem Körperbau stand. Dunkle Haare hingen fast bis zu ihrer Taille und ihre Augen waren eine erstaunliche Mischung aus blau und grün...fast ein Meergrün. Aislinn nahm an, dass Morgan eine stattliche Anzahl von Verehrern gehabt hatte. Sie fragte sich, ob Morgan und Patrick jemals etwas angefangen hatten. Patrick, der Bartender in Caits Pub, hatte schon seit Monaten für Morgan geschwärmt. Aislinn hatte sie aber noch nicht zusammen irgendwo gesehen. Eigentlich sah Aislinn Morgan sehr selten und überlegte, wo wie schlief, und fragte sie.

„Ich schlafe meistens in meinem Wagen", gab Morgan zu und Aislinn starrte sie an.

„Warum?"

Morgan zuckte mit den Achseln und starrte auf ihre Tasse. „Für Wohnungen wird zu viel Information verlangt."

Aislinn deutete mit ihrer Tasse an, dass Morgan weiterreden sollte.

„Du weißt schon, Hintergrund, Referenzen, solche Sachen."

„Vielleicht in einer Großstadt, aber nicht in einem Ort

wie Grace's Cove. Weiß Flynn, wo Du schläfst?" So wie sie Flynn, Morgans Chef und Keelins Ehemann, kannte, war sie sicher, dass er entsetzt wäre bei dem Gedanken, dass Morgan in ihrem Auto schlief.

„Nein! Und Du darfst es ihm nicht sagen", sagte Morgan eindringlich mit Stolz im Gesicht.

„Morgan, er würde Dir helfen. Brauchst Du mehr Geld? Ist es das?" Aislinn konnte sich nicht vorstellen, dass man als Lehrling auf einem Fischerboot viel verdiente.

Morgan zuckte mit ihren Schultern und nickte leicht.

„Ich stelle Dich in Teilzeit ein", sagte Aislinn und trat sich fast selbst. Wo war das jetzt hergekommen?

Schock und dann ein Hauch von Freude gingen über Morgans Gesicht.

„Das machst Du?"

Aislinn seufzte. Der Hoffnungsschimmer – die Glückseligkeit – hatte Aislinn alles gesagt, was sie wissen musste. Sie konnte Morgan auf keinen Fall leiden lassen. Sie waren schließlich in gewisser Weise Verwandte.

„Unter einer Bedingung – Du erzählst mir alles", sagte Aislinn und beobachtete Morgan vorsichtig. Morgan erstarrte und sah in ihre Tasse, bevor sie begann aufzustehen.

„Danke für das Angebot, aber dann muss ich es ablehnen."

Aislinn warf ihre Hände in die Luft. „Morgan, setz Dich hin. Ich schwöre, rettet mich vor dramatischen Menschen..." Aislinn rollte mit den Augen und starrte über den Tisch zu Morgan. „Sag mir wenigstens, warum Du hier bist und woher Du kommst. Wir reden danach dann über Deine Kraft."

Morgan zuckte bei der Erwähnung ihrer Kraft zusammen.

„Ja, ich habe auch Kraft. Du bist nicht die einzige, Schwesterlein, also brauchst Du Dich deswegen nicht so aufzuspielen."

Morgan gab ein kleines Lachen von sich.

„Glaub mir, das ist das Einzige, worauf ich nicht stolz bin."

„Und? Sprich mit mir, Morgan. Wenn ich Dich nicht kenne, kann ich Dich nicht in meinem Laden allein lassen."

Morgan nickte zustimmend und schob ihr langes Haar hinter ihr Ohr. „Das sehe ich ein."

Aislinn lehnte sich zurück und kreuzte ihre Arme über ihrer Brust, während sie wartete, dass Morgan weiterredete.

„Also, ich komme aus Killarney. Ich bin gerade 19 geworden und bin schon eine Weile allein. Zu lange, eigentlich." Morgan zuckte mit ihrer Schulter und verwarf das schnell. „Ich bin in einem Waisenhaus aufgewachsen. Jedes Mal, wenn ich in eine Pflegefamilie geschickt wurde, wurde ich wieder zurückgebracht. Im Grunde haben mich die Nonnen aufgezogen, mit kurzen Unterbrechungen in Familien. Ich bin weggelaufen, als ich 16 war und bin seitdem mehr oder weniger unterwegs."

Aislinns Herz brach ein bisschen für Morgan. Sie wusste, wie schwer es war, als ihre Familie auseinander- brach, und konnte sich nicht vorstellen, gar keine Familie zu haben. Es war für Aislinn auch nicht schwierig, sich ein Bild zu machen.

„Lass mich raten...diese Pflegefamilien haben gesehen, wie Du Deine Kraft benutzt hast, oder? Und dann hatten sie Angst vor Dir?"

Morgans Augen füllten sich mit Tränen – so plötzlich, dass Aislinn fast über den Tisch gesprungen wäre. Der emphatische Teil von ihr konnte spüren, wie die Jahre von Morgans Schmerz und Kummer darüber, anders zu sein, an die Oberfläche kamen.

„Ja, sie haben mich immer zurückgegeben. Die Nonnen...die Nonnen haben mir erzählt, dass ich den Teufel in mir hatte. Sie haben sogar versucht, einen Exorzismus an mir auszuüben."

Aislinn starrte das Mädchen voller Horror an. Sie wollte um den Tisch herumgehen, Morgan umarmen, und ihr sagen, dass alles ok sein würde. Aber Aislinns Instinkte sagten ihr, dass Morgan weglaufen würde, wenn sie das täte.

„Na, das war total blöd von ihnen, oder?", sagte Aislinn leichtfertig und wurde mit einem kleinen Lächeln von Morgan belohnt.

„Ja, das war es", stimmte Morgan zu.

„Also Du hast nie wirklich jemanden gehabt, der Dir gesagt hat, was Du bist oder wie Du so geworden bist, oder?", fragte Aislinn.

„Nein, aber ich habe ein bisschen nachgeforscht und so bin ich in Grace's Cove gelandet. Ich habe gedacht, wenn ich auf einem Fischerboot arbeite, kann ich vielleicht aus einem anderen Winkel in die Bucht kommen und ein paar Dinge herausfinden."

„Es ist schwer, mit dieser Kraft aufzuwachsen. Es muss noch viel schwieriger gewesen sein, niemanden zu haben, der es Dir erklärt."

„Hattest Du? Hat Deine Mutter es Dir erklärt?", fragte Morgan.

„Ja, das hat sie. Glücklicherweise sind wir nach Grace's Cove zurückgezogen, als ich ein Teenager war und ich konnte Fiona treffen. Sie hatte einen größeren Einfluss auf mich als meine Mutter."

„Die Heilerin?"

„Ja, ich nehme Dich mit, um sie kennenzulernen."

„Ich...ich glaube, das würde ich gern", sagte Morgan zögerlich. Sie drehte eine Haarsträhne zwischen ihren Fingern.

„Die Sache ist die, Morgan... Wenn Du in diesen Kreis kommst, ein Teil von uns sein möchtest, dann bist Du drin. Verstehst Du mich? Keelin, Cait, Fiona...wir sind alle auf eine komische Art miteinander verbunden und Familie. Ich weiß, dass Du keine Familie hast, aber wir würden es sein. Du musst entscheiden, ob Du dazu bereit bist. Wenn Du es gewöhnt bist, allein zu sein, könnte schwer sein für Dich, das zu verstehen." Aislinn suchte ihre Worte vorsichtig aus und wollte Morgan zeigen, dass sie eine Familie haben könnte, aber das Mädchen nicht verängstigen, indem sie darauf bestand, dass sie mit jedem Freundschaft schließen müsste.

„Ich...ganz ehrlich, darüber müsste ich nachdenken. Ich würde gern für Dich arbeiten. Dein Laden ist wunderbar, es wäre eine Ehre. Ich bin nicht sicher, ob ich für den Rest schon bereit bin", sagte Morgan leise.

„Ich verstehe. Aber Du musst mir eine Sache versprechen – nichts verstecken und nicht lügen. Das ist einer der Vorteile meiner Fähigkeit – ich weiß, wenn Du mich anlügst."

Morgan nickte.

„Ich verspreche es. Keine Lügen. Trotz allem, oder vielleicht deswegen, bin ich eine außergewöhnlich loyale Person."

Aislinn wusste, dass sie die Wahrheit sagte.

„Du musst Fiona treffen. Nicht sofort, aber...sie ist einfach fantastisch. Sie hat uns alle aufgenommen und uns viel über uns selbst beigebracht. Sie ist wie eine Groß-mutter für mich geworden."

Morgan lächelte. „Das klingt nett. So jemanden in meinem Leben haben."

„Ich zeige Dir jetzt mal das Geschäft und dann rufe ich Shane an. Ich wette, er kann Dir mit einer bezahlbaren Wohnung aushelfen, ok?"

Morgen nickte eifrig mit ihrem Kopf und zum ersten Mal sah Aislinn ein breites, unbeschwertes Lächeln, das das Gesicht des Mädchens erhellte. Aislinn schnappte fast nach Luft. Wenn die Sorgen aus Morgans Gesicht wegfie-len, war sie atemberaubend. Aislinn nahm sich vor, sie irgendwann zu zeichnen und führte den Weg zurück in den Laden.

KAPITEL ZEHN

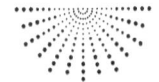

A m nächsten Morgen saß Aislinn auf einem Stuhl in der hinteren Ecke ihres Innenhofs und trank eine Tasse Tee, während sie beiläufig Morgan aus dem Gedächtnis heraus zeichnete. Das Mädchen hatte sich geöffnet, als sie ihr den Laden gezeigt hatte und Aislinn merkte, dass sie wirklich begeistert war über die Chance. Sie müsste noch darüber nachdenken, wie sie Morgan zu Fiona bekam.

„Huhu! Liebling!"

Aislinn ließ ihren Bleistift fallen, als sie die Stimme ihrer Mutter über den Zaun hörte.

„Mama! Ich habe Dich nicht erwartet", sagte Aislinn und stand auf, um den Hof zu überqueren. Einen Moment später war sie in eine warme Umarmung und den Duft von Chanel Nr. 5 eingehüllt. Sie trat etwas zurück und betrachtete das Gesicht ihrer Mutter.

Mary war das Ebenbild von Aislinn. Ihr Gesicht war interessant, ungewöhnlich, weltgewandt sogar. Im Gegensatz zu Aislinn hatte sie ihre Locken auf Kinnlänge gekürzt und sie fielen in einem tiefdunklen Kastanienbraun wild um ihr Gesicht. Mehrere bunte Tücher waren um ihren Hals gewickelt und Marys Handgelenke klimperten mit einer riesigen Menge von unterschiedlichen Armreifen. Ihre Mutter bestand nur aus Energie und Leben und kreierte Störungen, wo immer sie ging.

Marys Augen verengten sich, als sie Aislinns Gesicht und die Schatten unter ihren Augen sah.

„Was stimmt nicht? Erzähl es mir sofort", verlangte Mary.

Aislinn seufzte. Sie waren zu eng miteinander verbunden, als dass sie etwas vor ihrer Mutter verstecken könnte. Obwohl Marys Fähigkeit mehr auf das Vorhersagen der Zukunft ausgerichtet war, lag sie immer genau richtig, wenn ihre Tochter durcheinander war.

„Komm herein und setz Dich hin", sagte Aislinn und zeigte zu ihrem Tisch.

Mary blickte über den Hof und rümpfte die Nase.

„Lass uns irgendwo zum Mittagessen hingehen. Ist Flynns Restaurant am Wochenende mittags geöffnet?"

Resigniert nickte Aislinn. Das bedeutete, dass sie Makeup auflegen müsste, und sie zählte im Kopf bis drei.

„Warum legst Du nicht etwas Makeup auf und machst Dich fertig? Ich lade Dich ein", sagte Mary und lächelte ihre Tochter strahlend an.

Aislinn lachte und beugte sich vor, um sie auf die Wange zu küssen. Ihre Mutter änderte sich nie. Marys Motto war: mach immer das Beste aus Deinem Aussehen, hab Spaß bei allem, was Du tust, und sei offen dafür, neue Leute kennenzulernen. Nachdem Mary Sean verlassen hatte, war ihre Mutter wie aufgeblüht.

In ihrem Schlafzimmer zog sich Aislinn ein türkisfarbenes Top und Röhrenjeans an. Sie steckte ihre Locken etwas zurück und zog Ohrringe an, die sie gerade gemacht hatte. Sie nahm ihren Concealer heraus, überdeckte die dunklen Augenringe und legte einen Hauch von Lidschatten auf. Dazu kam noch etwas Lipgloss, dann nahm sie ihre Handtasche und ging zu ihrer Mutter herunter in den Laden.

„Na also, das ist viel besser. Du bist so ein hübsches Mädchen", sagte Mary mit Stolz in ihrer Stimme.

„Gute Gene", sagte Aislinn und lächelte ihre Mutter an.

„Willst Du Colin anrufen?", fragte Mary. Die Beziehung zwischen Colin und Mary war immer noch angespannt, obwohl Mary mehrmals im Monat nach Grace's Cove kam, um ihn und ihren Enkel Finn zu besuchen.

„Nein, lass uns unter uns Mädchen bleiben", sagte Aislinn, nicht in der Stimmung für eine Portion Familienspannung mit dem Mittagessen.

Mary hakte sich bei Aislinn ein, als sie das Geschäft verließen und den Hügel hinunter zum Hafen gingen. Bunte Läden standen eng gedrängt nebeneinander an der Straße entlang und der Effekt war bezaubernd und einladend. Aislinn liebte es, durch die Straßen zu wandern und die vielseitige Mischung aus Galerien, Töpferstuben, Musikläden und anderen Läden mit Krimskrams zu bewundern. Die Touristen liebten den Charme der kleinen Stadt, und die bunt angestrichenen Häuser eigneten sich hervorragend als Hintergrund für Urlaubsfotos.

Die Straße endete an einer T-Kreuzung am Hafen. Flynns Restaurant, ein unscheinbares Gebäude mit nautischem Design, stand nah am Wasser und Aislinn konnte die berühmten Muscheln fast schmecken dank der Gerüche, die ihnen entgegenkamen.

„Gott, das wird nie alt, oder?", sagte Mary über die Düfte, die aus Flynns Restaurant kamen und einem das Wasser im Mund zusammenlaufen ließen.

„Nicht im Geringsten", stimmte Aislinn zu und hielt die Tür für ihre Mutter.

Als Mary an ihr vorbei glitt, um ins Restaurant zu gehen, drehte Aislinn sich nach Bairds Gebäude um, das nicht weit weg war. Sie schnappte nach Luft, als sie ihn im großen Panoramafenster im zweiten Stock stehen sah. Obwohl sie zu weit auseinander waren, als dass sie sein Gesicht sehen könnte, konnte sie schwören, dass sich sein Blick in sie bohrte. Sie ging schnell ins Restaurant und schüttelte das unfreiwillige Beben ab, das sie durchlief.

Aislinn lächelte, als die Kellnerin sie zu ihrem Tisch führte. Das Restaurant war bezaubernd und einfach, weiß gestrichener Stuck und Fischernetze, die an den Wänden hingen. Eine dicke Kerze brannte in der Mitte des Tisches und die Fenster waren weit geöffnet, um die Brise vom Meer hereinzulassen. Mary lächelte und bestellte ein Glas Weißwein. Sie sah Aislinn mit erhobener Augenbraue an, aber Aislinn schüttelte ihren Kopf und bestellte einen Eistee.

„Liebling, sag mir, was nicht stimmt. Ist es der Mann im Fenster?"

Aislinn lachte. Ihre Mutter hatte Baird noch nicht einmal gesehen und trotzdem wusste sie es.

„Du hörst nie auf, mich zu erstaunen."

„Du auch nicht, mein liebes Mädchen. Erzähl mir, was los ist."

Der Kellner kam, um ihre Bestellung aufzunehmen, was Aislinn ein paar Minuten gab, um ihre Worte abzuwägen. Sie bestellten beide die Muscheln in Koriander-Sahne-Soße. Mary wartete geduldig, bis der Kellner weg war.

„Ich habe jemanden kennengelernt."

„Aha! Der Mann im Fenster. Einzelheiten!" Mary lächelte ihre Tochter überschwänglich an und Aislinn musste lachen. Manchmal war es, als wären sie Freundinnen und nicht Mutter und Tochter. Sie vermutete, dass es etwas mit der Scheidung zu tun hatte, aber auch mit der mystischen Fähigkeit, die sie teilten. Diese beiden Dinge hatten sie näher zusammengeführt.

Aislinn sah sich um und hielt ihre Stimme gesenkt. Kleinstädte waren berüchtigt für ihren Klatsch und Grace's Cove war nicht anders.

„Sein Name ist Baird. Er ist 33 und arbeitet als Psychiater. Er hat seine Praxis aus Galway hierher verlegt und möchte etwas Zeit in unserem Ort verbringen. Er sagt, irgend etwas hat ihn unerklärlicherweise angezogen."

Mary Augen verengten sich, aber sie sagte nichts und bedeutete Aislinn fortzufahren.

„Er kam in mein Geschäft und ich schwöre, es war, als ob ich ihn gar nicht sehen könnte! Seine Aura strahlte um ihn herum und es war, als hätte mich einer in die Magengrube geschlagen. Ich war total durcheinander und ungeschickt. Ich war sicher, dass er mich lächerlich finden würde, aber stattdessen hat er mich gefragt, ob ich mit ihm etwas trinken gehen will."

„Ah, ein Mann, der direkt ist. Das mag ich", sagte Mary.

Sie hielten inne, während der Kellner ihre Getränke brachte. Aislinn nahm einen Schluck von ihrem kühlen Tee und versuchte, ihre Gedanken zu ordnen.

„Ja. Er ist sehr direkt. Und analytisch. Lange Geschichte kurz gefasst...ich habe ihn weggeschickt", sagte Aislinn und verschwieg ihre leidenschaftliche Nacht.

„Hmm, ich glaube, dass da einiges ist, was Du mir nicht erzählst. Und das ist ok!" Mary hob ihre Hand in einer abwehrenden Geste. „Mütter müssen nicht jedes Detail kennen, um zu erahnen, was los ist."

Aislinn lächelte ihre Mutter an.

„Warum hast Du ihn weggeschickt, Schatz? Was ist passiert?"

„Ich...na ja, ich denke, es waren verschiedene Gründe."

Aislinn wartete, während ihr Essen serviert wurde. Voller Wonne seufzte sie beim ersten Bissen und ließ den wunderbaren Geschmack auf ihrer Zunge zerschmelzen. Mary stöhnte ihre Wertschätzung auf der anderen Seite des Tisches.

„Das sind ohne Zweifel die besten Muscheln im Land."

„Mama, kann ich Dich etwas fragen?"

Mary gestikulierte mit ihrer Gabel, dass sie fragen sollte.

„Warum hast Du Papa verlassen? Ich kenne die meisten Gründe...aber ich habe immer gefühlt, dass es war, weil Ihr so verschieden seid. War es das?"

„Das war ein riesiger Teil davon. Du weißt offensichtlich von Margaret, da Du jetzt mit Keelin befreundet bist. Selbst ich wusste von Margaret, als Dein Vater und ich anfingen, auszugehen. Aber aus irgendeinem Grund fühlte ich, dass ich ihn heilen könnte – als ob ich das Loch in seinem Herzen füllen könnte. Und eine Weile ging es auch gut mit uns. Aber der Reiz des Neuen, zu versuchen ihn zu ändern, wurde alt, und unsere Unterschiede wurden offensichtlicher. Er ist ein guter Mann...nur nicht für mich. Ich hätte ihn viel eher verlassen, wenn Du und Colin nicht da gewesen wärt."

Aislinn ließ ihren Kopf hängen, als das alte Schuldgefühl durch sie ging. „Ich weiß."

„Oh, hör auf. Es ist nicht Dein Fehler. Ich habe nur gewartet, bis Du alt genug warst, um es zu verstehen, das ist alles."

„Ich habe es verstanden. Das hat es nicht einfacher gemacht."

„Ich weiß, mein Liebling. Ich weiß. Aber manchmal im Leben musst Du Deinem Herzen folgen. Wenn Dein Vater und ich weiterhin unglücklich gewesen wären, hätte es Euch beiden nicht geholfen."

Aislinn nickte und stocherte stumm in ihrem Essen.

„Ist es das, worüber Du Dir Sorgen machst mit diesem Baird? Dass Du ihn zu sehr magst und dass es schlimm endet?", fragte Mary.

„Na ja, das ist ein Teil davon. Wir sind einfach zu unterschiedlich. Obwohl die Anziehungskraft zu ihm unmittelbar und heftig war, ist er ein spießiger, analytischer Arzt...und ich bin ich." Aislinn zuckte hilflos mit ihren Schultern. „Der Mann trägt eine Brille mit Metallgestell, um Gotteswillen!"

Mary lachte über sie und nahm einen großen Schluck von ihrem Wein. Sie saßen einen Moment still da und Aislinn wartete auf die typische Reaktion von Mary – geh los und amüsier Dich, Mädchen!

„Ich glaube, dass Du wahrscheinlich recht hast", sagte Mary schließlich.

„Was?" Aislinn lehnte sich überrascht zurück.

„Ich hasse es, das zu sagen, aber vielleicht seid Ihr wirklich zu verschieden. Wenn Ihr keine gemeinsame Basis finden könnt, ist es vielleicht zu schwierig, die Beziehung aufrechtzuerhalten. Ich weiß, dass man sagt, Gegensätze ziehen sich an, aber diese Art von Beziehung funktioniert nur, wenn da eine gesunde Balance ist."

Aislinn wog ihre Worte vorsichtig ab. „Also wenn ich keine gemeinsame Basis finde...soll ich wegrennen?"

„Vielleicht, ja."

Aislinn seufzte und rührte ihre Muscheln in der Sahnesoße herum und stocherte in den Schalen.

„Er denkt, dass ich verrückt bin."

„Na ja, wir sind ein bisschen anders, Aislinn."

„Nein, ich meine, richtig verrückt. Ich habe ihm von meiner Fähigkeit erzählt und er hat mir gesagt, dass er glaubt, dass *ich* glaube, dass ich diese Gabe habe. Was in Psychiatersprache bedeutet, dass er denkt, dass ich verrückt bin."

Mary lehnte sich zurück, kreuzte ihre Arme über ihrer Brust und rümpfte die Nase.

„Also, wirklich. Wie konnte er so etwas sagen? Wo Du ein erfolgreiches Geschäft führst und wunderschöne Kunst kreierst? Keine Verrückte wäre in der Lage, so etwas hinzubekommen!" Marys Worte klangen empört und Aislinn lächelte sie an.

„Danke, Mama."

„Wo wir gerade über Deine Kunst sprechen, ich habe letzte Woche den nettesten Mann in Dublin getroffen. Er ist der Kurator für eine der großen Galerien. Ich habe ihm von Deiner Arbeit erzählt und er hat mich gebeten, ein paar Bilder davon zu schicken...vielleicht für eine Ausstellung. Was meinst Du?"

Aislinns Kinnlade fiel nach unten und eine Mischung aus Panik und Aufregung raste durch sie.

„Mama! Das sind wunderbare Nachrichten. Denkst Du, dass meine Arbeit gut genug ist?"

Mary warf ihr einen verächtlichen Blick zu. „Denke ich, dass Deine Arbeit gut genug ist? Ich bitte Dich. Deine Arbeit ist außerordentlich. Ich prahle in ganz Irland von Dir. Ich gebe ständig Deine Karten aus. Ich könnte nicht stolzer sein auf Dich."

Tränen stiegen Aislinn in die Augen und überraschten sie.

„Danke, Mama."

Mary reichte über den Tisch und tätschelte Aislinns Hand.

„Lass Dich von diesem Baird nicht verunsichern, Schatz. Es scheint, als ob Ihr zwei verschiedene Wege geht. Ich würde mich von ihm fernhalten."

KAPITEL ELF

Baird beobachtete, als die zwei Frauen in Flynns Restaurant gingen. Die andere Frau konnte mit dieser verblüffenden Ähnlichkeit nur Aislinns Mutter sein. Er seufzte, drehte sich vom Fenster weg und schob seine Hand durch sein volles Haar.

Er vermisste sie jetzt schon.

Kopfschüttelnd schnappte Baird seine Kaffeetasse und setzte sich vor seinen Laptop. Er hatte den größten Teil der letzten Nacht damit zugebracht, verschiedene Erkrankungen zu erforschen, bei denen Menschen dachten, dass sie überirdische Kräfte hatten. Spät in der Nacht hatte er dann seiner Neugier nachgegeben und angefangen, über Intuition und emphatische Fähigkeiten nachzulesen.

Die Nachforschungen waren faszinierend und Stunden später hatte Baird die Entscheidung getroffen, ein paar Kollegen in Dublin zu kontaktieren, die Forschung über intuitive Fähigkeiten betrieben. Er hatte eine kurze E-Mail mit ein paar Fragen losgeschickt und hoffte, heute eine Antwort zu erhalten.

Wie auf Bestellung zeigte seine Inbox eine neue Nachricht. Er trank einen Schluck Kaffee, öffnete die Mail und ging den Inhalt durch.

„Wirklich...", sagte Baird.

Es hätte ihn nicht überraschen sollen. Als jemand, der das menschliche Hirn studierte, war er sich sehr bewusst, dass es immer noch viel darüber zu entdecken gab.

Seine Kollegen hatten ihm seitenweise Forschungsstudien geschickt, die verschiedene intuitive Fähigkeiten dokumentierten sowie wissenschaftliche Erklärungen für die Gründe dahinter. Sie bekundeten außerdem großes Interesse daran, seine „Freundin" kennenzulernen und ihr zu verstehen helfen, woher ihre Fähigkeit kam. Baird fragte sich, ob Aislinn interessiert wäre, mit Psychiatern und Wissenschaftlern über sich selbst zu sprechen. Obwohl sie ihm gegenüber offen gewesen war, hatte er den Verdacht, dass sie ihm ins Gesicht spucken würde, falls er fragen würde.

Baird lehnte sich im Stuhl zurück und strich mit den Händen über sein Gesicht. Er konnte nicht aufhören an sie zu denken. Über sie nachzudenken. Ihr Geruch, ihre weiche Haut unter seiner Berührung, die Art, wie ihr Lächeln ihr Gesicht von interessant zu attraktiv verwandelte. Er wollte mit ihr zusammen sein...mit ihr lachen...sie bei der Arbeit beobachten.

Hatte er vor ihr Angst? Vor ihren Kräften? Oder dachte er, dass sie eine Irre war? Baird konnte nicht glauben, dass Aislinn verrückt war und er hatte das äußerst unangenehme Gefühl, dass er sie so akzeptieren müsste, wie sie war, wenn er mit ihr zusammen sein wollte.

Baird zog seinen Stadtplan von Grace's Cove heraus.

Wenn er dies alles verstehen wollte, sah es so aus, als ob er direkt zur Quelle gehen müsste. Er sah auf die Karte und nahm sich vor, am nächsten Tag zur Bucht zu fahren.

KAPITEL ZWÖLF

I*ch würde mich von ihm fernhalten.* Marys Worte hallten am nächsten Morgen in Aislinns Kopf. Obwohl ihr Verstand ihrer Mutter zustimmte, schien ihr Herz anderer Meinung zu sein.

Verräter, flüsterte sie ihrem Herz zu und ging, um ihre Malutensilien einzusammeln. Sie hatte entschieden, den Tag frei zu nehmen und aus dem Dorf zu gehen, um die Bucht zu malen. Ihre Mutter war gestern in den Laden zurückgekommen und hatte alle ihre Arbeiten fotografiert. Mary hatte gesagt, dass die Galerie Meereslandschaften ausstellen wollte und Aislinn kannte kaum Plätze, die atemberaubender waren als die felsigen Kliffe, die das geheimnisvolle Wasser der Bucht umringten.

Aislinn beschloss, erst bei Fiona vorbeizugehen, um ihr von Morgan zu erzählen und dann zu den Kliffen herunterzugehen, um zu malen.

Aislinn ging hinaus, um ihre Malsachen in ihren klapprigen Kombi zu laden. Mary spöttelte über Aislinns Fahrzeugwahl, aber heimlich liebte Aislinn ihn. Er war zweckdienlich, ihre Staffel und Malutensilien passten gut hinein und sie machte sich nie Sorgen darüber, ob das Auto auf den holprigen Straßen zerkratzt wurde. Aislinn rümpfte die Nase. Baird fuhr wahrscheinlich ein schickes Auto, das innen makellos war mit einem kleinen Beutel für jeden Fitzel Müll.

Immer mehr überzeugt davon, dass sie für eine Beziehung viel zu unterschiedlich waren, schob Aislinn die Gedanken an Baird beiseite und fuhr die Küstenstraße zu Fionas Haus in den Hügeln. Mit offenen Fenstern, um die Meeresbrise zu erhaschen, fuhr Aislinn geschickt die einspurige Straße entlang, die die Kliffe umarmte. Sonnenschein kam durch bauschige Wolken, die über dem Wasser hingen, das heute etwas unruhig erschien. Perfekt, dachte Aislinn. Aufgewühltes Wasser und Sonnenschein, der durch die Wolken stach, ergab interessante Gemälde. Aislinn liebte es, mit Licht und Stimmung zu spielen. Das war in ihren Meereslandschaften ersichtlich und ermöglichte es, dass sie hohe Preise für ihre Arbeit verlangen konnte.

Aislinn bog an einer Straßengabelung ab und rumpelte den Weg hoch zu Fionas Haus. Abgesehen von ihrer Mutter war Fiona die wichtigste Frau in Aislinns Leben und sie hatte eine große Rolle dabei gespielt, Aislinn zu helfen, die trüben Wasser eines Teenagers mit einer speziellen Gabe zu navigieren. Aislinn schrieb Fiona zugute, sie von Scherereien ferngehalten und auf den Weg zur Kunst geführt hatte. Damit hatte sie Aislinn von Erwartungen befreit, mehr sein zu müssen als einfach sie selbst und hatte ihr beigebracht, glücklich zu sein und Selbstvertrauen in ihren Lebensweg zu haben.

Aislinn lächelte über das alte Haus, als sie näherkam. Sie fühlte sich immer gut, wenn sie hierherkam, jetzt noch mehr, da Ronan bei Fiona lebte. Ronan, ein irischer Setter, war ein Geschenk von Flynn für Keelin. Aber in letzter Zeit war Ronan mehr bei Fiona geblieben. Ein Haus draußen in der Wildnis benötigte einen guten Hund als Schutz, dachte Aislinn, und lächelte, als Ronan beim Geräusch eines Autos um die Ecke gesprungen kam.

„Ah, hier ist ja das gefährliche Biest." Aislinn rief Ronan und er bellte sie mit wedelndem Schwanz an. Aislinn hielt ihren Kombi an, hüpfte aus dem Auto und ging auf die Knie, um ihre Arme um Ronans wackelnden Körper zu legen. Er leckte ihr Gesicht mit seiner rauen Zunge ab und rannte dann los, um einen Stock zu holen.

„Ok, Du willst Stöckchen holen spielen, richtig?", lachte Aislinn über Ronan und warf den Stock. Er sprang begeistert durch das grüne Feld, das Fionas Haus umgab. Aislinn drehte sich, um das Haus anzusehen. Es sah aus, als würde Flynn alle notwendigen Reparaturen durchführen und ein fröhliches Blumengemisch quoll aus Fionas Blumenkästen. Das graue Steinhaus passte perfekt in die umliegende Landschaft und die Aussicht war ein Vermögen wert, dachte Aislinn, als sie sich drehte, um die weitläufige Wiese anzuschauen, die an den Kliffen endete, die über dem Ozean hochragten.

„Ash, Liebes! Was für eine Überraschung", rief Fiona mit warmer Stimme von der Rückseite des Hauses.

Aislinn verließ den Weg zur Haustür und ging um die Ecke herum in den Garten, den Fiona hinter dem Haus mit Sorgfalt hegte. Die alte Frau trug Khakihosen, ein weites Männerhemd und einen großen Strohhut, um sie vor der

Sonne zu schützen. Ihre Augen glitzerten mit Intelligenz und ein einladendes Lächeln zeigte die Fältchen in ihrem Gesicht. Aislinn fühlte sofort einen inneren Frieden, als sie sie beim Kräutersammeln sah. Fiona hatte schon immer diese Wirkung auf sie gehabt. Sie war der sichere Hafen in Aislinns Sturm.

Vorsichtig, um nicht auf Fionas Pflanzen zu treten, ging Aislinn zu Fiona und bückte sich, um sie lange zu umarmen. Fiona lehnte sich zurück und sah Aislinns Gesicht genau an.

„Hm, es ist Zeit für eine Pause. Ich habe heute morgen Sonnentee gemacht. Wir können hier draußen am Tisch sitzen."

„Das klingt wunderbar", sagte Aislinn. „Brauchst Du Hilfe?"

„Nein, danke. Wirf einfach den Stock für Ronan. Er braucht jemanden zum Spielen."

„Wo ist Teagan?"

Fiona zuckte mit den Achseln. „Wer weiß? Sie kommt und geht wie es ihr passt. Launische Hundedame", lachte Fiona und ging ins Haus.

Aislinn setzte sich an den kleinen Tisch, an dem die Stühle so standen, dass sie Sonne abbekamen, ohne den Blick auf die Bucht zu nehmen. Sie dachte darüber nach, wie Fiona gewusst hatte, wer sie besucht, ohne um das Haus herumzugehen. Aislinn wollte mit ihr über Morgan sprechen. Fiona schien ein bisschen was von allen Kräften zu haben...obwohl ihre Heilungskräfte die stärksten waren. Aber soweit Aislinn wusste, hatte sie nie gesehen, dass Fiona etwas ohne ihre Hände bewegt hatte.

„Hier haben wir alles", sagte Fiona, als sie mit einem

Tablett mit Tee, Scones und einem kleinen Teller mit Obst um die Ecke des Hauses kam.

„Das ist wunderbar, danke", sagte Aislinn und nahm ihr Glas, während Fiona sich auf dem Stuhl neben ihr niederließ. Sie beobachteten Ronan, wie er dem Stock hinterher über das Feld raste und in seiner Aufregung über sich selbst fiel.

„Er bringt mir so viel Freude", lachte Fiona.

„Ich weiß. Ich habe darüber nachgedacht, mir einen Hund anzuschaffen. Oder vielleicht eine Katze. Ich weiß nicht, ob ich verantwortungsbewusst genug bin für einen Hund", sagte Aislinn.

Fiona sah in Aislinns Augen. „Ja, ich vermute, dass Du die Einschränkungen, die ein Hund Dir auferlegt, schwierig finden würdest. Du hast Dir eine nette kleine Welt errichtet, in der Du kommen und gehen kannst, wie Du willst, oder?"

Aislinn zuckte mit den Schultern über Fionas stechende Worte. „Ist das etwas Schlechtes?"

„Das habe ich nicht gesagt. Ich weiß nur, dass es schwer für Dich ist, lange an etwas gebunden zu sein, abgesehen von Deinem Geschäft."

Aislinn zuckte wieder mit den Schultern und sah auf die Linie, an der sich Wasser und Himmel trafen.

„Dinge können sich schnell ändern. Es ist meiner Meinung nach einfacher, flexibel zu sein und in der Lage, sich Änderungen anpassen zu können", sagte Aislinn.

Fiona nickte nur und sagte nichts.

Aislinn seufzte. „Ok, ich weiß, dass wenn Du nichts sagst, versuchst Du, mich zum Reden zu bringen. Das funktioniert bei mir nicht mehr."

Fiona lächelte nur und sah sie mit erhobener Augenbraue an.

Aislinn warf ihre Hände in die Luft.

„Ja, ich habe einen Mann getroffen. Und ja, ich kann nicht gut mit Bindungen umgehen. Ok, glücklich?" Aislinn atmete aus und kreuzte ihre Arme über ihrer Brust.

Fiona ließ ein herzliches Lachen heraus, das Aislinn zu einem eigenen Lächeln zwang.

„Ach, Ash, Du warst immer einer meiner Lieblinge."

„Wirklich? Danke", sagte Aislinn überrascht.

„Wirklich. Du hast so viel Talent und so viel Selbstvertrauen...und doch hältst Du Dich von anderen fern. Immer unnahbar. Dadurch machst Du es schwierig, mit anderen eine Beziehung aufzubauen."

„Ich weiß nicht, ob ich dem zustimme!", sagte Aislinn hitzig. „Ich habe Baird von meiner Gabe erzählt. Ich war ehrlich! Weißt Du, wie schwer es ist, jemandem das zu erzählen – wenn Du weißt, dass sie über Dich urteilen?"

„Baird? Hm, also es ist der neue Arzt in der Stadt. Ich habe von ihm gehört. Sieht er gut aus?"

Aislinn seufzte und grub die Spitze ihrer Wanderschuhe in den Boden. „Ja, groß, dunkel und lecker, wie Cait sagt. Er hat sogar diese Drahtgestellbrille..."

„Na, wenn er eine Brille hat, dann bin ich auch verloren", stimmte Fiona zu.

Aislinn warf Fiona ein kleines Lächeln zu, bevor sie einen Schluck von ihrem kühlen Tee nahm.

„Er glaubt, dass ich verrückt bin. Dass ich nur glaube, dass ich diese magische Kraft habe, aber dass ich sie nicht wirklich besitze. Ich habe es ihm sogar bewiesen. Was...ich vorher noch nie gemacht hatte. Ich habe nie das

Gefühl gehabt, ich müsste jemandem etwas beweisen. Was mich wütend macht, wenn ich ehrlich bin", sagte Aislinn leise.

„Ah, ein Skeptiker. Ich denke, das ist nicht verwunderlich bei seinem Beruf."

„Ja, aber er hat nicht versucht, mich aufzuhalten. Hat nicht versucht, mehr zu verstehen. Er hat mich einfach gehen lassen. Also ist das wohl meine Antwort." Aislinn zuckte mit ihren Schultern und starrte schlecht gelaunt auf das Meer.

„Ist es das?"

„Na ja, ich werde ihn nicht aufspüren und weiterhin versuchen zu erklären, wer ich für ihn bin. Es wäre sowieso egal. Wir sind einfach zu verschieden."

„Na ja, dann ist das wohl alles, was es dazu zu sagen gibt", sagte Fiona unschuldig.

Aislinn rollte mit den Augen. „Ich kenne Deine Taktik, alte Frau, und Du bringst mich nicht dazu, weiter über das Thema zu reden. Ich habe schon mit meiner Mutter darüber gesprochen und sie meint auch, dass ich mich am besten ganz weit entfernt halte."

„Das ist nicht überraschend", sagte Fiona.

„Und ich habe etwas viel Interessanteres zu diskutieren. Hast Du Morgan kennengelernt?"

Fiona lächelte über Aislinns Themenwechsel, aber ließ es unkommentiert.

„Ich habe sie bei Keelins Hochzeit gesehen. Wunderschönes Mädchen. Ein Hauch von...ich habe noch nicht herausgefunden, was genau. Sie ist ziemlich ausweichend. Flynn sagt, dass sie hart arbeitet, aber für sich bleibt und nicht viel redet."

Aislinn hätte wissen müssen, dass Fiona alle wichtigen Details hatte.

„Dieser Hauch von etwas? Es ist Telekinese."

Fionas Kinnlade fiel herunter und Aislinn freute sich ein bisschen. Es gab nicht viel, was Fiona entging, und es war selten, dass sie überrascht reagierte. Sie klopfte sich selbst geistig auf die Schulter und lächelte Fiona an.

„Nein!"

„Ja, tatsächlich. Ich habe es selbst gesehen, sonst hätte ich es nicht geglaubt."

„Ich habe noch nie von dieser speziellen Manifestation von Graces Blut gehört. Ich geh mein Buch holen."

Fiona eilte davon, um ihr Buch zu holen und Aislinn bücke sich, um Ronans Ohren zu kraulen. Wenigstens hatte der Themenwechsel den Fokus von Aislinns Beziehung zu Baird weggenommen. Ihrer nicht vorhandenen Beziehung, erinnerte sie sich selbst.

Fiona kam mit einem kleinen Buch in der Hand um die Ecke geeilt, dessen Schönheit in seiner Einfachheit lag. Altes Leder, an den Falten weich geworden, umhüllte die Pergamentseiten. Aislinn wusste, dass es Grace O'Malleys Buch über Heilungsmittel war, aber sie hatte den Verdacht, dass zwischen den Seiten noch andere Informationen waren, von denen sie wenig wusste.

Aislinn blieb stumm, während Fiona murmelnd durch das Buch blätterte.

„Ah, hm. Hier ist vielleicht etwas", sagte Fiona endlich.

Sie gab das Buch an Aislinn, die es vorsichtig nahm. Die Seiten waren dünn und hätten mit Handschuhen angefasst werden sollen, aber Aislinn war es gewohnt, empfindliche Dinge zu berühren. Sie hielt das Buch vorsichtig am Ledereinband und las den Text, auf den Fiona gedeutet hatte.

Es ist durch den Mond und die Sterne,
Eine flüchtige Bewegung,
Ein besonderer Hauch von Magie,
Etwas, das mit dem Geist fühlt,
Als ob man etwas ohne physischen Körper anhebt,
Ein Anflug von Fee,
Nur diejenigen, die es am meisten brauchen,
Werden diese Gabe erhalten.

„Nur diejenigen, die es am meisten brauchen...", wiederholte Aislinn.

„Was weißt Du über Morgans Hintergrund?", fragte Fiona, als Aislinn ihr das Buch zurückgab.

„Ich stelle sie für den Laden ein. Also bleibt das, was ich Dir sage, unter uns."

„Verstanden und gut für Dich. Du hast ein gutes Herz."

„Sie ist Waise. Im Prinzip bei Nonnen aufgewachsen, da ihre Pflegefamilien sie zurückgegeben haben, wenn sie ihre Fähigkeit sahen. Sie ist wütend. Sehr wütend und sehr einsam."

Fiona nickte.

„Bringst Du sie zu mir?"

„Wenn ich sie dazu überreden kann. Ansonsten müsstest Du ins Geschäft kommen. Ich versuche, eine Wohnung für sie zu finden, da sie in ihrem Auto schläft."

„Shane wird helfen. Dafür sorge ich schon."

„Das ist schon erledigt." Aislinn lächelte Fiona an und stand auf. „Ich gehe jetzt, um zu malen, während das Licht gut ist. Mama hat ein potenzielles Angebot für mich für eine Ausstellung in Dublin und ich brauche neue Ware."

„Fantastisch! Ich bin so stolz auf Dich. So viel Talent", sagte Fiona und stand auf, um ihre Arme um Aislinn zu legen. „Aber vergiss nicht, auf Dein Herz zu hören, Jungspund..."

„Wir werden sehen", rief Aislinn über ihre Schulter, während sie in ihr Auto stieg.

KAPITEL DREIZEHN

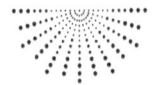

Aislinn fuhr den Weg von Fionas Haus entlang und parkte am Straßenrand hinter einer langen Reihe von Büschen. Sie stieg aus und überlegte, aus welchem Winkel sie die Bucht malen wollte. Wenn sie von der Straße aus malte, würde sie das gewaltige Ausmaß der Kliffe, die über das Meer ragten, nicht einfangen können. Stattdessen beschloss sie, über die Felder zu gehen, um ihre Staffel an einer Ansammlung Felsen aufzustellen. Die Felsen würden sie vor dem Wind schützen und ihr beim Malen Privatsphäre geben.

Aislinn zog ihre kleine tragbare Staffel zusammen mit ihren Malutensilien aus dem Kofferraum und ging über das Feld. Das Nachmittagslicht war wunderbar und würde weicher werden, je später es wurde.

Aislinn errichtete ihre Staffel hinter den Felsen und zog ihren faltbaren Hocker heraus, mit dem sie auf gleicher Höhe zu ihrer Leinwand sitzen konnte. Sie überdachte ihre Utensilien einen Moment und entschied sich für Öl. Obwohl sie es liebte, mit Wasserfarben zu arbeiten, fühlte

Aislinn sich launisch. Mit den satten Ölfarben könnte sie einen dramatischeren Kontrast in ihr Bild bringen. Aislinn präparierte ihre Leinwand und begann mit der Grundierung und dem krassen Gegensatz der schroffen Kliffe vor dem Meer.

Leise summend, fiel sie in einen tranceartigen Zustand. Aislinn redete selten über ihren künstlerischen Prozess. Sie wüsste gar nicht, wie sie es erklären sollte, selbst wenn sie es versuchen würde. Emphatisch zu sein bedeutete zum Teil, dass sie die Gefühle anderer Menschen spüren konnte. Was die meisten Leute nicht wussten oder verstanden, war, dass es noch viel tiefer ging. Für Aislinn hatte alles seine eigene einzigartige Energie und Aura. Pflanzen leuchteten sie an, Wasser wirbelte aus eigener Kraft, und Licht kribbelte. Für sie war alles voller Gefühl und Bewegung. Wenn Aislinn malte, sah sie nicht die Welt, alles pulsierte einfach mit Farbe und Gefühlen. Das war es, was Aislinn malte...nicht das, was die meisten sahen. Sie nahm an, dass sich Menschen deswegen so instinktiv von ihrer Kunst angezogen fühlten. Ihre Bilder fingen die Emotionen der Natur ein, die die meisten Menschen nicht identifizieren oder selbst ausdrücken konnten.

Etwas störte ihre Versunkenheit und sie versuchte, es wegzuscheuchen, während sie sich auf ihre Leinwand konzentrierte. Noch eine Störung. Fluchend zwang sie sich, von der Leinwand wegzusehen und starrte auf die Bucht. Was hatte ihre Konzentration unterbrochen?

„Oh, Scheiße", fluchte Aislinn wütend, als sie Bairds Kopf sah, der übers Feld erschien, bevor er auf dem Pfad zur Bucht außer Sicht verschwand.

„Natürlich muss er dorthin gehen. Natürlich! Hat der

Mann keinen Verstand?", fluchte Aislinn weiter, als sie von ihrem Hocker aufstand. Mit voller Geschwindigkeit rannte sie über die Wiese, der Boden weich unter ihren Stiefeln.

Aislinn strauchelte zu einem Halt an der Kante des Vorsprungs, der zum Strand hinunterführte. Die Bucht war fast ein perfekter Halbkreis, ihre Kliffe ragten hoch in die Luft und schützten den langen Streifen Sand am Fuß der felsigen Wände. Ein schmaler Pfad ging im Zickzack an der steilen Wand herunter und endete am Strand. Aislinn konnte Baird gerade noch unten sehen.

„Baird! Warte! Baird, geh nicht auf den Strand!", rief Aislinn, aber ihre Worte wurden vom Wind weggeweht. Mit einem Fluch raste sie den Pfad herunter und ließ eine Hand an der felsigen Wand entlangstreichen, um ihr Gleichgewicht zu halten. Ihr Atem kam stoßweise und sie kämpfte gegen die Panik, die in ihrem Hals hochstieg. Baird trat auf den Sand und Aislinns Herz stoppte für einen Moment.

„Baird, nein!", kreischte Aislinn und dieses Mal hörte er sie.

Baird drehte sich um, als er ihre Stimme hörte und sah verwirrt zu ihr hoch. Aislinn beobachtete mit Horror, als sich eine Welle bildete und hinter Baird hoch aufstieg.

„Nein!", schrie Aislinn in dem Moment, als die Welle über Baird zusammenbrach und ihn unter sich begrub.

KAPITEL VIERZEHN

Aislinn kletterte den Rest des Weges herunter und raste auf den Strand.

„Scheiße, Scheiße, Scheiße." Sie hielt an, zeichnete einen Kreis um sich herum und tastete sich hektisch ab, bis ihre Hand über ein Armband strich, das sie vor kurzem gemacht hatte.

„Ich komme in Frieden. Wir kommen in Frieden. Bitte tu ihm nichts. Er weiß von dem hier nichts. Ich verspreche, dass wir nur die reinsten Absichten haben. Wir respektieren Dich", stieß Aislinn aus, während sie das Armband ins Wasser schleuderte. Ohne Zögern rannte sie zu Bairds gekrümmter Gestalt auf dem Sand. Die Welle hatte ihn mehrmals über den Sand geworfen und eine weitere hatte ihn dazu noch einmal von oben getroffen. Bitte mach, dass er ok ist, betete sie.

An seiner Seite kniend, ergriff Aislinn seine nassen Arme und versuchte, ihn umzudrehen. Baird stöhnte und bewegte sich, als sie ihn berührte, und Aislinn blies die Luft heraus, die sie unbewusst angehalten hatte.

"Baird...Baird, ich bin es, Aislinn. Dreh Dich um, wenn Du kannst", flüsterte Aislinn eindringlich. Baird rollte herum und sah sie mit einem benommenen Blick an. Blut lief aus seinen Haaren an seinem Gesicht herunter.

„Oh nein. Scheiße. Baird, es klingt vielleicht komisch, aber...gib mir etwas." Aislinn suchte seinen Körper ab und das Einzige, was sie an ihm sehen konnte, waren seine Brille und sein Gürtel. Wie seine Brille während des Falls auf seinem Gesicht geblieben war, war ihr schleierhaft, aber Aislinn hatte keine Zeit, sich zu wundern. „Gib mir Deinen Gürtel."

„Was? Aislinn?"

Es war keine Zeit zu verlieren. Aislinn nahm seine Gürtelschnalle und öffnete sie, bevor sie ihn aus seiner Hose zog. Baird hob seinen Rücken widerwillig, so dass sie ihn unter ihm herausziehen konnte und beobachtete sie stumm.

Aislinn stand auf und zeichnete einen Kreis um Baird herum in den Sand. Sie lehnte sich über ihn, wischte etwas Blut von seinem Gesicht und rieb es an den Gürtel.

„Sprich mir nach, was ich sage", befahl Aislinn. „Ich möchte der Bucht keinen Schaden zufügen."

„Ich möchte der Bucht keinen Schaden zufügen", flüsterte Baird.

„Ich habe nur reine Absichten, warum ich hier bin. Ich respektiere dieses heilige Wasser."

„Ich habe nur reine Absichten, warum ich hier bin. Ich respektiere dieses heilige Wasser."

Aislinn warf den Gürtel ins Wasser und beobachtete, wie er mit einem Plopp landete. Eine kleine Welle schien hochzureichen und ihn zu schlucken und Aislinn zitterte. Sie fühlte sich sicherer und kniete neben Bairds Kopf.

„Lass mich Deinen Kopf sehen", sagte Aislinn und beugte sich über ihn, ihr Gesicht nah an seinem.

„Was ist passiert? Wie ist das passiert? Ich war so weit weg vom Wasser", sagte Baird verwirrt. Wut ging über sein Gesicht und er versuchte aufzustehen. Aislinn drückte ihn zurück in den Sand.

„Bleib liegen, ich erkläre es Dir. Ich muss mir Deine Verletzung ansehen."

Aislinn schob seine dicken Haare beiseite, bis sie sehen konnte, woher das Blut kam. Ein kleiner Schnitt, nicht breiter als ein Daumennagel, blutete so heftig, dass er seiner kleinen Größe Lügen strafte.

„Du hast einen Schnitt. Klein, aber tief. Ich bezweifle, dass er genäht werden muss. Wir sollten einen Druckverband machen. Hast Du ein Taschentuch?"

Baird griff in seine Tasche und zog ein reines Leinentuch hervor, das jetzt patschnass war. Aislinn rollte mit den Augen. *Natürlich* hatte er ein Taschentuch.

Aislinn faltete das quadratische Leinentuch und wischte erst Bairds Gesicht ab, bevor sie es auf seinen Schnitt drückte. Baird zuckte leicht und sah dann in ihre Augen. Ihre Gesichter waren nur wenige Zentimeter auseinander und Aislinn fühlte ein warmes Ziehen tief in ihrem Bauch.

„Ist das der Grund, warum die Leute nicht hierherkommen? Verrückte Wellen?"

Aislinn seufzte, atmete aus und konzentrierte sich darauf, Druck auf seine Wunde auszuüben. Baird griff nach oben und schob ihre Hand weg, um das Tuch selbst zu halten.

„Warum gehen wir nicht aus dem Wasser?" Aislinn zeigte zu einem Flecken Sand neben einem kleinen Felsvorsprung.

Baird nickte und Aislinn half ihm aufzustehen. Zusammen gingen sie wortlos über den Strand, bis sie den Felsen erreichten. Sie setzten sich beide auf den warmen Sand und lehnten sich Schulter an Schulter gegen die Felsen. Die Sonne hing tief im Himmel und ihr Licht drang durch die Öffnung der Bucht und tanzte über ihnen und den steilen Wänden, die hinter ihnen hochgingen. Das stille Wasser der Bucht schien sie auszulachen.

Baird zeigte auf das Wasser.

„Sieh Dir das an. Ruhig wie nur irgendwas. Was ist passiert?"

Aislinn dachte darüber nach, wie sie ihm antworten sollte. Da sie wusste, dass sie es mit einer wissenschaftlich orientierten Person zu tun hatte, entschied sie sich für die Fakten.

„Die Bucht ist verwünscht."

Baird lachte und schüttelte seinen Kopf.

„Nie im Leben!"

„Doch, das ist so. Hier ist Grace O'Malleys letzte Ruhestätte." Aislinn zeigte auf das ruhige Wasser. „Sie wusste, dass sie starb. Ihre Tochter kam mit ihr hierher. Zusammen verzauberten sie die Bucht und dann ging Grace ins Wasser. Ihre Tochter gebar in der Nacht ein Baby auf diesem Strand. Da entstand mächtige Magie."

Baird blieb stumm und Aislinn gab ihm etwas Zeit, darüber zu grübeln.

„Also Du meinst, dass Irlands berühmte Piratenkönigin magische Kräfte hatte?"

„Richtig."

„Ich habe Schwierigkeiten, das zu glauben."

Aislinn lächelte und sah auf das Wasser. „Es ist egal, ob Du es glaubst oder nicht. Es ist die Wahrheit, so oder so."

„Ich bin sicher, dass Du das glaubst."

Aislinn fühlte Wut in sich aufsteigen. Sie merkte, dass die Wellen höher wurden, und zeigte mit ihrer Hand dahin. „Hörst Du damit mal auf? Erstens würde ich vorschlagen, dass Du mich hier unten nicht verärgerst, und zweitens bin ich nicht verrückt. Ich weiß nicht, was für Beweise Du noch dafür brauchst, dass das hier real ist. Anscheinend ist es nicht genug, dass die Bucht Dir gerade so richtig einen Tritt in den Hintern verpasst hat."

„Das war es? Die Bucht war über mich verärgert?"

„Glaubst Du, dass ich dieses kleine Schutzritual nur zum Spaß gemacht habe?"

„Woher weiß ich, dass Du nicht dafür gesorgt hast, dass die Welle so hochkam?"

Aislinn sprang entrüstet auf. „Wie kannst Du das von mir denken? Dass ich Dich so verletzen wollte? Ich habe versucht, Dich davon abzuhalten, in die Bucht zu gehen!" Aislinn drehte sich, um von ihm wegzugehen und Baird kam hoch und ergriff ihren Arm. Mit einem Ruck zog er sie zurück auf den Sand...halb auf ihn herauf. Aislinn sah in seine Augen, ihre Wut und Verletztheit sichtbar auf ihrem Gesicht.

„Es tut mir leid. Du hast recht. Ich bin nur so verwirrt", gab Baird sanft zu.

„Ich würde niemals einen anderen Menschen verletzen. Ich habe zu viel Respekt vor dem Leben," sagte Aislinn steif.

„Ja, es war unschön von mir, das zu sagen, ich entschuldige mich nochmal", sagte Baird. Aislinn verlor sich für einen Moment in seinen Augen, die sie anscheinend hypnotisieren konnten.

„Warum hast Du meinen Gürtel ins Wasser geworfen?"

Aislinn räusperte sich und versuchte, nicht zu lachen. Sie musste wie eine Verrückte ausgesehen haben. Sie war sich nicht ganz sicher gewesen, dass ihre erste Gabe auch Baird abdecken würde, also musste sie sicherstellen, dass er geschützt war.

„Ich habe nur versucht, Dir an die Wäsche zu gehen, Matrose." Aislinn sah ihn anzüglich an.

„Gut, weil das alles ist, woran ich selber denken kann", sagte Baird und rollte sich auf sie.

Aislinn schnappte nach Luft, als er ihren Körper mit seinem bedeckte und sie in den warmen Sand drückte.

Baird gab Aislinn keine Zeit zum Nachdenken. Er knabberte an ihrer Unterlippe und als sie ihren Mund mit einem leisen Stöhnen öffnete, ließ er seine Zunge zwischen ihre Lippen gleiten. Aislinn zuckte gegen seinen Mund und schob seine Schultern mit ihren Händen weg. Baird bewegte seinen Körper verführerisch gegen ihren und Aislinn fühlte Hitze durch sie fließen. Seine Lippen besänftigten ihre Befürchtungen und erregten sie gleichzeitig.

Alles verschwamm in ihrem Kopf und Aislinn erlaubte sich, einfach zu fühlen. Als seine Wärme über sie wusch, legte sie ihre Arme um seinen Nacken und zog ihn einladend näher. Baird stöhnte gegen ihren Mund und bewegte seine Lippen an ihrem Hals hinunter zu dem empfindlichen Fleck an ihrem Genick. Aislinn zitterte gegen seine Lippen.

„Ich bekomme Dich nicht aus meinem Kopf. Ich kann nicht klar denken", flüsterte Baird an ihrer Kehle und Aislinn konnte nur hilflos gegen seine Schulter nicken.

„Ja, ich weiß nicht, was ich Dir glauben soll. Oder an dieses hier glauben. Aber ich glaube an uns. Und vielleicht ist das genug", sagte Baird und küsste sie wieder.

Bairds Worte taumelten in ihrem Kopf. War es genug? Musste er alles an ihr glauben oder verstehen? Aislinn hatte das Gefühl, irgendwas zu übersehen, aber sie verlor ihren Gedankengang, als Baird eine Hand unter ihr Top schob und ihre Brust fand. Aislinn stöhnte in seinen Mund und krümmte sich, als er gekonnt mit ihrer Brustwarze spielte und Empfindungen direkt in ihren Kern schickte. Sie wand sich gegen Baird und öffnete ihre Beine, so dass er dazwischen lag.

Aislinn rieb sich gegen seine Härte und ersehnte Kontakt. Baird folterte weiter ihre Brüste mit seinen Händen. Mit einem leisen Fluch griff er zum Bund ihrer Jeans und machte den Reißverschluss auf. Aislinn fing an, sie auszuziehen, aber er stoppte sie.

„Lass mich", sagte Baird sanft.

Er lehnte sich über sie und gab ihr einen sanften Kuss auf ihre Lippen, bevor er eine Hand in ihre Unterwäsche steckte und sie feucht und bereit fand. Baird zeigte Aislinn ein teuflisches Grinsen, bei dem sie fast um seine Hand herum erschütterte.

Mit einer gezielten Bewegung schob er seine Finger

tief in sie hinein. Aislinns Hüfte hob sich automatisch und Baird lachte sie an – ein Meister der Verführung – und zog sie herunter, ähnlich wie die Welle, die ihn vorher geschluckt hatte. Mit einer gekonnten Bewegung trieb Baird sie an den Rand der Ekstase und als sie um seine Hand herum explodierte, bedeckte er sie mit einem leidenschaftlichen Kuss.

Baird zog seine Hand zurück und knöpfte ihre Hose zu. Aislinn sah ihn neugierig an. Mit einem Seufzer stützte er seine Arme neben ihrem Kopf ab und sah auf sie herunter.

„Ich will mehr als das. Dies ist der leichte Teil für uns. Aber weiter kann es nicht gehen. Und es wird dunkel", sagte Baird.

Aislinn nickte. Alles, was er sagte, machte Sinn. War vernünftig. Aber…sie wollte mehr. Sie musste sich selbst von den Emotionen und Auren, die sie umhüllt hatten, lösen und versuchen, pragmatisch zu sein.

„Ich verstehe. Em, danke?", sagte Aislinn und Baird brach in Gelächter aus.

„Jederzeit, Schätzchen", sagte Baird und stand auf. Er zog sie vom Sand hoch und legte seine Arme um sie. Aislinn ließ sich für einen Moment mit ihrem Kopf an seine Brust geschmiegt halten. Sie beobachtete das Wasser der Bucht und ihr Herz setzte einen Schlag aus, als vom Grund der Bucht Licht erschien und das Wasser in einem tiefen Blauton erleuchtete.

„Was zum Teufel ist das?" Baird zog sie enger an sich, obwohl seine Stimme ruhig blieb. Er beschützte sie, dachte Aislinn benommen.

„Em, nichts. Wirklich. Das passiert manchmal. Verwünscht, erinnerst Du Dich?"

„Ich glaube, wir sollten gehen", flüsterte Baird.

„Ganz Deiner Meinung", sagte Aislinn. Zusammen rannten sie über den Sand zum Pfad. Baird hielt ihre Hand in seiner und half ihr, den Weg an der Felswand hochzugehen. Aislinn sagte kein Wort während des Aufstiegs und weigerte sich zu glauben, was sie gerade gesehen hatte, was die Bucht ihr zu sagen versuchte.

Und dass die Bucht nie log.

KAPITEL FÜNFZEHN

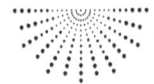

Aislinn ging mit Baird über das Feld zum Weg, an dem er sein Auto geparkt hatte. Ein nagelneues Fahrzeug, bemerkte Aislinn und rollte geistig mit den Augen.

„Wie bist Du hergekommen?", fragte Baird und sah über das Feld.

Aislinn zeigte zu den Büschen oben am Weg. „Mein Auto ist da oben. Ich habe auf dem Vorsprung da drüben gemalt, als ich Dich in die Bucht gehen sah."

„Und Du kamst, um mich zu retten", sagte Baird leise.

„Ja, genau. Du hast offensichtlich nicht gewusst, was bei der Bucht geschehen kann, sonst wärst Du nie allein runtergegangen. Ich dachte, dass Du klüger wärst." Aislinn sah ihn mit einem stechenden Blick an.

„Hey, meine Nachforschungen haben nichts von dem erwähnt, was gerade passiert ist. Das Einzige, was ich finden konnte, war, dass niemand hingeht, weil man wegen der starken Strömung nicht schwimmen kann."

Aislinn schlug sich vor die Stirn. „Hast Du gesehen,

wie schön der Strand ist? Glaubst Du, dass die Leute wegbleiben, nur weil sie nicht ins Wasser gehen können? Viele Leute gehen zum Strand, ohne zu schwimmen."

„Na ja, den Rest wusste ich ja nicht, oder? Und da ich nicht dazu neige, an magische Kräfte zu glauben, würde ich auch nichts anderes vermuten", sagte Baird empört.

„Ich weiß nicht, wie viele Beispiele Du noch sehen musst, bevor Du daran glaubst", sagte Aislinn müde.

„Na ja, ehrlich gesagt, wahrscheinlich noch einige mehr. Vieles davon...", Baird wedelte mit seiner Hand, „könnte eine Anomalie sein."

Aislinns Kinnlade fiel nach unten. Eine Anomalie? So wollte er es erklären? Aislinn schüttelte nur ihren Kopf über ihn.

„Was? Aislinn, hör zu, ich möchte wirklich mit Dir zusammen sein. Ich denke ständig an Dich. Aber ich glaube, dass ich etwas Zeit brauche, um es besser zu verstehen." Baird wedelte wieder mit seiner Hand.

„Ok, nimm Dir alle Zeit, die Du brauchst, um zu versuchen, es zu verstehen. Da es keine Erklärung gibt für etwas, das einfach ist, wirst Du es nie verstehen. Ich verstehe es nicht. Keine von uns tut es. Entweder Du akzeptierst, was vor Deinen Augen ist oder Du leugnest es. Ein Weg führt zum Glück, der andere zu Kummer. Ich weiß, welchen Weg ich wähle", sagte Aislinn und sah in seine Augen. Baird zuckte fast unmerklich.

„Ist das jetzt der Moment, wo Du wieder von mir wegläufst?"

„Ich bin nicht so sicher, dass ich diejenige bin, die wegläuft", sagte Aislinn und drehte sich, um über die Felder zu stürmen.

„Das sieht aber ganz so aus!", rief ihr ein frustrierter Baird nach.

Aislinn weigerte sich zu antworten und versuchte die Tränen zurückzuhalten, die ihr über ihre Wagen zu laufen drohten. Sie sollte jetzt besser gehen, dachte sie. Trotz allem, was die Bucht versucht hatte ihnen zu sagen, war es klar, dass Baird nicht ihre wahre Liebe war.

Weit davon entfernt, dachte Aislinn wütend und stampfte auf den Boden, bevor sie sich bückte, um ihre Sachen einzusammeln. Ihre Konzentration war für heute ruiniert, genau wie das Licht, das sie gehofft hatte einzufangen. Aislinn warf einen Blick zu Fionas Haus.

Vergiss es, dachte sie. Sie wollte es einfach nicht hören.

KAPITEL SECHZEHN

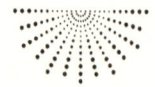

Dampf umgab Baird, als er auf dem Boden seiner Dusche saß und das Wasser auf sich herunterprasseln ließ. Dem Tod so nahe zu kommen, hatte ihn bis auf die Knochen unterkühlt und doch stand gleichzeitig ein Teil von ihm wegen Aislinn in Flammen.

Baird schloss seine Augen, lehnte seinen Kopf zurück an die Wand und ließ sich das heiße Wasser ins Gesicht strömen. Seine Gedanken wirbelten, um aus allem, was heute passiert war, Sinn zu machen. Er versuchte zu verstehen, wie eine Welle von der Größe ihn hatte treffen und herunterziehen können. Für einen Moment hätte Baird schwören können, dass sein Herz aufgehört hatte zu schlagen. Als er Aislinn nach ihm rufen hörte, hatte er sich umgedreht, um zu sehen, wo sie war. Er hatte die Welle nicht kommen sehen und sie hatte kein Geräusch gemacht. Es war wie gegen eine Mauer rennen. Wenn die Bucht wirklich verwünscht war, dann hielt sie sich nicht zurück, dachte Baird.

Er war über den Sand gerollt und erinnerte sich vage

daran, auf den Felsen aufzuschlagen, bevor die Welle zurückgeflossen war. Und hatte sich das Wasser nicht in dem Moment zurückgezogen, als Aislinn zum Strand kam? Ein Teil von ihm, nichts, worauf er stolz war, fragte sich, ob sie das verursacht hatte. Wenn sie wirklich magische Kräfte hatte...vielleicht könnte sie solche Dinge tun. Vielleicht war es einfach nur, dass sie mit seinen Gedanken spielte, dachte Baird.

Abgesehen von...am Ende. Als die Bucht von innen geleuchtet hatte. Wow, das hatte seine Welt aus den Fugen gebracht. Baird schüttelte seinen Kopf und lachte. Er wurde anscheinend verrückt. Niemand würde ihm glauben, wenn er sagte, dass er das Wasser von innen hatte leuchten sehen. Seine Kollegen würden ihn definitiv als Irren abschreiben. Aber er hatte Aislinn sorgfältig beobachtet und sie schien genauso verdutzt und überrascht wie er. Tatsache war, dass er darauf trainiert war, Anzeichen von Lügen oder Ausreden zu erkennen, und Aislinns Gesicht hatte Überraschung gezeigt...und Bestürzung. Er würde darauf wetten, dass sie den wirklichen Grund kannte, warum die Bucht von innen leuchtete.

Baird stand in der Dusche auf, drehte das Wasser ab und trat heraus, um ein Handtuch von der Stange zu nehmen. Er rieb das Handtuch über seinen Körper und untersuchte sich selbst im Spiegel. Oh ja, er würde ein paar blaue Flecken haben. Ganz abgesehen von dem Schnitt an seinem Kopf, der schmerzte wie ein Wespenstich. Wenigstens hatte er aufgehört zu bluten.

Baird wickelte das Handtuch um seine Taille, ging in die Küche und nahm auf dem Weg ein Guinness aus dem

Kühlschrank. Er ließ sich auf die Couch fallen und zog seinen iPad auf seinen Schoß.

Er war noch nicht fertig mit Aislinn, aber er war sich ihrer auch nicht ganz sicher. Sein Körper wollte sie...Gott, sie war jede leibhaftige Fantasie, die er je gehabt hatte. Selbst sein Herz war bereit, mit einem Kopfsprung einzutauchen. Aber Baird hatte vor langer Zeit gelernt, dass man dem Körper oder den Impulsen des Herzens nicht immer trauen konnte. Er hatte es in seiner Praxis genug gesehen. Er würde bei Aislinn vorsichtig vorgehen. Sein Hirn war das letzte Hindernis, und Baird hatte ungefähr 1,2 Milliarden Fragen.

Im Moment wusste er, wo er anfangen würde. Er rief Google auf und begann die Ursache nachzuforschen, warum die Bucht von innen leuchtete.

KAPITEL SIEBZEHN

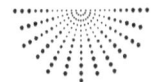

E inige Tage später ging Aislinn in ihrem Laden auf und ab und schaute auf ihre Liste mit Inventar. Sie musste entweder die Preise erhöhen oder mehr Ware produzieren. Es schien, als ob ihre Arbeiten in der letzten Zeit aus den Regalen fliegen würden und ihr Geschäft fing an, etwas leer auszusehen. Aislinn konnte nicht anders als aus dem vorderen Fenster herauszulinsen, aus dem sie ganz knapp noch Bairds Gebäude sehen konnte. Sie verfluchte sich selbst, drehte sich um und ging vom Fenster weg.

Nicht ein Wort. Der Mann hatte sie mit seinen Küssen zum Wahnsinn getrieben, hatte ihr gesagt, dass er nicht aufhören konnte, an sie zu denken und war dann einfach weggegangen. Aislinn hatte eigentlich erwartet, von ihm zu hören, nachdem er etwas Zeit gehabt hatte zu verarbeiten, was an der Bucht passiert war. Als sie nichts hörte, verwandelte sich ihre Verletztheit in Wut. Wut hatte dann dazu geführt, dass sie sich selbst gescholten hatte. Warum sehnte sie sich nach einem Typen, von dem sie wusste,

dass er nicht zu ihr passte? Frustriert von den Widersprü-
chen zwischen ihrem Herz und ihrem Kopf ging Aislinn
im Laden hin und her.

„Hi, Aislinn", rief Morgan aus dem Hinterzimmer.

„Hey, Morgan", sagte Aislinn, dankbar für die Ablenkung. Morgan war zweimal in den Laden gekommen, um
sich zu orientieren und hatte sich bei der Gelegenheit
Aislinn gegenüber langsam geöffnet. Aislinn hatte das
Gefühl, dass sie ihr komplett vertrauen könnte und der
Überschwänglichkeit des Mädchens konnte man kaum
widerstehen.

„Was steht heute auf dem Plan?"

„Na ja, wie Du siehst, geht mir die Ware aus." Aislinn
wedelte mit ihrem Arm durch den Raum.

„Ja, das habe ich gemerkt. Ich habe ein paar Ideen, wie
man es anders arrangieren könnte, damit es weniger leer
aussieht, wenn es Dir recht ist", bot Morgan schüchtern an.

Aislinn dachte darüber nach. Machte es ihr etwas aus?
„Bitte, mach nur. Jetzt, wo ich darüber nachdenke, glaube
ich, dass ich mir den Tag freinehme und fotografieren
gehe", entschied Aislinn spontan. Morgans Kinnlade fiel
nach unten.

„Du…lässt mich einfach hier?"

„Ja. Du weißt, wie Du mit dem Kreditkartenleser
umgehen musst und Du hast meine Mobilnummer. Ich
bezweifle, dass etwas wirklich Dramatisches passieren
wird", sagte Aislinn.

„Wow, danke, Aislinn, das weiß ich wirklich zu
schätzen."

„Kein Problem. Also auch wenn ich mehr malen
möchte, glaube ich, dass ich mich darauf konzentrieren

werde, mehr Fotos aufzustocken. Es ist einfacher, sie fertigzustellen und sie verkaufen sich gut. Und die Mini-postkarten, die ich aus ihnen mache, fliegen aus den Rega-len", beschloss Aislinn.

„Ich liebe Deine Fotos. Du hast so eine einmalige Art, Dinge darzustellen", sagte Morgan.

„Danke, Morgan. Mit Schmeicheleien wirst Du es weit bringen", lachte Aislinn und war erfreut, das warme pure Lachen des Mädchens als Antwort zu hören.

„Ich bin dann weg. Ruf mich an, wenn Du etwas brauchst", sagte Aislinn, während sie sich ihre zuverläs-sige Leica um den Hals hing und ihre Tasche mit Film-rollen nahm.

Aislinn trat auf die Straße und blickte automatisch zum Himmel, um das Licht zu überprüfen. Dünne Wolken filterten das Sonnenlicht. Perfekt, dachte Aislinn, und begann, durch das Dorf zu wandern. Obwohl sich Natur-fotos immer gut verkauften, hatte Aislinn festgestellt, dass die Touristen Bilder mit typisch irischen Eindrücken lieb-ten. Sie schlenderte weiter und bückte sich, um einen Töpfer, der in seinem Studio arbeitete, durch ein offenes Fenster zu fotografieren. In einer anderen Straße erhaschte sie zwei alte Männer, die auf dem Bürgersteig vorm Pub lachten. Aislinn zoomte auf ihre Gesichter und fing die Lachfältchen in ihren Augenwinkeln ein. Sie ging die Straße weiter und fand einen alten Truck, in dem ein Hund aus dem Fenster schaute. Aislinn machte mehrere Fotos von dem Hund…Weitwinkel und nah.

Sie summte vor sich hin und ging weiter durch das Dorf in Richtung Hafen. Aislinn griff in ihre Tasche und zog ihr Teleobjektiv heraus. Vom Hügel herunter war ein

Weitwinkelbild vom Hafen immer atemberaubend. Aislinn hielt die Kamera vor ihr Gesicht und sah durch den Sucher. Eine Bewegung erregte ihre Aufmerksamkeit und sie drehte den Fotoapparat etwas, um es zu finden und zoomte hinein. Ihre Kinnlade fiel runter und ohne nachzudenken, begann sie zu fotografieren.

Baird rannte ohne Hemd und Brille auf der Hafenpromenade. Schweiß tropfte von ihm herunter und seine Muskeln glänzten in der Sonne. Aislinn schluckte gegen ihre plötzlich trockene Kehle und fokussierte auf seine Brustmuskeln. Lust summte durch ihren Körper, während sie fortfuhr, seinen Lauf zu fotografieren. Baird hielt an einer leeren Bank an und lehnte sich zurück, um Trizepsübungen zu machen. Aislinn fiel fast vornüber, als sie sich auf die spielenden Muskeln seiner Oberarme konzentrierte und wie seine Bauchmuskeln in den Bund seiner Shorts eintauchten.

Als ob er spürte, dass er beobachtet wurde, sah Baird direkt zu ihr. Aislinn stieß einen kleinen Aufschrei aus, schwang die Kamera herum und machte wahllos Fotos von Flynns Restaurant. Sie versuchte, cool zu erscheinen, machte noch ein paar Aufnahmen und drehte die Kamera und ihren Körper in eine Richtung, die nicht zu Baird zeigte. Was hatte sie sich nur gedacht? Aislinn schimpfte sich selber aus, während sie hinter das Lebensmittelgeschäft ging und seufzte.

Dummes, verliebtes Mädchen, schalt Aislinn sich selbst. Und warum sehnte sie sich überhaupt nach diesem Mann? Es war nicht, als ob er versuchen würde, sie zu verstehen oder auch nur die Anstrengung machte, mit ihr zusammen zu sein.

Aislinn hielt sich selbst eine geistige Standpauke, verdrängte Baird aus ihrem Kopf und wechselte die Filmrolle. Sie verbrachte die nächsten paar Stunden am Rand des Dorfs und fotografierte alles von lachenden Nonnen, die aus einer alten Kirche kamen, bis hin zu einem einsamen Schaf, das auf einem Felsen stand. Zufrieden, dass sie genug Material zum Drucken und Einrahmen hatte, um ihren Lagerbestand aufzufrischen, ging Aislinn zurück zum Geschäft.

Sie wehte durch die Eingangstür und blieb wie angewurzelt stehen.

Ihr Geschäft.

Was war mit ihrem Geschäft passiert?

„Gefällt es Dir?", fragte Morgan nervös aus der Ecke. Aislinn erschrak. Sie hatte sie komplett übersehen.

„Ich...ich bin sprachlos."

„Ist es schlecht? Ich kann es wieder ändern", sagte Morgan nervös und kaute ihre Fingernägel.

„Machst Du Witze? Fass gar nichts an. Es ist fantastisch!", kreischte Aislinn und rann zu Morgan, um sie zu umarmen. Sie ignorierte das Zögern und die Anspannung, die sie in den Schultern des Mädchens spürte, als sie einen Arm um sie legte. Soweit sie es beurteilen konnte, war Morgan es nicht gewöhnt, angefasst zu werden oder sich bei Zuneigung wohlzufühlen.

„Wie hast Du das alles gemacht?", rief Aislinn aus.

Morgan errötete.

„Ach natürlich. Mit Deiner Kraft. Gute Arbeit", sagte Aislinn beiläufig und ging im Zimmer herum. Morgan hatte den Laden komplett neu arrangiert. Statt einer bunten Mischung aus Gemälden und Fotos, die einfach da hingen, wo Platz war, waren sie jetzt sortiert und...es macht Sinn.

„Das macht Sinn", sagte Aislinn und fasste ihre Gedanken in Worte.

„Ja, das habe ich auch gedacht", sagte Morgan eifrig. „Ich habe Deine Arbeiten nach Stil angeordnet und dann nach Größe und Preis."

„Wenn also jemand weiß, er mag nur Aquarelle...", sagte Aislinn.

„Dann gehen sie direkt zur Aquarellabteilung", beendete Morgan.

„Das funktioniert. Die Anordnung ist auch besser", sagte Aislinn. Die Regale waren so aufgestellt, dass die Leute nicht eng an der Tür zusammenstanden, sondern sich stattdessen jede Sektion ansehen konnten, ohne sich eingeengt zu fühlen.

„Genau das habe ich gedacht. Ich wollte nicht, dass die Leute sich zu bedrängt und ungemütlich fühlen."

„Das gefällt mir total gut, Du hast einen tollen Job gemacht", sagte Aislinn.

„Hast Du heute ein paar gute Bilder geschossen?", fragte Morgan und Aislinn fühlte, wie ihre Wangen heiß wurden.

„Em, ja, habe ich", sagte Aislinn und dachte an die Bilder von Baird.

„Oh! Da war ein Anruf von einer Galerie in Dublin. Etwas wegen einer Ausstellung? Ich habe es aufgeschrieben."

Aislinn ließ einen Schrei los und gab Morgan noch eine kurze Umarmung, bevor sie tänzelnd durch den Raum hüpfte.

„Gute Nachrichten, nehme ich an?" Morgan lachte sie an.

„Die besten. Meine erste richtige Ausstellung! Und sogar in einer Galerie in Dublin!"

„Glückwunsch."

„Morgan, wie viele Tage bist Du auf Flynns Boot?"

„Wann immer er mich braucht. Es ist unterschiedlich."

„Kannst Du in den nächsten Wochen mehr Stunden hier arbeiten? Ich muss mich konzentrieren."

Morgans Mund stand offen.

„Das würde ich total gern. Vertraust Du mir das wirklich an?"

Aislinn ließ ihren Arm durch den Laden schweifen. „Nach all dem? Natürlich tue ich das."

Ein Ausdruck von purer Freude huschte über das Gesicht des Mädchens und ihre Aura wechselte leicht die Farbe. Aislinn war sicher, dass sie es mit etwas Liebe und Geduld schaffen würde, den Rest der Wut und Einsamkeit aus Morgans Leben zu vertreiben.

„Ich rede morgen mit Flynn", sagte Morgan aufgeregt.

„Ich muss zurückrufen." Aislinn eilte in ihr Büro.

„Ich geh dann für heute", rief Morgan ihr zu.

„Danke, Morgan. Bis morgen?"

„Ja, nachdem ich mit Flynn geredet habe", rief Morgan.

Aislinns Herz schlug so stark in ihrer Brust, dass sie Morgans Antwort kaum hören konnte. Sie setzte sich an ihren Schreibtisch und starrte auf die hastig gekritzelte Nachricht. Es war ihr bisher nicht bewusst gewesen, dass sie ihre Arbeit als Künstlerin von einer Galerie anerkannt haben wollte. Aislinn war immer sehr stolz darauf gewesen, dass sie ihre Arbeit unter ihren eigenen Bedingungen verkaufte und hatte nie die Auszeichnungen ersehnt, die viele ihrer Künstlerkollegen suchten. Tatsächlich hatte Aislinn diese Welt mehr oder weniger gemieden. Nach der Kunstschule war sie einfach ihrem Herzen gefolgt und war Herrin ihres eigenen Erfolgs gewesen. Sie hatte miterlebt, wie mehrere ihrer alten Klassenkameraden immer wieder Ablehnungen von Galerien erlitten hatten und sie hatte sich selbst versprochen, dass sie nie in diese Gruppe fallen würde.

Aber jetzt wurde ihr diese Gelegenheit angeboten. Aislinn holte ein paarmal tief Luft, um ihre Atmung zu beruhigen, bevor sie die Nummer auf dem Notizblock wählte.

„Green on Red Gallery, wie kann ich Ihnen behilflich sein?"

„Könnte ich mit Martin sprechen, bitte?"

„Einen Moment, bitte", antwortete die Stimme am anderen Ende.

Aislinn kritzelte nervös vor sich hin, während sie wartete, dass Martin ans Telefon kam.

„Ja, hier ist Martin." Eine tiefe Stimme kam durch das Telefon.

„Ah, ja, hier ist Aislinn von der Galerie Wilde Seele in Grace's Cove?"

„Ja, Aislinn! Vielen Dank, dass Sie zurückrufen."

„Natürlich, die Freude ist ganz auf meiner Seite", sprudelte es aus Aislinn heraus.

„Ja, ich hatte das Vergnügen, Ihre Mutter kennenzulernen und sie hat mir Bilder Ihrer Arbeiten geschickt. Ich liebe sie! Wir müssen eine Ausstellung für Sie haben. Was würde für Sie am besten passen?"

Martin ging ganz selbstverständlich davon aus, dass sie in seiner Galerie ausstellen wollte und Aislinn war nicht überrascht. Die Green on Red Gallery war in ganz Irland bekannt.

„Em, ich würde etwas Zeit brauchen, um mich vorzubereiten", stotterte Aislinn.

„Natürlich, natürlich. Wie klingt in vier Wochen? Ich weiß, das ist etwas kurz, um eine Ausstellung zu planen, aber wir haben etwas frei in unserem Kalender und ganz ehrlich, nach dem, was ich auf den Fotos gesehen habe, haben Sie bereits genug zum Zeigen. Wir würden den Fokus gern auf Ihre Ölgemälde oder Aquarelle von der Küste legen. Wir haben noch keine stimmungsvollen irischen Meerlandschaften gehabt, weil sie normalerweise so langweilig und typisch sind. Ihre springen mich förmlich an und ich bin sicher, dass sie sich verkaufen werden wie warme Semmeln", sagte Martin aufgeregt.

„Vier Wochen? Ok, das bekomme ich hin", sagte Aislinn entschlossen. „Wie viele Bilder hätten Sie denn gern?"

„Hmm, ich versuche, nicht zu gierig zu sein, aber sagen wir mal...zwischen 25 und 40? Je nach Größe?"

Aislinn schluckte.

„Ja, Sir. Das bekomme ich hin."

„Ausgezeichnet. Geben Sie mir Ihre Emailadresse und ich schicke Ihnen weitere Einzelheiten."

Aislinn rasselte ihre Informationen herunter, während ihre Hand am Telefon zitterte. 40 Bilder in einer Ausstellung in einer berühmten Galerie in Dublin! Ihre Gedanken wirbelten vor Möglichkeiten und sie stotterte ihren Dank heraus, bevor sie auflegte.

Aislinn beugte sich vor, schob ihren Kopf zwischen ihre Beine und atmete tief ein. Ein Teil von ihr war überrascht darüber, wie viel dies für sie bedeutete. Vielleicht war die Bestätigung, ihre eigene Ausstellung zu bekommen, etwas, wovon sie nie gewusst hatte, dass sie sie wollte oder brauchte. Aber als Aislinn tiefer in sich hineinhorchte, wurde ihr klar, dass es die absolute Wahrheit war. Ein Teil von ihr hatte immer von diesem Tag geträumt.

„Keine Zeit, herumzusitzen und in Panik zu geraten", sagte Aislinn streng zu sich selbst und nahm einen Block, um sich Notizen zu machen. Sie musste auch ihre Mutter anrufen, um ihr zu danken.

„Oh, Scheiß drauf", sagte Aislinn und warf ihren Bleistift hin. Sie ließ einen Freudenschrei los und rannte mit den Händen in der Luft durch das Zimmer, als ob sie gerade ein Rennen gewonnen hatte. Nach mehreren Runden hielt sie an, atmete schwer und lachte über sich selbst.

„Ok, jetzt kann ich wieder vernünftig sein", sagte sie zu sich selbst und ging zurück zu ihrer Liste.

KAPITEL ACHTZEHN

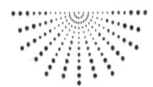

Baird beobachtete Aislinn, als sie von ihm weg den Hügel im Dorf hochging. Er hätte schwören können, dass sie Fotos von ihm gemacht hatte, aber als er hochsah, war ihre Aufmerksamkeit auf Flynns Restaurant gerichtet.

Ein Teil von ihm wollte ihr nachlaufen. Er wollte sie nach ihrer Arbeit fragen, ihr Lachen hören...nur, um bei ihr zu sein.

Baird stretchte seine Waden an der Wand der Uferpromenade und dachte darüber nach, was seine Nachforschungen diese Woche ergeben hatten.

Und das war so gut wie gar nichts.

Er konnte einfach keine Informationen über die leuchtende Bucht finden. Zugegeben, er war über hunderte von Artikeln über leuchtende Fische gestolpert, aber die schalteten sich nicht einfach so an und aus. Frustriert schob Baird seine Hand durch sein Haar, während er die Stufen zu seiner kleinen Wohnung hochging.

Baird weigerte sich zu glauben, dass die Bucht verwünscht war und entschied sich für die nächstbeste

Erklärung. Jemand hatte auf dem Grund der Bucht ein Licht installiert. Baird hoffte aufs innigste, dass es nicht Aislinn gewesen war. Er rief sich immer wieder ihr Gesicht vor Augen...sie war so verdutzt gewesen, fast, als wäre sie in Panik. Nichts an ihrem Benehmen hatte darauf hingedeutet, dass sie gelogen hatte.

Baird fragte sich, wer sonst dahinterstecken könnte. Die legendäre Fiona wäre die nächste Wahl und Baird war entschlossen, da ein bisschen tiefer zu graben.

In der Zwischenzeit musste er sich auf seinen ersten Patienten vorbereiten.

KAPITEL NEUNZEHN

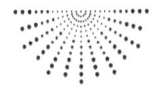

A islinn verbrachte die ganze nächste Woche in den Hügeln um Grace's Cove und konzentrierte sich auf ihre Malerei. Und ganz bestimmt nicht damit, über Baird zu grübeln, dachte Aislinn mit einem Schnaufen, als sie ihre Malpinsel in den Topf mit Wasser neben ihr rammte. Tief einatmend beruhigte sie sich selbst. Kein Grund, ihre Unruhe an ihren Utensilien auszulassen.

Aislinn stand in ihrem Innenhof und wusch ihre Pinsel aus, nachdem sie den ganzen Tag die Kliffe auf der anderen Seite der Halbinsel gemalt hatte. Sie war die ganze Woche launisch gewesen und ihre Arbeit reflektierte das. Morgan hatte gesagt, dass sie noch nie beeindruckendere Meereslandschaften gesehen hatte und Aislinn stimmte ihr heimlich zu. Vielleicht war etwas an dem alten Sprichwort über Künstler und gebrochene Herzen.

Gebrochenes Herz? Aislinn spottete über sich selbst. Sie war diejenige gewesen, die gegangen war, erinnerte sie sich selber. Baird und sie passten einfach nicht zueinander. Abgesehen davon, dass sie ihm ihr Geheimnis anvertraut hatte. Und als er sie abwies, hatte es mehr geschmerzt, als sie erwartet hatte.

Ein Klumpen aus Scham und Wut rollte durch Aislinns Magen und sie schluckte tief. Um nichts in der Welt würde sie zulassen, dass sie sich wegen Baird minderwertig fühlte. Wen kümmerte es schon, was der Mann dachte?

Aislinn ging über ihren Hof zu dem kleinen Gartenhäuschen, das sie in eine Dunkelkammer umgebaut hatte. Sie hatte früher am Tag ihre Fotos entwickelt und sie zum Trocknen hängen gelassen. Sie öffnete die Tür und duckte sich schnell unter den dunklen Vorhängen durch, die sie angenagelt hatte, um den Eingang zu bedecken und noch den letzten Lichtstrahl abzuhalten. Aislinn griff zur Lampe auf dem Tisch neben dem Eingang und schaltete sie ein. Ein warmes rotes Licht erleuchtete die Hütte und spiegelte sich auf den Bildern, die sie aufgehängt hatte.

Aislinn stellte sich mit gekreuzten Armen davor und studierte jedes Foto kritisch. Das mit dem Hund in dem alten Truck würde sich in Sekundenschnelle verkaufen, also nahm sie sich vor, weitere zu drucken. Die lachenden Männer vor dem Pub würden sich auch gut verkaufen, und der Anblick ihrer Freude brachte Aislinn zum Lächeln. Aislinns Herz hüpfte etwas, als sie vor den Fotos anhielt, die sie sich geschworen hatte, nicht zu entwickeln.

Im ersten rannte Baird, sein Gesicht vor Konzentration angespannt, und Schweiß tropfte seine nackte Brust herunter. Aislinn juckte es, ihren Finger über seine ausgeprägten Brustmuskeln laufen zu lassen. Sie ging zum nächsten Bild und seufzte, als sie die Nahaufnahme von Bairds angespanntem Bizeps sah und das Muskelspiel während der Trizepsübungen. Sie trat zurück und betrachtete die Fotos unvoreingenommen. Vom künstlerischen Standpunkt her waren sie außergewöhnlich. Die Art, wie sie hineingezoomt und jeden Schuss positioniert hatte, zeigte ihr fachmännisches Können...als ob sie in ihre Arbeit und ihr Zielobjekt verliebt war.

Aislinn hielt inne.

Verliebt?

Leidenschaftlich angezogen, korrigierte sie sich selbst und fing an, die Bilder herunterzureißen. Ihre Hand schwebte über den Fotos. Die Künstlerin in ihr konnte nicht verleugnen, was sie vor sich sah.

„Das wird nicht passieren", sagte Aislinn laut und zog die Abzüge herunter. Sie ging durch den Raum, nahm die restlichen Fotos ab und legte sie vorsichtig in eine Mappe mit Seidenpapier zwischen den Bildern. Sie würde die größeren heute Abend einrahmen und Morgan könnte sie morgen arrangieren.

Als Aislinn aus der Hütte kam, blinzelte sie in das letzte Tageslicht.

„Wir kommen nicht mit leeren Händen!", rief Keelin über den Zaun und fuchtelte mit einer Flasche Wein herum. Aislinn erschrak fast zu Tode.

„Klar, und Du versuchst, mir einen Herzinfarkt zu geben?", rief Aislinn mit einem Lachen und winkte sie hinein. Cait folgte dicht dahinter.

Aislinn lächelte über ihre zusammengewürfelte Großfamilie. Keelin strahlte ein frischverheiratetes Leuchten aus, das daherkam, dass sie im letzten Jahr Liebe und ihre eigenen einzigartigen Kräfte gefunden hatte. Sie war Aislinns Halbschwester und dabei, eine mächtige Heilerin zu werden. Cait, die Besitzerin von Gallagher's Pub mit dem Talent, Gedanken zu lesen, war ein deutlicher Kontrast zu Keelins ausladenden Kurven und gewaltiger Größe. Sie stand lachend neben ihr und sah aus wie eine Miniaturfee.

Aislinn hielt inne und starrte Cait an, ihr Blick auf die Aura gerichtet, die Cait umgab. Irgendetwas war anders an ihr. Als sie merkte, was es war, schnappte Aislinn nach Luft und versuchte, an etwas anderes zu denken.

Cait ließ den Korb fallen, den sie trug.

„Nein!"

„Scheiße, es tut mir leid, Cait, ich habe versucht, nicht daran zu denken. Du solltest doch eigentlich meine Gedanken sowieso nicht lesen", rief Aislinn aus.

„Nein, nein, nein." Cait schüttelte ihren Kopf ungläubig.

Aislinn starrte Cait hilflos an. Keelin tanzte verwirrt und neugierig um sie herum.

„Was ist los, Ihr macht mich wahnsinnig. Es ist nicht fair, Eure Kräfte zu benutzen. Spuckt es aus", sagte Keelin.

„Ich bin schwanger", flüsterte Cait.

KAPITEL ZWANZIG

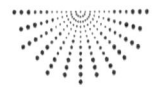

„**W**as?", kreischte Keelin und ergriff Caits Schultern. „Stimmt das?"

„Ich...ich weiß nicht. Ich hätte eigentlich diese Woche meine Periode bekommen sollen", sagte Cait benommen. „Ich wollte morgen einen Test machen, bevor wir meine Mutter in ihr neues Wohnheim bringen."

Keelin drehte sich um und sah Aislinn aus ihren cognacfarbenen Augen an. „Was hast Du gesehen?"

Aislinn zuckte nervös mit ihren Schultern. „Ich habe nur gesehen, dass an ihrer Aura etwas anders ist", sagte Aislinn schnell.

„Ok, lasst uns hinsetzen und darüber reden. Das verlangt nach einem Frauenabend", sagte Keelin schnell und führte sie in den Laden. Aislinn folgte brav, ihre Hände immer noch voll mit Bildern. Sie quetschte sich an den Mädchen vorbei in ihre Küche und legte die Mappe mit Fotos auf ihren Arbeitstisch. Keelin und Cait flüsterten in leisem Ton, während sie den Wein öffneten und Snacks auf kleinen Tellern anrichteten.

Keelin eilte an Aislinn vorbei und ins Geschäft.

„Wow, das sieht fantastisch aus. Tut mir leid, dass ich so lange nicht hier war", sagte Keelin, als sie durch den Raum ging und Aislinns Arbeit begutachtete.

„Danke, Morgan hat das für mich arrangiert."

Bei der Bemerkung steckte Cait ihren Kopf aus dem Hinterzimmer.

„Ich höre wohl nicht recht", sagte Cait ungläubig. „Du hast Morgan eingestellt?"

„Ja, das habe ich." Aislinn nickte zustimmend.

Neugierig kam Cait in den Raum und sah, was sie gemacht hatte.

„Sie kennt sich aus", gab Cait ungern zu.

„Das muss ich haben", sagte Keelin und stand vor einem Bild von Flynns Boot, das auf der anderen Seite der Bucht gedockt war.

„Ja, und wir wissen alle, warum Du das Boot so gern magst", grinste Cait anzüglich und Keelin lachte sie an. Es war der Ort von ihrem und Flynns ersten offiziellen Date...und mehr. Aislinn war ziemlich sicher, dass Keelin gute Erinnerungen an das Boot hatte.

„Kein Problem. Nimm es herunter und ich packe es Dir ein", sagte Aislinn. Aislinn drehte sich um, als ein langer Pfiff von Cait kam.

„Boah, Dr. Lecker in seiner ganzen Pracht. Wenn ich nicht über beide Ohren in Shane verliebt wäre, würde ich es bei ihm auch versuchen", erklärte Cait, als sie auf die Fotos von Baird schaute.

„Lass mich sehen", sagte Keelin und drängte sich an einer erstarrten Aislinn vorbei, um ein Bild von Baird zu ergreifen. Sie wiederholte Caits Pfeifen und drehte sich mit erhobener Augenbraue zu Aislinn um. „Details", verlangte sie von ihr.

„Em, ich glaube, wir verlieren hier das wichtigere Ereignis aus den Augen. Cait is schwanger!", sagte Aislinn.

Cait wedelte das schnell weg. „Das wissen wir erst morgen sicher, also wechsle jetzt nicht das Thema."

Die zwei Frauen kreuzten ihre Arme vor ihrer Brust und starrten Aislinn an.

„Ok, ich brauche ein Glas Wein", pflichtete Aislinn ihnen bei.

„Lass uns rausgehen, es ist ein schöner Abend", sagte Keelin und Aislinn nickte. Sie nahmen alle etwas mit nach draußen und bald war Aislinns Picknicktisch mit Snacks, Wein und mehreren dicken Kerzen bedeckt. Aislinn stand auf, ging durch ihren kleinen Innenhof und zündete verschiedene Fackeln und Kerzen an, die sie verstreut entlang des Zauns und zwischen Pflanzen und Skulpturen gestellt hatte.

„Wir haben genug Licht. Hör auf, Zeit zu schinden", rief Cait und Aislinn lachte sie an.

„Flippst Du im Moment nicht gerade total aus?", fragte Aislinn, als sie sich auf die Bank gegenüber von den beiden setzte. Keelin gab ihr ein Glas Wein und Aislinn nahm es dankbar.

„Ich flippe aus, wenn ich bereit bin auszuflippen", sagte Cait und hob ihr Kinn stur. „Also erzähl mir von Dr. Lecker. Was war nach dem Abend im Pub? Du hast mir gesagt, dass da mehr passiert ist, aber hast Dich geweigert, weitere Einzelheiten von Dir zu geben. Ich wollte brennend gern für einen Moment kommen, um den Tratsch zu hören."

„Ich bin überrascht, dass Du so lange gebraucht hast", sagte Aislinn mit einem Schnauben.

Cait warf ihr ein teuflisches Grinsen zu. „Ja, na ja, ich war mit meinem eigenen leckeren Mann beschäftigt."

Keelins Lachen rieselte über beide. „Ich habe viel verpasst. Erzählt mir, was im Pub passiert ist. Wer ist dieser Dr. Lecker überhaupt?"

Cait setzte Keelin schnell ins Bild über das, was sie wusste, während Aislinn ihren Wein trank.

„Und dann rannte er durch den Pub hinter ihr her...", endete Cait dramatisch.

„Oh, hör auf. Er ist nicht gerannt", protestierte Aislinn lachend.

„Oh, und ob er das ist. Ich wollte unbedingt nach drau-ßen, aber ich hatte mein eigenes Drama zu bewältigen", sagte Cait wissend. Sie griff nach dem Wein und zögerte dann.

„Ja, und das lässt Du besser, Cait", sagte Aislinn.

Keelin warf ihre Hände in die Luft. „Ich weiß gar nicht, wo ich anfangen soll! Mit Cait oder mit Dir", sagte Keelin und sah zwischen ihnen hin und her.

Cait und Aislinn zeigten gegenseitig auf die andere über den Tisch und brachen in Gelächter aus.

„Also gut", grummelte Aislinn und erzählte ihnen jedes einzelne unanständige Detail. Als sie fertig war, hatte Keelin den Rest ihres Weins ausgetrunken und Cait fächelte sich Luft zu.

„Er ist Dr. Lecker", hauchte Cait.

„Naja, nicht ganz so lecker, wenn er nicht glauben will,

dass Aislinn die Wahrheit sagt", kam Keelin zu Aislinns Verteidigung.

„Natürlich nicht. Darauf komme ich noch zurück, aber können wir einfach für einen Moment genießen, wie scharf Dr. Lecker ist?" flehte Cait und Keelin lachte sie an.

„Ist zur Kenntnis genommen. Er ist in der Tat heiß", murmelte Keelin und drehte sich zu Aislinn.

„Heiß, ja, verstörend heiß. Er...plagt mich", gab Aislinn mit einem Seufzer zu. Sie nippte an ihrem Wein und ließ den Geschmack einen Moment auf ihrer Zunge sitzen.

Mit sofortiger Fürsorge strich Keelin ihre Hand an Aislinns Arm herunter.

„Was erwartest Du von all dem?"

„Ich...ich weiß nicht. Schau, das ist das Problem. Ich bin überzeugt, dass er falsch für mich ist, und trotzdem trauere ich herum wie ein liebeskranker Welpe", sagte Aislinn bekümmert.

Cait beobachtete sie wissend.

„Es kommt mir so vor, als hättest Du einen Juckreiz, und Dr. Lecker ist genau der richtige, ihn zu kratzen."

Sie brachen alle in Kichern aus.

Keelin warf Aislinn einen besorgten Blick zu. Sie schob ihr rotblondes Haar hinter ihr Ohr und schürzte nervös ihre Lippen.

„Sag es einfach, Keelin", seufzte Aislinn.

„Ich...ich weiß nicht. Ich glaube, dass Du wahrscheinlich das richtige tust. Gib dem Ganzen ein bisschen Zeit. Ich würde warten und sehen, ob er zu Dir kommt."

„Das ist mein Plan. Ich werde bestimmt nicht hinter

ihm herrennen", stimmte Aislinn zu und drehte dann ihren
stählernen Blick zu Cait.

Cait sah zwischen ihnen hin und her.

„Ich glaube, Du solltest einfach hingehen und nichts
tragen außer einem Trenchcoat und nichts darunter."

Keelin lachte und schlug Cait auf die Schulter.

Aislinn beäugte sie und sagte: „Das sind nur die
Hormone, die da reden."

„Uuuh!", kreischte Cait und lehnte sich zurück, um
ihre Arme um ihren Bauch zu legen.

„Aislinn, woher weißt Du das?", fragte Keelin.

„Irgendwie...ich weiß nicht. Ich sehe eine neue Farbe,
die mit ihrer Aura vermischt ist. Es verschmilzt wunderschön. Es könnte auch sein, dass sie verliebt ist, aber mein
erster Instinkt war Schwangerschaft. Ist das möglich?"

Cait sah angestrengt auf ihre Hände.

„Cait!", sagte Keelin.

„Na ja, em, ja, wir haben einmal nicht verhütet." Cait
zuckte mit ihrer Schulter. „Ich habe ehrlich gedacht, dass
es sowieso nicht die richtige Zeit des Monats dafür war."

„Aber was passiert, wenn Du es bist? Wird Shane bei
Dir bleiben?", fragte Keelin mit einem besorgten Gesichtsausdruck.

„Natürlich wird er das, der Mann ist besessen von ihr",
sagte Aislinn schnell. Sie wusste aus verlässlicher Quelle,
dass Shane morgen einen Heiratsantrag machen wollte, da
sie geholfen hatte, den Ring auszusuchen. Wissend, dass
Cait solche Gedanken aus ihrem Kopf holen könnte, wechselte sie schnell das Thema. „Erzähl mir von dem Platz,
wo Du Deine Mutter hinbringst."

„Es ist ein guter Ort für sie. Sie wird rund um die Uhr

Pflege haben und sie kann die ganze Zeit ihre Fernsehsendungen anschauen. Ich habe meinen Frieden damit geschlossen", sagte Cait.

„Lasst uns zusammen essen gehen, wenn Du wieder da bist. Ich treffe Euch im Pub", sagte Aislinn schnell.

„Klingt nach einem guten Plan. Keelin?"

„Ja, ich bin dabei."

Cait drehte sich und sah Aislinn an. Sie steckte sich ein Stück Käse in den Mund und kaute heftig. Aislinn wartete.

„Was ist mit Morgan los? Sie sah vor ein paar Wochen aus, als würde sie uns gleich umbringen", sagte Cait. Sie bezog sich auf eine Nacht im Pub, als Cait versucht hatte, Morgans Gedanken zu lesen und Morgan hatte sie beide mit einem hasserfüllten Blick aufgespießt.

„Sie bellt nur", sagte Aislinn.

„Ich habe sie bei der Hochzeit mit Patrick tanzen sehen", sagte Keelin.

„Patrick ist scharf auf sie", pflichtete Cait ihr bei.

„Ich werde nicht alles preisgeben, was sie mir im Vertrauen erzählt hat. Aber sie hat kein gutes Leben gehabt. Sie ist eine Waise", sagte Aislinn in der Annahme, dass dieses Detail etwas war, das selbst Morgan nicht lange verheimlichen konnte.

„Oh nein!", sagte Keelin mit einem vor Sympathie verzogenen Gesicht.

„Hm, ich nehme an, das erklärt die Wut", murmelte Cait. „Aber ich kann sehen, dass sie eine von uns ist. Ich vermute, dass es hart gewesen sein muss, ohne irgendwelche Hilfe damit aufzuwachsen."

„Das kann ich bescheinigen." Keelin hob ihre Hand.

„Was kann sie?", fragte Cait.

„Ehrlich gesagt, ich glaube, viel mehr als jede von uns. Ich wäre nicht überrascht, wenn sie die nächste Fiona ist. Aber ihre Kraft ist etwas Neues." Aislinn machte eine dramatische Pause. „Es ist Telekinese."

„Nein!" Keelin und Caits Kinnladen fielen nach unten.

„Ja." Aislinn nickte, bevor sie nach dem Wein griff.

„Wir müssen öfter einen Frauenabend haben", entschied Keelin. „Ich kann all diese Neuigkeiten nicht auf einmal bewältigen."

„Naja, wenigstens weiß ich jetzt, warum Baird abends mürrisch in meinem Pub herumhängt", erklärte Cait.

Aislinns Magen fiel etwas, als sie Cait anstarrte.

„Das tut er?"

„Das tut er. Ob der Mann es zugeben will oder nicht, er ist verknallt."

KAPITEL EINUNDZWANZIG

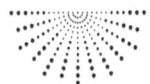

„D er Mann ist verknallt." Caits Worte hallten am nächsten Morgen in Aislinns Kopf wider, als sie mit ihrem Tee in den Innenhof ging und abrupt stehenblieb. Auf ihrem Tisch stand ein Glas Honig mit einer Schleife. Mit schräg gehaltenem Kopf ging Aislinn über den Hof, um den kleinen Zettel zu lesen, der am Glas hing.

Ich denke an Dich.

Es stand kein Name dabei, aber Aislinn brauchte kein Detektiv sein, um zu wissen, dass der Honig von Baird war. Lächelnd hielt sie ihn für eine Sekunde an ihr Herz, bevor sie ihn auf den Tisch zurückstellte und sich umsah. Die Straße neben ihrem Geschäft war leer.

Honig, dachte Aislinn. Ein ungewöhnliches Geschenk. Das beeindruckte sie sogar noch mehr.

Sie bewegte das Glas zwischen ihren Händen hin und her. Also Baird hatte einen Schritt gemacht. War sie jetzt dran? Aislinn hasste die Unklarheit, die Baird umgab. Normalerweise vertraute sie auf ihr Bauchgefühl und folgte ihrem Instinkt. Aber wenn es um den leckeren Arzt ging, war sie total unentschieden.

Was bedeutete, dass sie sich Zeit lassen würde, um über dieses Geschenk nachzudenken, beschloss Aislinn.

Sie ging in ihren Laden, um alles für den Tag vorzubereiten und dachte über Caits Überraschungsparty am Abend nach. Aislinn änderte ihre Meinung und ging stattdessen nach oben, um durch ihren Kleiderschrank zu sehen. Sollte Baird da sein, wollte sie gut aussehen.

Aislinn wühlte zwischen ihren Sachen, bis sie das Kleid fand, das sie gesucht hatte. Sie wollte etwas Kurzes. Ein schiefergraues Kleid mit weinrotem Saum und Borte am Kragen brachte ihre besten Seiten zur Geltung. Sie hatte auch genau den richtigen Schmuck dafür. Aislinn zog eine Kette von ineinandergreifenden metallischen Gliedern heraus und drapierte sie über den Bügel, so dass sie vor dem grauen Kleid hing. Perfekt, dachte sie und lächelte sich im Spiegel rebellisch an.

STUNDEN SPÄTER KAM Aislinn atemlos in Gallagher's Pub an. Ihr war fast die Zeit ausgegangen, bevor Cait ankommen sollte. Sie hatte eine Kundin gehabt, die bis nach Geschäftsschluss herumgetrödelt hatte. Aislinn konnte sie nicht aus der Tür schieben und hatte geduldig gewartet. Und Mann, war es die Wartezeit wert gewesen, da Aislinn für einen vierstelligen Betrag Ware verkauft hatte. Sobald die Kundin gegangen war, war Aislinn nach oben gerannt, in ihr enges Kleid geschlüpft, und ließ ihre Locken über den Rücken taumeln. Sie schminkte ihre Augen schnell mit einem rauchigen Lidschatten und legte ihre Kette um. Und das war alles, dachte Aislinn, als sie durch den leeren Pub und in den Hinterhof raste, wo sich alle versteckt hielten.

„Aislinn!" Keelin winkte ihr wild aus der Ecke zu, wo sie zusammen mit ihrem Mann Flynn hockte. Flynn lächelte sie an und rutschte zur Seite, damit Aislinn neben ihnen sitzen konnte.

„Du hast mir nichts hiervon erzählt!", schimpfte Keelin Aislinn aus.

„Ja, und aus gutem Grund. Du weißt, wie Cait die Gedanken direkt aus Deinem Kopf pflückt und Du hast keine Übung darin, Geheimnisse vor ihr zu verbergen", flüsterte Aislinn Keelin zu.

Keelin sah sie finster an.

„Oh, schau nicht so miesepetrig, jetzt brauchen wir gleich keine Geheimnisse mehr", flüsterte Aislinn. Sie konnte nicht anders, sie ließ ihren Blick auf der Suche nach Baird durch den Hof voller Einheimischen schweifen. Als ihre Blicke sich trafen war es, als ob ein Messer in ihren Bauch gestochen wurde. Er lehnte in einem karierten Hemd mit gekreuzten Armen gegen den Zaun. Mit hochgerollten Ärmeln und Brille auf der Nase war er sexy genug, um sie an all den richtigen Stellen aufzuwärmen. Aislinn nickte ihn kühl an und drehte sich, um die Hintertür zu beobachten.

„Sie sind hier!", flüsterte Patrick von der Tür und alle verstummten. Ein langer Tisch mit Essen stand auf einer Seite des Zauns und hängende Lichterketten warfen ein warmes Leuchten über den Hof. Es war bezaubernd und festlich und Aislinn konnte es kaum erwarten, bis Cait durch die Tür kam.

Alle schauten gebannt und als die Stimmen näherkamen, ballte Aislinn ihre Hände.

Cait kam durch die Tür und stand stockstill.

„Überraschung!", riefen alle und lachten über Caits Gesicht. Aislinn konnte über den Hof hinweg den Ring an ihrem Finger glitzern sehen und Tränen stiegen ihr in die Augen. Oh, sie war so glücklich für sie.

Im Innenhof wurde es still, als Cait etwas sagte, das Aislinn nicht hören konnte und dann legte sie ihre Hände auf den Bauch und drehte sich zu Shane um.

„Ja!", schrie Aislinn, als der Rest der Menge über Shanes überraschtes Gesicht lachte.

„Du hattest recht", sagte Keelin aufgeregt zu Aislinn.

„Ich wusste es, ich wusste es einfach", sagte Aislinn.

Flynn sah Aislinn mit hochgezogenen Augenbrauen an. „Was ist mit uns? Sind wir es auch?"

Keelin drehte sich um und lächelte Flynn an.

„Wir versuchen es erst seit Kurzem", flüsterte sie Aislinn zu.

Aislinn lehnte sich zurück und konzentrierte sich auf Keelins Aura. Es war schwieriger zu sehen, weil sie mit Flynn so eng verflochten war. Aislinn sah, wie sich ihre Farben mischten und für eine Weile verbanden und dann – nur für einen kurzen Moment – sah sie eine dritte Farbe aufblitzen. Ihre Kinnlade fiel herunter und Keelin ergriff ihren Arm.

„Bin ich?"

„Ich...ich weiß nicht. Ich schwöre, für eine Sekunde habe ich etwas gesehen."

„Oh. Mein. Gott", flüsterte Keelin und legte ihre Arme um Flynn.

„Du kannst immer Fiona fragen, sie wird es wissen."

Keelin nahm ihre Großmutter quer durch den Hof ins Visier. „Wenn sie es weiß, hat sie nichts gesagt."

„Na ja, wenn es so weit ist", sagte Flynn sanft und Keelin lächelte wieder.

„Du hast recht. Wir sollten Cait ihren Tag lassen", sagte Keelin. Aislinn bemerkte, dass Flynn Keelins Glas mit Cider sicherheitshalber von ihr wegschob.

„Da bist Du ja!", rief Aislinn, als Cait zu ihnen rannte. Aislinn sprang auf und schlang ihre Arme um Cait, sie war so glücklich für sie. Sie schaute über Caits Schulter und tätschelte Shanes Arm.

„Gut gemacht, Shane."

„Na ja, sieht aus, als ob wir beide eine Überraschung parat hatten", sagte Shane und sah etwas geschockt aus.

„Glückwunsch", sagte eine tiefe Stimme und Aislinn fühlte, wie die kleinen Härchen an ihrem Nacken hochstanden.

Baird war gekommen und stand direkt neben ihr, seine Schulter berührte ihre leicht. Sie schwor, sie konnte seine Hitze fühlen und ihre Kehle wurde trocken. Sie schluckte schnell und ergriff ihr Glas mit Bulmer's. Sie ließ die kühle Flüssigkeit ihren Hals heruntergleiten und beobachtete Baird, während er mit dem glücklichen Paar sprach.

Er sah so entspannt aus, so voller Selbstvertrauen, dachte sie. Baird drehte sich und spießte sie mit einem Blick auf.

„Aislinn."

„Baird", sagte sie.

„Oh Mann. Würdet Ihr beiden einfach bumsen und damit aufhören", sagte Cait. Shane dreht sich mit offenem Mund zu ihr um.

„Cait!"

„'tschuldigung, das müssen die Hormone sein", murmelte Cait und wurde dann von jemandem aus der Menge weggezogen.

„Tut mir leid", sagte Shane kopfschüttelnd und sah seiner schwangeren Verlobten über den Hof hinterher.

Flynn sah Baird mit neuem Interesse an und Aislinn konnte sehen, wie sich der Anfang eines Verhörs anbahnte. Mit einem kurzen Blick auf Keelin bat sie ihre Halbschwester stumm um Hilfe.

„Schatz, ich habe wahnsinnigen Hunger. Können wir was essen?", sagte Keelin, um Flynn abzulenken. Er sah sie mit einem liebevollen Blick an und nickte. Sie standen auf und gingen zur Schlange am Buffet. Baird setzte sich schnell auf die Bank und zog an ihrem Arm, damit sie sich neben ihn setzte. Es war Aislinn sehr wohl bewusst, dass Baird sich rittlings auf die Bank gesetzt hatte und dass sie zwischen seinen Beinen saß.

„Danke für den Honig", sagte Aislinn leise.

„Gern geschehen. Du siehst wunderbar aus. Solltest Du das Kleid tragen, um mich zu foltern, hast Du Dein Ziel erreicht", sagte Baird und sah sie an, als ob er direkt durch das Kleid zu der smaragdgrünen Unterwäsche sehen konnte, die sie darunter trug. Aislinn schluckte.

„Danke, Du siehst auch gut aus", sagte Aislinn steif.

Baird beobachtete sie für einen Moment.

„Ich nehme an, dass ich mich für mein Benehmen neulich an der Bucht entschuldigen sollte", sagte Baird.

„Für welchen Teil? Den Teil, wo Du mich beschuldigt hast, die Bucht mit meinen magischen Kräften zu manipulieren, oder den Teil, wo Du von mir weggegangen bist und wochenlang nicht mit mir geredet hast?", sagte Aislinn süßlich, aber mit einem biestigen Gesichtsausdruck.

Baird seufzte und schob seine Hände durch sein Haar, was ihn noch zerzauster und sexy aussehen ließ.

„Ich habe nachgeforscht. Ich kann immer noch nichts darüber finden, wie sie leuchten kann. Irgendwas muss installiert sein", sagte Baird.

Aislinns Kinnlade fiel nach unten.

Er glaubte ihr immer noch nicht.

„Das meinst Du jetzt nicht ernst. Du glaubst es immer noch nicht, oder?"

Baird schüttelte seinen Kopf und hob hilflos seine Hände.

„Du bist ein größerer Idiot als ich", flüsterte Aislinn wütend und begann aufzustehen.

„Warte, bitte, geh nicht", sagte Baird schnell.

„Warum sollte ich bleiben? Damit ich Dir zuhöre, wie Du Deine lächerlichen wissenschaftlichen Entschuldigungen und Erklärungen an mir ausprobierst? Du bist blind", sagte Aislinn.

„Ja, was zum Teufel, Aislinn? Das ist neu für mich", flüsterte Baird genauso wütend zurück.

„Wenn Du mit mir zusammen sein willst, musst Du mich so akzeptieren, wie ich bin", erwiderte Aislinn flüsternd.

„Ich kenne Dich doch kaum!" Baird schrie fast und Aislinn taumelte zurück, während die Unterhaltung heftiger wurde und neugierige Einheimische zu ihnen blickten.

„Ok, jetzt hast Du es geschafft", sagte Aislinn.

„Die sind mir völlig egal", sagte Baird.

„Ja, aber mir nicht. Ich lebe hier und kenne diese Menschen schon mein ganzes Leben. Und da Du mich kaum kennst und Dich weigerst, mich näher kennenzulernen, gehe ich jetzt", sagte Aislinn verärgert, stand auf und drehte ihm ihren Rücken zu. Sie hörte ihn leise fluchen aber ging weiter durch die Menge am Essen vorbei, bis sie Cait fand.

"Ich verschwinde", sagte Aislinn und bückte sich, um Caits Wange zu küssen. Cait lugte um sie herum und suchte Baird.

„Allein?"

„Ja, allein", sagte Aislinn.

„Tut mir leid. Soll ich ihm in den Hintern treten?"

„Nein, Mama, alles ist gut", lachte Aislinn und umarmte Shane kurz. Sie wand sich durch die Menge und ging hinaus in die Nacht.

Nach Hause, allein, zu ihrem Studio. Ihrem Zufluchtsort.

KAPITEL ZWEIUNDZWANZIG

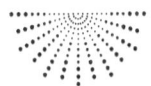

Aislinn schob sich durch die Hintertür ihres Geschäfts und befürchtete, den Tränen nahe zu sein.

„Ich werde wegen diesem Mann nicht weinen", sagte sie in den leeren Raum und warf ihre Tasche auf die Theke. Ein lautes Hämmern an der Ladentür erschreckte sie fast zu Tode.

Aislinn schielte zum vorderen Fenster und konnte gegen das Licht der Straßenlampe einen dunklen Schatten ausmachen. Das Klopfen wurde intensiver.

Sie hatte noch kein Licht angemacht und fragte sich, ob sie so tun könnte, als ob sie nicht zu Hause wäre.

„Ich weiß, dass Du da bist", rief Baird durch die Tür.

„Ist der Mann wahnsinnig?", murmelte Aislinn und rannte zur Tür, bevor das ganze Dorf zu ihrer Haustür kam, um die Show zu sehen.

„Bist Du verrückt?", zischte Aislinn, als sie die Tür aufschloss und ein paar Zentimeter öffnete. Baird stand vor ihr und seine Brust hob und senkte sich, er war offensichtlich direkt vom Pub hierher gerannt.

„Ja, verrückt nach Dir", sagte Baird und schob die Tür auf. Aislinn stolperte zurück und bevor sie antworten konnte – oder überhaupt denken – hatte Baird sie hochgehoben, um ihre Beine um seine Taille zu wickeln. Aislinn schnappte nach Luft, als seine Hände ihren Hintern fassten und sie eng gegen ihn zog. Sie hatte kaum Zeit, zu Atem zu kommen, bevor er seine Lippen auf ihre legte.

Gott, sie wollte dies. Sie hatte schon seit Wochen davon geträumt. Obwohl sie sich am hellen Tag viele Gründe einreden konnte, warum es mit ihnen nie funktionieren würde, erzählten ihre Träume in der Nacht eine andere Geschichte.

Aislinn legte ihre Arme um seinen Hals und schob ihre Hände durch sein dickes Haar. Baird trat die Tür hinter sich mit einem Knall zu und manövrierte geschickt rückwärts zwischen ihren Stapeln mit Kunst. Seine Lippen blieben auf ihren und Aislinn fühlte sich, als ob sie in Leidenschaft für ihn ertrinken würde. Sie stöhnte gegen seinen Mund und öffnete sich ihm, sehnte sich nach mehr.

Aislinn fühlte, wie ihr Hintern auf die Kante des Schreibtischs traf und Baird setzte sie ab, um sich zwischen ihre Beine zu stellen. Er nahm ihr Gesicht in seine Hände und sah in ihre Augen. Aislinn war wie hypnotisiert von seinem Blick, der vom Mondlicht, das durch das Fenster über ihrem Schreibtisch schien, noch hervorgehoben wurde.

„Ich krieg Dich nicht aus meinem Kopf", flüsterte Baird gegen ihre Lippen.

Aislinn nickte und sah ihn stumm an.

„Sag mir bitte, dass es Dir auch so geht...dass ich nicht verrückt bin", sagte Baird.

Aislinn nickte wieder und wagte nicht zu sprechen.

„Ich weiß nicht, was ich mit Dir machen soll", sagte Baird.

Aislinn spürte, wie sie wütend wurde und versuchte es zu unterdrücken.

„Oh? Mir war nicht klar, dass ich ein Problem bin, das gelöst werden muss", sagte Aislinn geringschätzig und hob die Nase hoch in die Luft.

„Hör auf damit, Du weißt, was ich meine", sagte Baird frustriert.

„Tue ich das?" Aislinn griff hinter sich und knipste die kleine Lampe auf ihrem Schreibtisch an. Ein warmes Licht umgab sie und Aislinn wollte Baird nach oben einladen, um zu kuscheln und einen alten Film anzuschauen. Im Bett. Nackt.

Baird seufzte, lehnte seine Stirn an ihre und hielt sie einfach für einen Moment. Aislinn wusste nicht, warum sie plötzlich das Bedürfnis hatte zu weinen, aber sie musste daran arbeiten, die Tränen zurückzuhalten.

„Hör mal, so bin ich eigentlich gar nicht", begann Baird.

„Oh? Wirklich? Ich hätte Dich schon aus der Ferne als irrationalen Typ erkannt", sagte Aislinn sarkastisch.

Baird legte seine Hände an ihren Hals und tat so, als würde er sie aus Frust würgen.

„Siehst Du? Du machst mich wahnsinnig. Ich hatte noch nie vorher einen One-Night-Stand", gab Baird zu.

„Es ist nicht so, als ob ich daraus eine Gewohnheit mache", sagte Aislinn.

„Ja, eben, ich habe gemeint, was ich vorhin gesagt habe...ich kenne Dich nicht", sagte Baird.

Aislinn fühlte, wie sich ihr Herz ein bisschen verkrampfte.

„Aber ich will alles an Dir kennenlernen", sagte Baird.

Aislinn hielt ihren Kopf schräg und strich mit ihrer Hand über seine Wange. Seine Haut schien sich unter ihrer Hand zu erhitzen und sie spürte, wie bei seinen Worten ein Beben durch sie ging.

„Ich bin hier", sagte Aislinn und lehnte sich für einen Kuss nach vorn.

Baird lehnte sich zurück und ließ Aislinn hängen. Sie starrte ihn verwirrt an.

„Ja, und das ist der leichte Teil für uns. Der Rest..." Baird schwang seinen Arm aus Frust herum. „Der Rest ist...verworren."

„Das kannst Du laut sagen", murrte Aislinn.

„Hör mal, ich versuche nicht, Dich anzuzweifeln oder so, wenn ich über das Buhu-Zeug rede", sagte Baird und machte Anführungszeichen mit seinen Händen als er „Buhu" sagte.

Aislinn sah ihn ungläubig mit erhobenen Augenbrauen an.

„Hast Du meine Fähigkeit gerade als Buhu bezeichnet?", fragte sie eisig.

„Ahh, ja und nein. Deine Fähigkeit. Die Bucht...das ist alles ein bisschen viel für mich." Baird hielt seine Hand hoch, um Aislinn davon abzuhalten, ihm an den Hals zu springen. „Aber ich weiß zu schätzen, dass Du ehrlich warst mit mir und dafür bin ich bereit, Dir eine Chance zu geben."

Aislinn schob ihr Bein an Bairds hoch, bis es ihn zwischen den Schenkeln berührte. Mit einem teuflischen Glitzern in den Augen drückte sie hart dagegen. Baird keuchte.

„Möchtest Du das vielleicht anders formulieren, damit es nicht so beleidigend klingt, Dr. Delaney?"

„Em, ich glaube, dass wir uns eine Chance geben sollten. Aber auf die richtige Art. Ich möchte mit Dir ausgehen. Dich kennenlernen. Deine Familie treffen. All diese Dinge...", sagte Baird und beobachtete Aislinn aufmerksam.

Aislinn drückte ihr Bein ein bisschen härter gegen ihn, nur um ihn für einen Moment schwitzen zu sehen und ließ dann ab.

„Ah, also Du möchtest um mich werben?"

„Ich denke schon, ja", sagte Baird.

Aislinn dachte einen Moment darüber nach. In mancher Hinsicht hatte Baird recht. Sie wussten sehr wenig voneinander. Vielleicht könnte sie Gemeinsamkeiten mit ihm finden, damit sie nicht so zögerlich war, mit ihm auszugehen. Oder...vielleicht würden sie ihre Bedürfnisse befriedigen und es gut sein lassen. So oder so, Aislinn wusste, dass es so nicht weitergehen konnte, wenn Baird permanent in ihren Gedanken herumspukte.

„Ok, Du kannst um mich werben. Unter einer Bedingung", sagte Aislinn und sah in Bairds Augen.

„Sag es."

„Du musst aufgeschlossen bleiben. Keine verletzlichen Kommentare über Magie oder dass Leute versuchen, Dich zu veralbern. Ich werde mein Bestes tun, es zu erklären und ich werde versuchen verständnisvoll zu sein, dass Du etwas Zeit brauchst, es zu verstehen", sagte Aislinn in einem Atemzug.

„Abgemacht. Aber dann habe ich meine eigene Bedingung", sagte Baird mit rauer Stimme.

„Was ist es?", flüsterte Aislinn, verloren in seinen Augen.

„Kein Sex."

Aislinn zuckte zurück und starrte ihn an.

„Was?"

Baird lächelte sie an. „Das ist der leichte Teil für uns."

„Bis wann?", wollte Aislinn wissen.

„Bis wir entscheiden, dass wir bereit sind", sagte Baird.

Er lehnte sich näher, strich seine Lippen über ihre und schickte ein warmes Kitzeln durch Aislinn. Sie seufzte gegen seinen Mund und zog an seinen Armen.

„Willst Du mit nach oben kommen?"

Baird trat zurück und lächelte sie an.

„Mit jeder Faser meines Körpers", sagte er.

Aislinn sprang vom Schreibtisch herunter und verharrte, als sie eine Mappe mit ihren Fotos auf den Boden warf. „Mist."

Sie bückten sich gleichzeitig, um die Bilder einzusammeln.

„Aber ich werde es nicht. Ich möchte Dich morgen zum Abendessen ausführen. Ein richtiges erstes Date", sagte Baird, als er neben ihr kniete und ihr half, die Fotos wieder in die Mappe zu legen.

Aislinn sah ihn amüsiert an.

„Meinst Du nicht, dass wir schon jenseits dieser Dinge sind?"

„Es ist wichtig. Wir sind wichtig. Ich will es richtig machen", sagte Baird stur und dann verharrte seine Hand bei einem der Fotos.

Aislinn spürte, wie ihre Wangen heiß wurden und sie konnte schwören, dass Schweiß ihren Rücken herunterlief, als sie merkte, welches Bild er hielt. Sie griff danach und es fiel auf den Boden, als Baird es von ihr nahm.

„Na, das ist aber ein guter Schuss", sagte Baird mit Schadenfreude, als er das Foto seines Bizepses in seinen Händen hielt. Aislinn stöhnte und bedeckte ihr Gesicht mit ihren Händen.

Baird lehnte sich über sie und küsste ihren Kopf. „Das behalte ich. Ich rufe Dich morgen früh an", sagt er fröhlich.

„Ich schwöre, Du bist mir nur einfach ins Blickfeld gelaufen", rief Aislinn hinter ihm her.

„Alles klar." Baird lachte den ganzen Weg aus der Tür heraus.

Aislinn stöhnte und schüttelte ihren Kopf. Natürlich würde der Mann die Bilder finden, die sie gemacht hatte. Sie wusste, dass sie sie hätte verbrennen sollen.

KAPITEL DREIUNDZWANZIG

Das Klingeln ihres Telefons riss Aislinn aus dem Tiefschlaf. Sie fummelte auf ihrem Nachttisch herum und fluchte, als es auf den Boden fiel.

Sie öffnete ein Auge, starrte in den spärlich beleuchteten Raum, hievte sich über die Bettkante und nahm ihr Handy vom Boden.

„Hallo?", antwortete Aislinn mit anklagender Stimme.

„Guten Morgen, Traumfrau." Bairds warme Stimme kam durchs Telefon und ging direkt in Aislinns Innerstes. Sie räkelte sich etwas, als sie sich an ihre Kissen lehnte und die Decke bis zum Kinn hochzog.

„Es war bis vor einem Moment ein guter Morgen. Weil ich friedlich geschlafen habe", grummelte Aislinn.

„Bist Du ein Morgenmuffel, Ash?" Baird lachte ins Telefon und Aislinn rollte ihre Augen zur Zimmerdecke.

„Ich habe meine Momente. Sonntage sind heilige Tage zum Ausschlafen."

„Öffnest Du den Laden sonntags?"

Aislinn zuckte mit ihrer Schulter und merkte dann,

dass er sie nicht sehen konnte. „Manchmal. Es kommt auf meine Stimmung an. Ich habe keine geregelten Zeiten." Aislinn lächelte. Sie konnte Bairds Grimasse fast durch das Telefon hören. Keine geregelten Zeiten würden ihn vermutlich wahnsinnig machen, dachte sie.

„Und das funktioniert? Dein Geschäft basierend auf Deiner Stimmung zu führen?" Aislinn erstarrte bei der Kritik in seiner Stimme.

„Ziemlich gut, danke. Nicht nur, dass ich kaum genug von meiner Arbeit auf Vorrat halten kann, man hat mich gebeten, eine exklusive Ausstellung in einer renommierten Kunstgalerie in Dublin zu halten. Aber danke der besorgten Nachfrage, Papa", sagte Aislinn beleidigt.

Ein langer Seufzer kam vom anderen Ende der Leitung.

„Ok. Es tut mir leid. Ich wollte nicht missbilligend erscheinen."

„Tja, Du musst Dich daran gewöhnen, dass ich Dinge anders mache als Du, Baird. Ich führe mein Geschäft so, wie ich es will. Bis jetzt hat es gut geklappt", sagte Aislinn.

„Hab's begriffen. Und Glückwunsch zur Ausstellung! Das ist fantastisch", sagte Baird mit Wärme in seiner Stimme.

„Danke", sagte Aislinn steif.

Ein weiteres Seufzen kam auf sie zu.

„Möchtest Du wissen, warum ich Dich um 6 Uhr morgens anrufe, abgesehen von der Predigt über Deinen Geschäftssinn oder den Mangel daran?", fragte Baird bissig und ein breites Lächeln erschien auf Aislinns

Gesicht. Es war schön zu sehen, dass Dr. Delaney auch schnippisch sein konnte.

„Nur raus damit", sagte Aislinn süßlich.

„Ich möchte Dich für den Tag entführen. Unser erstes richtiges Date. Kann ich?"

Wärme zog durch Aislinn und das Lächeln blieb auf ihrem Gesicht.

„Und wo würdest du mich für einen ganzen Tag hinführen?"

„Das ist eine Überraschung."

„Was zieht man denn zu einem Überraschungsdate an, wenn man den ganzen Tag weg ist?"

„Etwas Hübsches. Trag etwas, das mich wahnsinnig macht. Aber in dem Du gehen kannst", entschied Baird.

„Hm, sexy aber praktisch?", sagte Aislinn.

„Perfekt, ich bin in einer halben Stunde da."

Aislinn schoss im Bett hoch.

„Eine halbe Stunde? Das ist nicht genug Zeit für ein Überraschungsdate. Hallo?" Sie hielt das Telefon von sich weg und starrte es fassungslos an. Ein Freizeichen grüßte sie und sie wollte ihr Handy durch das Zimmer werfen.

„Eine halbe Stunde? Ist der Mann verrückt geworden?" Aislinn fluchte vor sich hin, als sie aus dem Bett schoss und zur Dusche flitzte. Sie zog den Vorhang beiseite, stellte das Wasser auf heiß und rannte, um Kaffee aufzusetzen. Das erledigt, wirbelte sie zu ihrem Kleiderschrank und fing an zu suchen.

Sexy aber praktisch...dachte sie und rollte mit ihren Augen. Nur ein Mann würde nach so etwas fragen.

Sie grub tief in einem Haufen Hosen auf dem Schrankboden und zog ihre dunkelgrauen engen Jeans heraus. Sie

flippte durch ihre Bügel und entdeckte ein neonpinkfar-
benes Top mit einem tiefen V-Ausschnitt. Es saß gut an ihr
und zeigte ihre besten Seiten. Die Jeans passten wie eine
zweite Haut und ließen wenig der Fantasie übrig. Sie
nickte und warf die Klamotten auf ihr Bett. Im Vorbei-
gehen schenkte sie sich eine Tasse Kaffee ein und nahm
sie mit in die Dusche. Sie blies auf die dampfende Tasse,
als sie unter das heiße Wasser stieg.

Und lachte über den Irrsinn, dass sie versuchte, ihren
Kaffee in einer heißen Dusche abzukühlen. Sie schüttelte
ihren Kopf über sich selbst, stellte den Kaffee auf den
Rand der Duschwand und tauchte ihr Haar unter den
Strahl. Es fühlte sich himmlisch an und weckte sie
wirkungsvoller auf als ihr Kaffee.

Obwohl sie eine lange Dusche wollte, hatte Aislinn
wenig Zeit. Sie sprang heraus, wickelte ihre nassen Locken
in ein Handtuch und trocknete sich schnell ab. Sie trat zu
ihrem Kosmetiktisch und grübelte über ihren Düften.

Was würde Baird verrückt machen?

Ihr Blick blieb auf ihrem nach Vanille riechenden
Hautöl hängen...das neueste Produkt, das Keelin für sie
entwickelt hatte. Aislinn könnte schwören, dass sie
irgendwo gelesen hatte, dass der Geruch von Vanille
Männer am meisten erregte.

Sie nahm die Flasche und tupfte etwas Öl auf ihre
Handgelenke, ihr Dekolleté und hinter ihre Ohren. Es roch
himmlisch und führte dazu, dass sie davon träumte, Scho-
koladenkekse zu backen und der Geruch das Haus füllte.

Mit einem kurzen Blick auf die Uhr fluchte sie und
legte schnell etwas Augenmakeup auf, bevor sie in ihre
verführerischste Unterwäsche schlüpfte.

Kein Sex, erinnerte sich Aislinn selbst.

Aber das hieß ja nicht, dass Baird ihre Unterwäsche nicht sehen würde, dachte sie mit einem Grinsen und begann, sich alle Arten vorzustellen, wie sie ihn foltern könnte. Aislinn zog gerade ihre Jeans an, als sie das Klopfen an der Tür unten hörte.

„Ich komme!", rief sie.

Sie zog das pinkfarbene Top über ihren Kopf, stand vor dem Spiegel und warf ihre feuchten Haare nach hinten. Aislinn zog schnell eine Handvoll Gel durch die Locken und klemmte sie dann von ihrem Gesicht zurück, da sie wusste, dass es eine Weile dauern würde, bis sie trockneten. Sie nahm ihre Handtasche und ihr Handy und hüpfte die Treppe herunter.

Baird stand an ihrem Fenster und sah wacher und munterer aus, als das jemand um diese Stunde sollte, und winkte ihr zu.

Natürlich ist er eine Morgenperson, dachte Aislinn mit einem Grummeln.

Sie zog die Tür auf und blinzelte ihn im weichen Morgenlicht an.

„Das Einzige, wofür ich so früh aufstehe, ist meine Kunst", sagte Aislinn.

„Dann fühle ich mich geehrt." Baird lächelte sie an und hielt ihr seine Hand entgegen.

Aislinn drehte sich um, schloss die Tür ab und stellte sicher, dass das ‚Geschlossen' Schild gut im Fenster zu sehen war. Es war zu früh, um Morgan anzurufen, damit sie für sie einsprang. Ihr Geschäft würde es überstehen, an einem Sonntag geschlossen zu bleiben.

Und war nicht gerade das der Charme und Frust

kleiner Städte? Dinge liefen nach eigenen Regeln, genau wie ihr Laden. Baird würde sich daran gewöhnen müssen, dachte Aislinn, als sie seine Hand ergriff.

„Es ist ein schöner Morgen", bemerkte Baird, während sie zum Wasser wanderten.

„Ja, das ist es. Obwohl er mit einer Tasse Kaffee besser wäre ", murmelte Aislinn. Baird lachte, hob ihre Hand an seine Lippen und küsste sie. Ihre Haut kitzelte bei dem Kontakt.

Baird zog sie zu seinem Auto, der Limousine, über die sie kürzlich ihre Augen gerollt hatte. Er schloss die Beifahrertür auf und hielt sie offen, um auf einen dampfenden Kaffee und eine Bäckereitüte auf der Konsole zu zeigen.

„Nur das Beste für Dich", sagte Baird dramatisch und Aislinn lachte ihn an.

„Ok, Du hast an alles gedacht. Für den Kaffee gibt es Pluspunkte", sagte Aislinn, ließ ihre Hand an seiner Brust zu seinen harten Bauchmuskeln heruntergleiten und spielte mit seiner Gürtelschnalle, als sie an ihm vorbei ins Auto glitt.

„Du riechst gut", sagte Baird, als sie sich ins Auto setzte.

„Um Dich wahnsinnig zu machen, erinnerst Du Dich?"

„Ziel erreicht", murmelte Baird, schloss die Tür und ging zur Fahrerseite.

Aislinn schnappte sich die Bäckereitüte, öffnete sie und schnupperte an dem Inhalt.

„Zimt Muffins?"

„Ich habe in der Bäckerei gefragt, was Du am liebsten magst", sagte Baird mit einem Lächeln.

„Ja, und ich bin sicher, dass jetzt die ganze Stadt darüber redet."

„Und?", sagte Baird, ließ den Motor an und fuhr aus Grace's Cove heraus.

„Und? Dir ist es egal, wenn die Leute ihre Nase in Deine Angelegenheiten stecken?"

„Da ich mich nicht darüber schäme, dass ich mit dir ausgehe, sehe ich das Problem nicht", sagte Baird ruhig.

Aislinn schob sich ein Stück Muffin in ihren Mund, um nicht antworten zu müssen.

Baird lächelte sie an und lehnte sich herüber, um das Radio einzuschalten. Bluesige Soulmusik kam aus den Lautsprechern und Aislinn entspannte sich sofort. Zumindest hatte er eine guten Musikgeschmack.

"Gehst Du hier nicht viel aus?", fragte Baird nebenbei.

Aislinn verschluckte sich an ihrem Muffin und griff nach ihrem Kaffee, um ihren Hals freizumachen.

„Em, das ist es nicht. Ich habe nur gelernt, Dinge in einer kleinen Stadt geheim zu halten bis...Du weißt schon." Aislinn zuckte mit den Achseln.

„Bis was?", fragte Baird.

„Bis, Du weißt schon...Dinge offiziell sind. Dass Du ein Paar bist."

„Und was würde passieren, wenn die Leute wüssten, dass Du jemanden zwanglos siehst?", fragte Baird mit Neugier in der Stimme.

Aislinn zuckte mit der Schulter und brach ein weiteres Stück vom Zimt Muffin ab.

„Ich nehme an, dass nichts passieren würde, nicht wirklich. Bestimmte Leute in der Stadt könnten behaupten, dass ich den Ruf habe, leichtfertig zu sein, das ist alles", sagte Aislinn.

„Und das stört Dich", stellte Baird fest.

„Ja, Dr. Delaney. Bin ich hier in einer Konsultation?", fragte Aislinn. Sie drehte sich mit erhobener Augenbraue zu ihm herum und sah ein kurzes Grinsen.

„Überhaupt nicht, obwohl Du etwas verteidigend klingst, wenn Du meine professionelle Meinung hören möchtest."

„Da ich nicht danach gefragt habe...nein, möchte ich nicht", sagte Aislinn und kreuzte ihre Arme über ihrer Brust.

„Ich mag Dein Outfit", sagte Baird, geschickt das Thema wechselnd.

„Tust Du das?" Aislinn schob ihre Arme unter ihre Brüste, so dass ihr Dekolleté gegen das pinkfarbene Top drückte und setzte sich so, dass er es gut sehen konnte. Das Auto ruckelte etwas, als er sich einen Moment lang in dem Anblick verlor. Aislinn lachte, als er fluchte und das Lenkrad ausrichtete.

„Versuchst Du, uns umzubringen?", fragte Baird.

Aislinn fühlte, dass alles wieder im Reinen war, griff in die Tüte und gab ihm einen Muffin.

„Hier, nimm einen Muffin. Du scheinst schlechte Laune zu haben, wenn Du nicht isst", sagte sie großzügig.

Bairds Gesicht verzog sich für einen Moment, dann brach er in lautes Gelächter aus, das über der Musik widerhallte.

„Das habe ich", stimmte er zu und nahm den Muffin aus ihrer Hand.

Ihr Geplänkel ging eine Stunde weiter, während die

See hinter ihnen verschwand und sie über die Hügel in Richtung Landesinnere fuhren.

„Wo bringst Du mich hin?", fragte Aislinn.

„Killarney", sagte Baird.

„Killarney? Warum?"

„Weil ich noch nie da war und gehört habe, dass es schön ist."

Aislinn drehte sich, um ihn anzusehen. „Du warst noch nie in Killarney?"

„Nein, aber ich war mehrmals in den Staaten. Gleicht es das aus?"

„Wo?", fragte Aislinn sofort und sprang auf die Frage an.

„New York City", begann Baird, als Aislinn ihm das Wort abschnitt und sich an die Brust griff.

„Oh, wow. Ich würde zu gern mal nach New York City gehen!", schwärmte Aislinn.

„Wirklich? Warum? Das überrascht mich...ein Kleinstadtmädchen wie Du?", sagte Baird.

„Kleine Stadt bedeutet nicht kleingeistig, wenn ich Dich erinnern darf", sagte Aislinn. „Ich könnte mich allein schon in den Galerien verlieren."

„Ich vermute, dass es für eine Künstlerin wunderbar wäre", gab Baird zu.

„Ich wollte schon immer das Guggenheim besuchen", gestand Aislinn.

„Es ist fantastisch. Das Gebäude selbst ist eine Skulptur, so wie die Geschosse einen Kreis bilden. Als ich dort war, hatten sie vier von den Terrakottakriegern da. Es war phänomenal."

Aislinns Mund stand offen.

„Du magst Kunst?"

Baird zuckte mit seinen Schultern. „Sicher, wer tut das nicht? Was...hast Du gedacht, dass ich Kunst nicht verstehen könnte?"

Aislinns Mund öffnete und schloss sich ein paarmal, während sie ihre Worte sorgfältig auswählte. „Es ist nicht, dass ich dachte, dass Du Kunst nicht schätzen kannst. Ich habe einfach geglaubt, dass Du Kunst nicht auf Deinem Radarschirm hast. Dass es mehr etwas für die freien, weniger steifen Typen ist."

„Weniger steif?" Baird sprang auf ihre Worte an und Aislinn sah, wie sich seine Hände fester um das Lenkrad legten.

„Na ja, ich meine, Du bist eher Typ A", sagte Aislinn.

„Bin ich nicht", sagte Baird steif.

Aislinn fühlte, wie Gelächter tief aus ihrem Bauch hochkam und sie legte eine Hand über ihren Mund, um verzweifelt das Geräusch aufzuhalten, das Baird sehr verletzen würde. Sie schnorchelte unelegant, als sie ihre Hand über ihrem Mund hielt, und durch das Geräusch kicherte sie noch mehr.

„Oh, hör auf, ok, ich bin ein bisschen steif", gab Baird zu und Aislinn ließ ihren angehaltenen Atem heraus und kicherte, während sie sich herüberlehnte und mit ihrer Hand liebevoll über Bairds Arm strich.

„Ein bisschen? Ich bin ziemlich sicher, dass Du diese Jeans, die Du anhast, gebügelt hat."

Baird sah verwirrt auf seine Jeans.

„Was ist falsch daran, Jeans zu bügeln?"

Aislinn warf ihre Hände hoch und lachte noch mehr.

„Und das ist der Grund, warum ich ziemlich sicher bin,

dass wir nie mehr haben werden als miteinander ausgehen. Es gibt zwei Arten von Menschen in der Welt: die, die ihre Jeans bügeln, und die, die sie aus einem verknüllten Haufen auf dem Boden ziehen", sagte Aislinn und strich demonstrativ mit ihren Händen über ihre grauen engen Jeans.

„Die sehen nicht faltig aus."

„Ja, weil da Stretch drin ist. Aber trotzdem", sagte Aislinn und lehnte sich in ihrem Sitz zurück, mit sich selbst zufrieden, dass sie recht gehabt hatte.

„Ich bin nicht immer Typ A. Ich habe Dich mit einem impulsiven Ausflug überrascht, oder?", fragte Baird.

„Den Du bis ins kleinste Detail geplant hast, möchte ich wetten", erwiderte Aislinn und wurde mit Bairds offenem Mund belohnt.

„Einfach, um das Beste aus unserer Zeit zu machen, das ist alles", verteidigte Baird sich.

„Warum lässt Du mich heute nicht führen, Doktor?", fragte Aislinn, um ihn zu testen.

„Aber...ich...aber", stotterte Baird und drehte sich dann um und sah, wie Aislinn ihn breit angrinste.

„Also gut", spuckte Baird aus.

„Oh, Mann, das wird Spaß machen", frohlockte Aislinn und dachte, dass 8 Uhr morgens an einem Sonntag am Ende doch gar nicht so furchtbar war.

KAPITEL VIERUNDZWANZIG

„K utschen?", fragte Baird verwirrt, als er die Ansammlung von Einspännern sah, die an der Straße aufgereiht waren. Stolze Pferde stampften mit den Füßen, während die Fahrer lachend zusammenstanden.

„Ja, eine Ausflugskutsche. Komm, es wird Dir gefallen", sagte Aislinn und zog Baird zu einem der Fahrer.

„Seid Ihr alle ausgebucht?", fragte Aislinn.

„Nein, es ist ruhig heute morgen. Ist noch Gottesdienst." Der Fahrer zeigte zur Kirche nebenan, in der der Sonntagsgottesdienst abgehalten wurde.

Aislinn fühlte sich sofort schuldig, wie immer, wenn sie wieder eine Messe verpasste, und sie sagte in Gedanken ein kurzes Gebet, bevor sie den Fahrer anlächcltc.

„Wie wäre es dann mit einer kurzen Runde? Zu Ross Castle?"

„Klar, das ist eine einfache Fahrt an einem schönen Tag", stimmte der Fahrer zu und deutete auf seinen Wagen. Er stand an der Seite und hielt seine Hand aus, um Aislinn in den Wagen zu heben, während Baird lässig hinter ihr hereinsprang. Sie saßen auf der langen Holzbank aneinandergeschmiegt, während der Fahrer sein Pferd abtastete, bevor er sich mit seinem Rücken zu ihnen auf seinen Sitz begab.

„Ich bin sicher, dass Ihr die Geschichte von Ross Castle kennt, oder", begann der Fahrer.

„Nein, tun wir nicht." Aislinn schnitt Baird das Wort ab und grinste ihn an, als der Fahrer mit seiner detaillierten und lebhaften Geschichte über Ross Castle begann. Aislinn musste bei einigen seiner übertriebeneren Erzählungen laut lachen.

Die Kutsche fuhr einen Weg hinunter zu einem alten Schloss, das am Ufer eines ruhigen Sees stand, der sich weit hinauszog und die Bäume und den Himmel widerspiegelte. Beeindruckende Bäume standen hinter dem Schloss und Aislinn lächelte über die Schönheit von allem. Sie hielt ihre Hände hoch und formte einen Rahmen für ein geistiges Bild, das sie später malen könnte.

Baird neigte seinen Kopf fragend zur Seite.

„Ich präge mir das Bild ein. Ich kann aus der Erinnerung malen." Aislinn zuckte mit den Schultern und fühlte sich lächerlich.

„Kannst Du die genauen Details malen oder eher eine Skizze machen?", fragte Baird und seine grauen Augen glitzerten im warmen Licht der Morgensonne.

„Ich kann es ganz genau malen...ich habe eine Art fotografisches Gedächtnis", sagte Aislinn.

„Das ist beeindruckend. Warum malst Du dann draußen auf den Hügeln?", fragte Baird. Aislinn lehnte ihren Kopf an seine Schulter und dachte darüber nach, als der Wagen zu einem Halt kam.

„Ich glaube, weil ich die Stimmung vor Ort persönlich bevorzuge. Obwohl ich mich an alle Details erinnern kann, lese ich die Farben und Energie, wenn ich an einem bestimmten Platz bin. Es fügt eine Dimension zu meinem Bild hinzu, die nicht immer da ist, wenn ich nur aus der Erinnerung male."

Aislinn musste Bairds Gesicht nicht sehen, um den Unglauben zu spüren, der von ihm ausstrahlte. Sie setzte sich auf, drehte sich von ihm weg und lächelte den Kutscher herzlich an, als er ihr seine Hand gab, um ihr herunterzuhelfen.

„Ich lasse Euch eine halbe Stunde oder so allein, um Euch umzusehen?", fragte der Fahrer.

„Das ist perfekt." Aislinn strahlte ihn an und ging schneller, was Baird zwang, mitzuhalten, als sie dem verwitterten Steinschloss näherkamen.

„Aislinn", sagte Baird ruhig.

„Ja?" Aislinn drehte sich mit einem breiten Lächeln auf ihrem Gesicht um.

„Du bist sauer auf mich", sagte Baird.

„Nein, gar nicht", sagte Aislinn, nahm seine Hand und ignorierte bewusst ihre Gefühle, während sie Baird durch einen Torbogen zu einer steinernen Treppe führte, unter der in der Nische eine kleine Tür versteckt war. Die Energie und Geschichte des Gebäudes pulsierten um sie herum und Aislinn fand es schwer, wütend auf Baird zu bleiben, wenn sie sich in den Erinnerungen des Schlosses verlieren wollte.

„Doch, bist Du", beharrte Baird und zog sie zurück

gegen seine Brust. Aislinn schloss ihre Augen und wusste, dass sie diese Unterhaltung mit ihm bald haben müsste.

Warum nicht jetzt?

Sie drehte sich um und sah in Bairds Augen.

„Baird, die Natur hat eine Energie, die ich fühlen kann. Genauso wie ich Deinen Unglauben in der Kutsche fühlen konnte. Genauso wie ich die Geschichte dieses Orts spüren kann. Ich kann es sehen, fühlen, malen...es ist alles Teil von mir. Meine Gabe."

Aislinn beobachtete, wie Bairds Augenbrauen hochgingen und ein höfliches Lächeln auf seinen Lippen erschien. Das musste sein Psychiatergesicht sein, dachte sie. Höfliches Interesse, während er innerlich dachte, dass sie verrückt war.

„Hör auf!", schrie Aislinn und Bairds Hände gingen automatisch hoch, um sie zum Schweigen zu bringen.

„Hör womit auf?", fragte Baird verwundert.

„Hör auf...mit diesem Ausdruck. Dein höflicher Arztausdruck. Ich weiß, was Du fühlst. Ich kann es spüren. Verstehst Du das? Ich weiß, dass Du versuchst, geduldig zu sein mit mir, aber dass Du absolut nichts von dem glaubst, was ich sage. Es ist eine Beleidigung. Du könntest wenigstens so tun als ob."

Bairds Hände fielen an seiner Seite herunter. „Ich...ich dachte, das würde ich tun."

„Dann tust Du es nicht sehr überzeugend", sagte Aislinn, entfernte sich von ihm und malte mit ihrem Zeh im Dreck, während sie darüber nachdachte, wie sie mit dieser Situation umgehen wollte.

Mit ihm umgehen.

Sie drehte sich um, überkreuzte ihre Arme und sah ihn

quer über den Innenhof an. Frust kam in Wellen von ihm. Sie konnte es sehen, wie er dastand, total sexy und zerknittert und wütend. Sie hatte ihn aus der Bahn geworfen, dachte Aislinn.

Aber darunter...sie konnte es sehen.

Sie war ihm wichtig.

Es war nicht Liebe. Vielleicht noch nicht. Vielleicht nie. Aber es war ein Anfang. Sie konnte es unter all der Verwirrung seiner oberflächlichen Emotionen sehen. Es war genug, dass sie innehielt und nachdachte.

„Lass uns folgendes machen", sagte Aislinn und ging langsam zu ihm zurück. „Ich werde heute alles in Worte fassen, was ich sehe und fühle. Ich bin es gewohnt, es auszuschalten, so dass ich dem kaum viel Beachtung schenke, es sei denn, ich bin in meiner Arbeit versunken. Aber heute werde ich Dir alles von mir zeigen. Du musst nur versuchen aufzuhören, mich verstehen zu wollen und einfach zuhören, ok?"

Aislinn stoppte vor Baird und legte ihr Gesicht zur Seite, um ihn anzusehen. Er schien über ihre Worte einen Moment nachzugrübeln, was sie zu schätzen wusste. Es war ihm wichtig genug, dass er sie ernst nahm und über seine Antwort nachdachte.

„Das kann ich. Es tut mir leid, ich will Dir nicht wehtun. Ich finde das alles nur sehr schwierig", sagte Baird und ließ seine Hände an ihren Armen heruntergleiten. Aislinn versuchte, auf seine Worte nicht gereizt zu reagieren.

„All das? *Das*...bin ich. Es ist nicht etwas, das von mir unabhängig ist, das Du analysieren kannst. So bin ich halt", sagte Aislinn und wollte, dass er das Konzept verstand. „Es ist beleidigend für mich, wenn Du meine Gabe...meine Essenz...als ‚Buhu-Zeug' bezeichnest."

Baird erstarrte und Aislinn konnte fühlen, wie Scham ihn erfüllte.

„Es tut mir leid. Wirklich. Ich habe es nicht so betrachtet. Ich war sehr abwertend gewesen, oder?"

„Ein bisschen", sagte Aislinn und lächelte ihn an.

„Das tut mir leid. Ich werde vorurteilsfrei sein. Verzaubere mich mit Deiner Gabe, oh große Legende", frotzelte Baird.

Aislinn lachte, warf ihre Arme um seinen Hals und streckte sich, um einen Kuss auf seine Lippen zu legen. Sie quietschte in seinen Mund, als er seine Arme um ihre Taille legte, sie hochhob und herumwirbelte und ihren Kuss vertiefte.

„Es ist schön, Jungverliebte zu sehen", rief ihnen der Fahrer zu und sie brachen auseinander und lachten darüber, ertappt zu werden.

Liebe, dachte Aislinn. Sie fragte sich, ob sie an dem entscheidenden Punkt war und verwarf dann den Gedanken. Es wäre nicht gut, sich in Baird zu verlieben. Sie würde nur verletzt werden.

KAPITEL FÜNFUNDZWANZIG

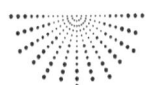

Stunden später streckte Aislinn ihre Beine im Gras eines Parks aus, lehnte sich gegen einen Baum und genoss den Sonnenschein auf ihrem Gesicht. Ein unattraktives Schnauben kam aus ihrer Nase und sie schlug eine Hand über ihren Mund und sah Baird von der Seite an.

Er hob eine Augenbraue und sah sie finster an.

Sie hatte das Kanu nicht absichtlich gekentert.

Die schwarzen Schwäne hatten sie gleichzeitig schockiert und begeistert. In ihrem Eifer, sie besser zu sehen...hatte sie sich vielleicht etwas zu weit aus dem Boot gelehnt.

Ihr entflog noch ein Prusten und sie hörte, wie Baird neben ihr grummelte.

„Pizza?"

Aislinn lächelte Baird freundlich an und gab ihm ein Stück aus dem Karton, den sie von der Pizzeria auf der anderen Seite des Parks geholt hatte.

Baird nahm das Stück stumm und Aislinn gab ihm eine Serviette dazu.

„Wahrscheinlich nicht annähernd das, was Du als Mittagessen geplant hattest, oder?", sagte Aislinn leichtfertig, als sie in ihr Stück biss. Der himmlische Geschmack von Peperoni und Käse füllte ihren Mund und sie stöhnte um die Pizza herum und verlor sich in dem Geschmack.

Sie sollte wirklich öfter Pizza essen, beschloss Aislinn.

Baird rümpfte die Nase verschnupft und nahm noch einen Bissen. „Ich hatte ja nur ein Essen in einem der besten Restaurants hier geplant. Wein, Steak, Leinentischtücher..."

Aislinn zuckte mit den Achseln und stupste mit ihrer Schulter an seine.

„Das hier ist schön." Sie zeigte mit ihrem Pizzastück auf den Park.

„Ja, das ist es", gab Baird zu. „Und gute Pizza."

„Stimmt. Ich versuche, ab und zu hierherzukommen. Die Fahrt lohnt sich."

„Ich kann es nicht fassen, dass Du das Kanu gekentert hast", sagte Baird entrüstet.

Aislinn prustete wieder und ließ dann das Lachen aus ihrem Bauch heraus rollen. Sie beugte sich vor, schlug sich auf ihre nassen Jeans und sah Baird an. Seine Kleidung war zerknittert und fleckig und sein Haar war total zerzaust.

Zumindest hatte er seine Brille gegriffen, als sie umkippten. Er hatte gute Instinkte, dachte Aislinn. Sie mochte ihn so zerzaust, nicht in seinem Element.

Wie eine richtige Person.

„Ich habe das wirklich nicht mit Absicht gemacht. Man sollte meinen, dass ich es besser wüsste, da ich auf dem

Wasser groß geworden bin. Ich bin manchmal leicht erregbar", gab Aislinn zu.

„Das sehe ich", sagte Baird steif und Aislinn lachte ihn an.

„Ich mag Dich so, wie Du gerade bist", gestand Aislinn.

„Ach ja? Dann glaube ich, dass Du mir was schuldest", sagte Baird. Er ergriff sie unter ihren Armen und zog sie, bis sie auf seinem Körper lag. Ihr Pizzastück flog hoch und Aislinn sah ihn zornig an.

„Hey! Meine Pizza."

„Ich kaufe Dir ein neues Stück", sagte Baird, zog sie eng an sich und drückte einen glühenden Kuss auf ihre Lippen. Sofort schoss Hitze durch sie und Aislinn vergaß die Pizza und ihre nassen Klamotten und verlor sich in dem Kuss. Baird küsste so, wie er alles tat, mit voller Konzentration auf die Aufgabe vor ihm und entschlossen, ihre Befriedigung sicherzustellen.

Sie keuchte gegen seinen Mund und sehnte sich nach mehr, sie wollte ihn ganz.

Baird lehnte sich etwas zurück, hielt sie vor sich und sein Blick bohrte sich in ihre Augen.

„Siehst Du? Ich kann impulsiv sein." Ein Lächeln zuckte über Bairds Lippen und Aislinns Herz öffnete sich...ein bisschen mehr.

„Ich bin beeindruckt, Dr. Delaney. Ich hätte nicht erwartet, dass Du Dich in der Öffentlichkeit so schamlos benimmst. Vor Kindern sogar." Aislinn prustete ein lautes Lachen heraus, als Bairds Wangen sich röteten und er sich hastig nach Kindern umsah.

„Kleiner Scherz...", sagte Aislinn atemlos, froh darüber, diesen intensiven Moment aufzulockern.

Baird strich mit seiner Hand an ihrer Nase entlang, über ihre Lippen und ihre Wangen.

„Dein Gesicht. Es ist so schön. So ein Widerspruch. Genau wie Du. Und doch passt alles zusammen und kreiert etwas so Ungewöhnliches und Interessantes."

Verblüfft über seine Worte, lehnte Aislinn sich nach hinten.

Voller Angst, dass sie zu viel von sich verriet, oder dass sie etwas Impulsives tun würde, wie ihn fragen, ob er mit ihr zusammen sein wollte. Für immer.

„Danke, ich finde, dass Du auch gut aussiehst", sagte Aislinn und setzte sich neben ihn.

„Ja, das sehe ich, da Du mir nachstellst und Fotos von mir machst", sagte Baird. Aislinn stöhnte und warf ihre Hände in die Luft.

„Das habe ich ganz bestimmt nicht. Ich habe das Dorf und das Dorfleben fotografiert. Du lebst im Dorf. Das ist alles", sagte Aislinn entschlossen und nahm ein weiteres Stück Pizza aus dem Karton.

„Aha, Du willst meinen Körper, oder?", hänselte Baird sie.

Aislinn stöhnte und steckte das Stück Pizza in Bairds lachenden Mund. Sie krümmten sich beide vor Lachen über ihr Verhalten. Bequem gegen den Baum lehnend, wand Aislinn ihre Finger in seine.

„Danke, dass Du mich heute hierhergebracht hast, ich brauchte ein bisschen Zeit weg von allem", sagte Aislinn.

„Gern geschehen. Erzähl mir, was Du siehst", sagte Baird und streckte seinen Arm zum Park aus.

Sie hatte ihm den ganzen Tag lang mitgeteilt, was sie fühlte und spürte, und je tiefer sie ging, desto mehr hatte Baird zugehört und wahrgenommen, was sie sagte.

Aislinn zeigte auf zwei Geschäftsmänner in Anzügen, die vorbeigingen.

„Siehst Du die zwei? Sie sind beide etwas nervös. Vielleicht wegen einem Geschäftsabschluss oder einem Maklervertrag. Du siehst es daran, wie sie gehen, aber es ist mehr die Stimmung, die ich von ihnen bekomme. In ihrer Welt stimmt etwas nicht."

Aislinn drehte sich und sah, wie eine junge Familie vorbeischlenderte.

„Die Eltern? Sie haben sich gerade gestritten. Ihre Energie zeigt, dass viel Wut und Frust an der Oberfläche sind, aber darunter ist eine richtig starke Liebe. Die Liebe überholt gerade den Frust und ich wette, dass er weg ist, wenn der Spaziergang zu Ende ist. Der Vater ist total stolz auf seinen kleinen Jungen, und die Mutter hat eine besondere Liebe für ihr Baby in ihren Armen. Das Baby ist immer noch sehr mit ihr verbunden, daher mischen sich ihre Farben irgendwie in einer mütterlichen Verbindung."

Aislinn schob den Gedanken an ein eigenes Kind beiseite. Sie hatte bisher nicht realisiert, dass sie mütterliche Triebe hatte, besonders da sie aus einer komplizierten Familie kam. Aber ab und zu hatte sie einen Hauch von einer kleinen Anwandlung, die mit ihren Gefühlen spielte.

„Und was ist mit den beiden?" Baird zeigte zu einem alten Mann und einer Frau, die auf einer Bank saßen und Händchen hielten.

„Ach, geben sie nicht ein goldiges Bild ab?", sagte Aislinn.

„Ja, das tun sie."

Aislinn drehte sich um und sah ihn an.

„Was siehst Du?", fragte Aislinn ihn.

„Ich sehe Liebe. Eine Liebe, der Aussehen egal ist, die Streitigkeiten überstanden hat, die harte Zeiten und Probleme gesehen hat, die getestet wurde und dadurch stärker geworden ist und eine, die andauern wird...bis ins Grab." Baird sprach leise und Aislinn fühlte, wie ihr bei seinen Worten die Tränen in die Augen stiegen.

„Du brauchst mich nicht, um Dir diese Dinge zu erzählen", flüsterte Aislinn.

„Erzähl es mir trotzdem", sagte Baird.

„Sie sind eins. So eine Verbindung siehst Du nicht oft. Ihre Farben und Energien haben sich vermischt und verflochten, bis sie wie ein Zopf oder eine Kette sind. Eine starke, reine Liebe hat sie für immer verbunden. Sie sind Seelenverwandte", sagte Aislinn schlicht.

„Was passiert, wenn einer geht?", fragte Baird.

„Der andere folgt schnell nach. Sie gehören zusammen", sagte Aislinn und zuckte mit den Schultern.

„Glaubst Du daran? Ein Leben nach dem Tod? Geister und so?"

Aislinn legte ihren Kopf in den Nacken, um die Kumuluswolken anzusehen, die am kristallblauen Himmel zogen. Es war ein perfekter Tag, ein kleines Stück Himmel auf Erden.

„Das tue ich. Aber wahrscheinlich auf eine andere Art als die meisten. Weil ich die Energie der Erde fühlen kann...dieses Tags." Aislinn ließ ihren Arm zum Park schweifen. „Und ich wurde den mystischen Handlungen derer, die vor uns hier waren, ausgesetzt. Ja, das tue ich.

Ich glaube an ein Leben nach dem Tod, genauso wie ich glaube, dass es Geister und Gespenster gibt."

„Hmmm", kommentierte Baird.

„Du glaubst nicht an Gespenster?" Aislinn lehnte sich nach vorn und sah Baird ungläubig an. „Also das ist aber nicht sehr irisch."

Baird lachte sie an und sie lehnte sich wieder an den Baum zurück. Die Borke kratzte leicht an ihrem Rücken.

„Alles hat Energie. Ich weiß nicht, ob Du es eine globale Kraft oder Gott nennen willst, aber es ist da. In der Bewegung der Bäume und der Art, wie Liebe das Paar umgibt. Es ist da."

„Ich denke mal, dass an alldem was dran ist", sagte Baird.

„Baird...wie können wir jemals wirklich zusammen sein, wenn Du nicht an das glaubst, was ich bin?", fragte Aislinn mit einem Knoten in der Stimme.

„Es ist nicht, dass ich nicht an das glaube, was Du tun kannst. Ich verstehe es nur einfach nicht. Warum kann eine Person diese Fähigkeit haben und jemand anders nicht? Ich bin ein Skeptiker, Aislinn, und wenn Wissenschaft etwas nicht beweisen kann...was soll ich dann glauben?"

„Glaubst Du an Gott?"

„Natürlich", antwortete Baird automatisch.

„Aber es gibt keinen wissenschaftlichen Beweis dafür, dass er existiert", sagte Aislinn.

„Da kommt dann der Glaube ins Spiel", sagte Baird, seine Jahre als irischer Katholik offensichtlich.

„Genau", sagte Aislinn leise.

KAPITEL SECHSUNDZWANZIG

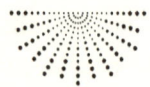

Baird dachte auf der Fahrt nach Hause über ihre Worte nach. Die Sonne ging am Horizont unter, rosa Strahlen schossen in die Wolken hoch und kreierten ein Bild, das kaum himmlischer und majestätischer hätte aussehen können.

Warum konnte er an Gott glauben aber nicht an die Tatsache, dass Aislinn eine spezielle Gabe hatte?

Er warf ihr einen Blick zu. Sie lehnte gegen das Fenster, ihre Wimpern lagen gefächert auf wunderschönen Wangenknochen und ihre Brust hob und senkte sich in einem gleichmäßigen Rhythmus. Ihre wilden Locken waren in einen Knoten zusammengezogen, er wollte ihre Haare herunterlassen und mit seinen Fingern hindurch fahren.

Sie in seine Arme nehmen und sie da für immer halten.

Sie bewirkte etwas in ihm. Testete ihn. Zwang ihn, außerhalb dessen zu denken, was er gelernt hatte. Aislinn war eine faszinierende und vielseitig talentierte Frau. Er fragte sich, wie es funktionieren würde, wenn sie zusammen wären. Für immer.

Er dachte an ihre Beschreibung der alten Frau im Park. Sie war nicht viel anders gewesen als seine, aber ihre hatte auf ihren Gefühlen beruht und seine auf dem, was er sehen konnte.

War das so schlecht? Vielleicht war nichts verkehrt mit jemandem, der sich durchs Leben bewegte und auf Emotionen reagierte statt auf das, was auf der Oberfläche zu sehen war.

Das „Warum" ließ Baird aber nicht in Ruhe.

Er wollte mehr wissen.

Baird dachte an seine Kollegen in Dublin, mit denen er gesprochen hatte. Vielleicht könnte er ihnen nochmal schreiben und etwas weiter graben. Er war sicher, dass sie etwas Licht in Aislinns Fähigkeit bringen könnten.

Oder vielleicht lag er total falsch.

Sollte er mit Grace O'Malley anfangen? Die Bucht war nach ihr benannt. Woher das Licht kam, murmelte er sich selbst zu.

Das Licht.

Was bedeutete es?

KAPITEL SIEBENUNDZWANZIG

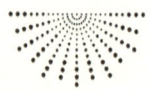

„Sind wir zu Hause?", fragte Aislinn überrascht, als sie merkte, wie das Auto anhielt.

„Ja, das sind wir", bestätigte Baird mit einem kleinen Lächeln auf seinen Lippen.

„Mann, es tut mir leid, dass ich eingeschlafen bin. Ich hoffe, dass ich nicht geschnarcht habe", sagte Aislinn.

„Lautes, heftiges Schnarchen", bestätigte Baird.

„Hör auf!" Aislinn quietschte und schlug ihn leicht auf die Schulter. Baird fing ihre Hand mit seiner und zog sie nah an sein Gesicht, um einen Kuss über ihre Knöchel zu hauchen. Aislinns Inneres bebte und sie verlor sich für einen Moment in seinen Augen.

„Komm mit mir nach Hause", flüsterte Aislinn.

„Ich begleite Dich nach Hause", machte Baird mit einem Lächeln klar.

Aislinn rollte mit den Augen, zog ihre Hand zurück und stieg schmollend aus dem Auto aus. Sie knallte die Tür etwas härter zu als nötig und kreuzte ihre Arme über ihrer Brust. Sie drehte sich nicht um, als sie hörte, wie sich Bairds Tür schloss.

„Ich kann gut allein nach Hause gehen", sagte Aislinn verärgert.

„Nichtsdestoweniger bringe ich Dich trotzdem nach Hause", sagte Baird und ging neben ihr die Straße hoch.

„Ich bin erwachsen, weißt Du", sagte Aislinn steif.

„Das ist mir klar. Aber ich habe Dich zu einem Date eingeladen und daher werde ich Dich zu Hause abliefern."

Aislinn rollte mit den Augen und schob ihre Haare aus ihrem Gesicht.

„Ich meinte, dass ich volljährig bin. Ich kann schlafen, mit wem ich will. Wann ich will", sagte Aislinn.

Baird drehte sich und sah in ihre Augen. „Ja, dessen bin ich mir bewusst."

„Du kennst das Sprichwort über eine verschmähte Frau...", Aislinn ließ den Satz unbeendet.

Baird ließ ein schallendes Gelächter heraus, das die Leute auf der anderen Straßenseite zu ihnen herüberschauen ließ.

„Ach, willst Du etwa sagen, dass ich Dich verschmähe?"

„Sieht ganz so aus", sagte Aislinn förmlich, als sie ihrem Geschäft näherkamen.

„Ich habe große Lust, Dir ganz genau zu zeigen, wie sehr ich Dich will, Ash", knurrte Baird, als sie an ihrem Laden ankamen.

Hitze schoss durch sie und Aislinn zog ihn um die Ecke des Geschäfts zu ihrem Innenhof. Vielleicht war heute Abend doch kein totaler Verlust.

„Fass mich nicht an!" Morgans Stimme unterbrach ihre Leidenschaft und Eis schoss durch Aislinns Adern. Sie rannte zum Zaun, aber Baird war schneller.

„Hände weg, Patrick!", polterte Baird über den Zaun.

KAPITEL ACHTUNDZWANZIG

„W as ist denn hier los?", rief Aislinn über den Zaun und rannte, um die knarrende Holztür aufzumachen.

„Nichts! Ich wollte sie nur küssen, das ist alles!" Patrick hielt seine Hände hoch. Er nahm Abstand von Morgan und sein Gesicht war rot vor Scham.

Aislinn warf Morgan einen Blick zu. Das Mädchen sah aus, als wäre sie in sich selbst versunken, ihre Hände waren eng über ihrer Brust gefaltet und ihre Augen sahen auf den Boden. Aislinn checkte kurz ihre Emotionen.

Scham.

Sie drehte sich zu Patrick um und las ihn auch.

„Was hast Du Dir dabei gedacht?", schrie Baird und wollte an Aislinn vorbei zu Patrick stürmen. Aislinn blockierte seine Bewegung mit ihrem Arm und traf auf eine solide Muskelmauer.

„Warte", sagte Aislinn leise und war froh, dass Baird sofort reagierte.

„Was?" Er drehte sich zu ihr um und wartete.

Ein kleiner Glücksstrahl durchlief sie. Ob es ihm bewusst war oder nicht, Baird nahm ihre Gabe wahr.

„Es ist ihm peinlich, aber er hat nicht die Absicht, sie zu verletzen. Hier ist etwas anderes los", flüsterte Aislinn.

Baird sah die beiden an und nickte ihr dann zu.

„Soll ich mit ihm spazieren gehen? Ihn etwas abkühlen?"

„Bitte", sagte Aislinn.

„Patrick, lass uns gehen. Vielleicht auf ein Bier?", fragte Baird kumpelhaft und Patrick nickte, dankbar für die Rettung.

Aislinn ging zu Morgan und tätschelte Patrick sanft auf den Rücken, als er an ihr vorbei ging.

„Möchtest Du Tee?"

„Nein, ich sollte gehen", sagte Morgan und sah Aislinn endlich in die Augen.

Aislinn fühlte Schmerz durch sie peitschen und für einen Moment spürte sie Morgans Demütigung und Wut. Die Intensität brachte fast Tränen in ihre Augen, aber sie wusste, dass Tränen Morgan nicht helfen würden.

„Dann eben Wein", sage Aislinn entschlossen. Sie blickte über den Hof und merkte, dass Morgan etwas anderes brauchte.

„Komm nach oben." Aislinn zeigte auf ihre Wohnung.

„Ich...ich sollte gehen. Du bist meine Chefin. Es tut mir leid, dass das hier passiert ist", kam es stoßweise aus Morgan.

„Ich bin mehr als Deine Chefin, wie ich Dir schon oft gesagt habe. Jetzt nach oben", befahl Aislinn brüsk und Morgan nickte. Das Mädchen schoss über den Hof und wartete an der Tür auf Aislinn. Aislinn fischte ihre

Schlüssel aus ihrer Handtasche und versuchte, ihre Gedanken von dem zu lösen, was zwischen Baird und ihr hätte passieren können.

Sie führte sie die Treppe hoch und schaltete auf dem Weg die Lichter an. Aislinn zeigte auf ihre Couch im Wohnzimmer, und Morgan rollte sich darauf zu einem Ball zusammen. Aislinn sah sie mit erhobener Augenbraue an aber sagte nichts. Stattdessen ging sie in ihre kleine Küche und zog zwei Gläser und eine Flasche Chianti heraus.

„Rotwein ok?"

„Klar", sagte Morgan leise und starrte auf ihre Hände.

Aislinn ging zu ihrem Couchtisch, ein langes Stück aufgearbeitetes Holz, das vor ihrem niedrigen Sofa stand. Sie schob ein paar Zeichenblöcke aus dem Weg und stellte den Wein vor Morgan. Aislinn sank aufs Sofa und studierte Morgan für einen Moment.

Sie trank von ihrem Wein und überlegte, wie sie anfangen sollte. Morgan hatte immer deutlich gemacht, dass sie über vieles aus ihrer Vergangenheit nicht reden wollte, obwohl sie sich über die Wochen, in denen sie Teilzeit für Aislinn gearbeitet hatte, langsam geöffnet hatte.

„Ich weiß nicht, wie ich mit Typen umgehen soll", platzte Morgan heraus.

Aislinn hob überrascht ihre Augenbrauen und beschloss, nichts zu sagen. Sie trank ihren Wein, während sie wartete, dass Morgan weiterredete.

„Meine...meine letzte Pflegefamilie...bevor ich weglief? Der Sohn des Hauses..." Morgans Lippe bebte und Aislinn fühlte, wie sich ihr ganzer Körper verspannte.

„Hat er Dich vergewaltigt?", zischte Aislinn.

Morgan warf Aislinn einen schockierten Blick zu.

„Nein, nein, nein...nichts in der Art", sagte Morgan und griff nach ihrem Wein. Sie nahm schnell einen Schluck, stellte ihn dann hin und schlang ihre Arme wieder um ihre Beine.

„Ich habe für ihn geschwärmt. Wahnsinnig geschwärmt. Er war älter als ich und beliebt. Alle Mädchen dachten, dass er so toll war. Ich wurde sogar ein bisschen beliebter in der Schule, weil wir im gleichen Haus lebten."

Aislinn nickte, um Morgan zum Weiterreden zu ermutigen.

„Ich...ich war vorher noch nie geküsst worden", erklärte Morgan.

„Das ist ok, ich hatte als Teenager auch nicht viele romantische Begebenheiten", sagte Aislinn.

„Na ja, eines Tages zog er mich hinter der Schule zur Seite und kam näher, um mich zu küssen. Ich habe meine Augen zugemacht und mich zu ihm gelehnt...und gerade, als ich dachte, dass er mich küssen würde...bückte er sich und zog meinen Rock herunter. Er hatte meine Unterwäsche mit in der Hand und...ich war von der Taille ab nackt."

Morgan schluckte bei der Erinnerung und Aislinn wollte das kleine Arschloch verprügeln, das ihr das angetan hatte.

„Ich hätte es kommen sehen sollen, aber ich war so vertieft in dem Glauben, dass er mich küssen würde, dass ich es verpasst habe, seine Gedanken zu lesen und was er plante. Es wäre nicht so schlimm gewesen. Ich hätte damit umgehen können, aber er hatte allen Bescheid gesagt, dass sie kommen und gucken sollten. Ich erinnere mich nur daran, dass ich mich umdrehte und sah, wie die Mädchen schrien und mit dem Finger zeigten und lachten und die Jungs ihm gratulierten. Ich bin den ganzen Weg nach Hause gerannt." Morgan zuckte mit den Schultern und nahm noch einen Schluck Wein. „Schule war danach die Hölle. Alle waren gemein zu mir. Es war, als ob er allen die Erlaubnis gegeben hätte, mich zu schikanieren. Ein paar Monate später bin ich weggelaufen und seitdem allein gewesen."

Aislinn wollte sie umarmen und ihr sagen, dass alles gut werden würde. Dass jeder unangenehme Jahre als Teenager hatte, und dass mehr als einer Narben hatte, die nicht verschwinden würden.

Ein Lächeln zog über Morgans hübsches Gesicht und Aislinn hob eine fragende Augenbraue.

„Na ja, ich...eh, habe mich gerächt", kicherte Morgan.

„Oh oh", sagte Aislinn und nahm schnell einen Schluck Wein.

„Der Tag, an dem ich abgehauen bin? Na ja, seine Mutter hatte eine Riesenportion Spaghetti für ihn gemacht und ist dann zum Markt gegangen. Ich hatte meine Taschen gepackt und hatte meine Busfahrkarte. Alles stand draußen und ich hatte eine kurze Notiz hinterlassen, damit sie wussten, dass ich aus freien Stücken weggegangen war. Aber auf dem Weg raus hielt ich in der Küche an. Gott, ich erinnere mich immer noch an sein Gesicht. Er sah mich an, als wäre ich Dreck. Ich lächelte ihn an...ganz freundlich...und dann hob ich den Teller mit meiner Kraft und schüttete ihm alles über den Kopf."

Aislinn Kinnlade fiel herunter.

Morgan lachte und für einen Moment sah sie glücklich und atemberaubend schön aus.

„Gott, ich habe noch nie gesehen, wie sich das Gesicht von jemandem so schnell ändert. Er sprang auf, um wegzulaufen, rutschte in den Spaghetti aus und fiel hin." Morgan lachte noch viel mehr. „Ich weiß, dass es falsch ist. Glaub mir, das weiß ich. Aber...nur das eine Mal war es das wert."

Aislinn wusste, dass sie ihr eigentlich eine Standpauke halten sollte über den richtigen Nutzen ihrer Kraft, so wie Fiona es tun würde, aber Aislinn musste es Morgan zugestehen. Der kleine Dreckskerl hatte es verdient.

„Obwohl ich Dir nicht raten würde, das zu wiederholen, da Du keine moderne Hexenjagd brauchst, gebe ich Dir recht, dass er es verdient hatte."

Morgan lächelte sie an und Aislinn spürte, wie Dankbarkeit von ihr ausstrahlte. Sie rekelte sich gegen die Kissen und drückte sich tiefer in die Polster.

„Also, Patrick?", fragte Aislinn.

„Patrick", sagte Morgan und ihr Körper spannte sich an.

„Du magst ihn", sagte Aislinn. Sie konnte es lesen.

„Das tue ich. Ich...bin nur ausgeflippt, als er versucht hat, mich zu küssen. Es war wie ein Déjà-vu. Ein gutaussehender Typ hinter dem Haus im Innenhof." Morgan seufzte und trank ihren Wein. „Ich muss lernen, meine Gefühle besser zu kontrollieren."

„Es ist ok, emotional zu sein. Aber ja, Du hast wahrscheinlich ein paar Dinge, die Du verarbeiten musst. Vielleicht könntest Du mit Dr. Delaney reden?"

Morgan hob ihre Augenbraue und lachte.

„Als ob ich dafür Geld hätte."

„Ich kann da vielleicht etwas deichseln", sagte Aislinn.

„Was ist eigentlich mit Dir und ihm?"

Aislinn dachte einen Moment darüber nach.

„Sagen wir mal, ich schreie nicht, wenn er versucht, mich zu küssen."

KAPITEL NEUNUNDZWANZIG

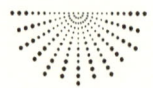

„Ich schwöre, dass ich nichts gemacht habe", sagte Patrick, während er stampfend neben Baird auf dem Bürgersteig lief.

„Was ist passiert?", fragte Baird verhalten und hielt sein Urteil zurück.

„Gar nichts. Wir haben miteinander geredet. Ich sehe sie hier und da und...Mann, sie ist einfach eine Wucht. Ich fühle mich von ihr angezogen, verstehst Du? Ich habe aufgehört, andere Frauen zu treffen und versuche, dass sie mit mir ausgeht."

Baird nickte und hielt die Tür zu Gallagher's Pub auf. Patrick winkte dem Bartender ein Hallo zu und duckte sich unter den Tresen, um zwei Flaschen Guinness aus dem Kühlfach zu nehmen.

„Schreib es auf meine Rechnung", sagte er zum Bartender, kam um die Theke herum und bedeutete Baird, ihm in den Innenhof zu folgen.

Sie saßen an einem leeren Picknicktisch. Es war noch früh am Abend und der Hof war leer.

„Also wie bist Du in dem Innenhof gelandet?"

„Ich habe gesehen, wie Morgan ein paar Riesenstücke Treibholz die Straße hochhievte. Wofür weiß ich nicht...aber ich habe angeboten, ihr zu helfen, sie in den Hof zu bringen. Ich habe angenommen, dass es für eins von Aislinns Kunstprojekten ist. Dann, ich weiß nicht, es war irgendwie der richtige Moment, verstehst Du? Die Sonne ging gerade unter, sie sah so hübsch aus und ich wollte sie küssen. Ich habe nicht erwartet, dass sie mich anschreit. Ich dachte, dass sie genauso fühlt." Patrick zuckte mit seinen Achseln, um es abzutun. Baird konnte sehen, dass seine Schultern angespannt waren, und er las Frust und Schmerz im Gesicht des jungen Mannes.

„Ich bin sicher, dass da mehr dahintersteckt. Von dem, was Aislinn gesagt hat, hatte Morgan eine schwierige Kindheit. Sei geduldig mit ihr", sagte Baird.

„Oh ja, was zum Beispiel?"

„Das kann ich Dir nicht sagen", sagte Baird ausweichend.

Patrick lächelte ihn an. „Arztgeheimnis?"

„So etwas in der Art", stimmte Baird zu.

Die Männer tranken einen Moment lang wortlos ihr Bier. Baird dachte, dass es der perfekte Moment wäre, um eine Frage zu stellen und schaute Patrick an.

„Bist Du hier aufgewachsen?"

„Ja, bin ich."

„Ist die Bucht verwünscht?"

Patrick zuckte nicht mal mit der Wimper. „Ja."

Baird knallte seine Flasche Guinness überrascht auf den Tisch. „Ja? Einfach ja? Du glaubst es?"

„Ja, warum würde ich das nicht tun?" Patrick sah ihn verwirrt an.

„Ich weiß nicht...vielleicht, weil es verrückt ist zu denken, dass es Magie gibt?"

„Magie ist überall", sagte Patrick einfach.

Baird sah ihn ungläubig an und versuchte, die richtigen Worte zu finden.

„Ich...es kommt mir vor, als ob alle in dieser Stadt ein bisschen verrückt sind", gab Baird zu.

Patrick grinste ihn an, ohne beleidigt zu sein.

„Na ja, wenn es in der Stadt Magie gibt, was erwartest Du? Ich finde es aber gut, dadurch sind wir einzigartig."

„Was steckt hinter der Geschichte von Grace's Cove?"

„Die Legende besagt, dass Grace O'Malley dort gestorben ist. Sie schützte die Bucht durch Magie und hinterließ ihren Nachfahrinnen etwas Besonderes." Patrick tat es mit einem Schulterzucken ab und nahm einen Schluck Guinness.

Bairds Mund stand offen. „Du willst mir weismachen, dass Du das glaubst?"

„Klar, frag Cait. Sie ist eine Nachfahrin. Sie kann Gedanken lesen", sagte Patrick leichthin und zeigte auf Cait, die durch die Tür kam.

Baird stand sofort auf, als sie zu ihnen kam.

„Glückwunsch nochmal, Cait. Wie geht es Dir?" Seine Gedanken wirbelten wild durcheinander, während er versuchte zu verdauen, was Patrick ihm gerade erzählt hatte. Es war unmöglich, dass sie Gedanken lesen konnte.

„Oh Mann, Patrick. Du hast es ihm gesagt?" Cait sah Patrick mit schmalen Augen an und er zog die Schultern schuldig hoch.

„Tut mir leid, Cait. Er hat nach der Bucht gefragt und dann ist das so rausgerutscht. Ich habe gedacht, dass er es schon wusste, da er so viel Zeit mit Aislinn verbringt."

Cait drehte sich um und sah Baird von oben bis unten an.

„Hmpf", murmelte sie und deutete Baird an, dass er sich wieder hinsetzen sollte. „Du, geh los. Da ist eine Lieferung, die ausgepackt werden muss." Cait zeigte mit dem Daumen zu Patrick und dann zurück zum Pub.

„Ja, Chefin. Danke fürs Zuhören, Baird", sagte Patrick, als er aus dem Hof eilte.

Caits Blick traf Bairds und er war wieder verblüfft, welche Intelligenz und geistige Präsenz er hier sah. Sie war eine Frau, die wusste, was sie wollte.

„Danke", sagte Cait einfach.

Bairds Augenbrauen gingen hoch als er merkte, dass Cait seine Gedanken gelesen hatte.

„Ich...es tut mir leid. Aber kannst Du das wirklich?"

„Ich weiß nicht, kann ich?", sagte Cait bissig.

Baird sah sie verärgert an und sie rieb seufzend ihre Hände über ihren kleinen Bauch.

„Entschuldige, die Hormone machen mich etwas zickig. Ja, ich kann Gedanken lesen. Ja, ich bin eine Nachfahrin der großen Grace O'Malley, die die Bucht verflucht und verwünscht hat."

„Das ist für mich alles etwas wunderlich. Es ist wie ein Märchen", platzte Baird heraus.

Cait zuckte mit den Achseln. „Das stimmt. Ich kann es aber nicht ändern. Ich weiß auch nicht, ob ich das immer noch möchte..." Sie verstummte, sah auf ihren Bauch und lächelte. „Dieses Kind hier wird es jedenfalls nicht schaffen, mir irgendetwas vorzumachen." Ein kesses Grinsen ging über ihr hübsches Gesicht und brachte Baird zum Lächeln.

„Ich vermute, dass das als Mutter praktisch sein wird", gab Baird zu.

„Was für Absichten hast Du mit Aislinn?", fragte Cait direkt.

Baird atmete aus und nahm einen großen Schluck von seiner Bierflasche. Was waren seine Absichten?

„Ich weiß es nicht", sagte er endlich.

„Dann lass sie in Ruhe", sagte Cait und Wut überzog ihr Gesicht.

Baird hielt seine Hände hoch, um Cait zu stoppen. „Ich weiß es nicht, aber ich möchte es herausfinden. Sie hat etwas, das mich fasziniert, mich anzieht, worüber ich mehr lernen möchte. Sie holt mich aus meiner Komfortzone heraus und ich hoffe, dass ich das gleiche für sie tue. Meine Absichten sind ehrenhaft. Ich habe sie mehr als einmal abgelehnt ", sagte Baird und hatte nicht das Gefühl, es näher erklären zu müssen.

Cait lachte schallend.

„Ja, ich bin sicher, das hat sie ziemlich wütend gemacht."

„Fuchsteufelswild. Sie ist noch viel schöner, wenn sie wütend ist", sagte Baird mit einem Lächeln.

„Lass Dir Zeit mit ihr", warnte Cait.

„Erzähl mir von der Bucht", sagte Baird.

„Was ist mit der Bucht?"

„Warum leuchtet sie blau?"

Cait hustete und kreuzte ihre Arme über ihrer Brust. Sie lehnte sich zurück und starrte Baird an.

„Mit wem warst Du da, als das passiert ist?"

„Woher weißt Du, dass ich nicht allein war?", entgegnete Baird.

Caits Gesicht wurde unlesbar, ein richtiges Pokergesicht. Sie sagte kein Wort.

„Ok, ich war mit Aislinn da", seufzte Baird und leerte sein Bier. Es wurde ihm langsam zu blöd, all die Geheimnisse und Rätsel in dieser Stadt zu verstehen.

Ein kurzes Lächeln ging über Caits Gesicht. Sie stand auf und tätschelte Bairds Hand über den Tisch.

„Steh zu ihr. Du wirst Deine Antworten bekommen, wenn Du sie am meisten brauchst", sagte Cait geheimnisvoll und ging zur Tür.

„Du bist eine große Hilfe", rief Baird ihr nach und sie winkte fröhlich zurück.

Baird stand auf, seine Gedanken völlig verworren.

Woher wusste sie, dass er nicht allein an der Bucht war, als sie leuchtete?

Und was bedeutete das für ihn und Aislinn?

KAPITEL DREISSIG

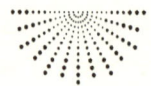

„Bist Du sicher, dass mit Dir alles ok ist?", fragte Aislinn Morgan am Fuß der Treppe zu ihrer Wohnung.

Morgan nickte beharrlich.

„Es ist alles ok, danke." Impulsiv legte sie ihre Arme um Aislinn und drückte sie kurz bevor sie mit einem schnellen „Bis Dienstag" aus der Tür lief. Morgan arbeitete montags, donnerstags und freitags auf Flynns Boot.

Aislinn war zufrieden, dass Morgan sich wohl genug fühlte, um sie zu umarmen und trat hinaus in ihren Innenhof. Sie schaute in den Himmel und als sie keine Anzeichen für Regen sah, rannte sie die Treppe wieder hoch und ergriff den Rest der offenen Flasche Wein und ihr Glas. Mit einem Zeichenblock unterm Arm ging sie zu ihrem Stuhl und dem kleinen Zeichentisch in einer Hofecke und bereitete ihren Block vor. Sie hatte schon darüber nachgedacht, eine Serie über Ross Castle und den See zu machen. Der schwarze Schwan stand für sie so ausdrücklich hervor, dass ihre Finger fast danach juckten, ihn zu zeichnen.

Aislinn klammerte ihr Papier auf das Brett und begann mit dem Umriss des Wassers mit dem schwarzen Schwan. Sie würde diese Zeichnung wahrscheinlich irgendwann in Öl wiederholen, aber sie mochte es, ihre Ideen zuerst zu zeichnen.

Leise summend verlor Aislinn sich in der Abendstimmung und der Bewegung ihrer Hand auf dem Papier.

„Verdammter Schwan", sagte Baird hinter ihr und Aislinn quiekte und ließ ihre Zeichenkohle auf den Boden fallen.

Sie legte ihre Hand auf ihre Brust, um ihr rasendes Herz zu beruhigen, und brauchte einen Moment, bevor sie sich umdrehte.

„Willst Du mir etwa einen Herzinfarkt geben?" Aislinn drehte sich um, lächelte Baird an und stellte fest, wie froh sie war, ihn zu sehen.

Dass er für sie zurückgekommen war.

Baird kam näher und studierte ihre Arbeit. „Das ist wunderschön. Du hast wirklich Talent."

„Danke", murmelte Aislinn und lächelte ihn an.

„Wie geht es Morgan?"

„Es geht ihr gut." Aislinn stand auf und ging über den Hof zu ihrem Tisch. „Wein?"

„Hast Du Bier?", fragte Baird.

„Natürlich", sagte Aislinn und fühlte sich plötzlich nervös wie ein Schulmädchen bei ihrem ersten Date. Sie ging ins Haus und flitzte in das kleine Badezimmer im Erdgeschoss, wo sie über ihren Anblick im Spiegel stöhnte. Sie hatte sich nach ihrem Bad im See nicht die Mühe gemacht, mehr Makeup aufzulegen und ihre Haare sprangen in wilden Locken um ihren Kopf. Ihr Makeup war nicht mehr zu retten, aber die Haare konnte man verbessern. Sie drehte ihre Locken schnell in einen ordentlichen Knoten im Nacken.

Aislinn nahm zwei Flaschen Harp aus dem Kühlschrank, ging wieder nach draußen und beobachtete Baird, wie er entspannt mit dem Rücken zum Tisch auf der Picknickbank saß und mit ausgestreckten Beinen zu den Sternen im Nachthimmel hochschaute.

„Eine schöne Nacht", sagte er, als sie näherkam und ihm eine Flasche reichte.

„Das ist sie." Aislinn setzte sich neben ihn und lehnte sich zurück, um zu den Sternen hochzusehen. Sie blinzelten herunter wie eisige Diamanten vor dem Mitternachtsblau, so sicher über ihren Platz im Universum. Aislinn fragte sich, wo ihr Platz war und warum sie in der letzten Zeit das Gefühl hatte, dass sie den Boden unter den Füßen verlor.

„Wie geht es Patrick?", fragte Aislinn.

„Ist frustriert. Er hatte nichts gemacht."

„Ich weiß", sagte Aislinn.

„Was ist Morgans Hintergrund?", fragte Baird, als er einen großen Schluck aus seiner Bierflasche nahm.

„Sie ist eine Waise", sagte Aislinn. Baird nickte, als ob alles auf einmal total verständlich war. Und für ihn war es das vielleicht.

„Patrick mag sie", sagte Baird.

„Ja, sie mag ihn auch."

„Was sollen wir machen?", fragte Baird.

„Nicht ein einziges verdammtes Ding", lachte Aislinn und dann verschwand das Lächeln aus ihrem Gesicht. „Em, übernimmst Du jemals Fälle aus Wohltätigkeit?"

Baird drehte sich, sah Aislinn an, legte seinen Arm um ihren Rücken und zog sie näher heran, damit sie sich in seine Armbeuge kuscheln konnte. Aislinns Inneres erwärmte sich bei seiner Berührung und sie war für einen Moment überrascht, dass sie sich etwas weinerlich fühlte. Einfach ein bisschen sentimental, dachte Aislinn, und konzentrierte sich wieder auf die Unterhaltung.

„Du möchtest, dass ich mit Morgan umsonst spreche, sehe ich das richtig?"

Aislinn zuckte mit den Achseln und sah wieder in den Himmel.

„Es könnte nicht schaden. Sie vertraut nicht vielen Leuten. Ich bin nicht sicher, inwieweit sie sich Dir öffnen würde, aber ich kann definitiv sehen, dass sie einige Narben hat, an denen sie arbeiten muss. Aber vielleicht bringe ich sie stattdessen zu Fiona."

„Ah, die berühmte Fiona. Ich habe diese mysteriöse Frau auch noch nicht kennenlernen können", bemerkte Baird. Aislinn zog sich zurück bei dem Stachel in seinen Worten. Hatte sie ihn falsch verstanden? Sie ließ ihren Geist schweifen, durchleuchtete ihn und merkte, dass er nur ein bisschen verärgert war.

„Entschuldige, aber ist das ein Problem? Warum bist Du wütend auf Fiona?"

„Ich bin nicht wütend auf Fiona", sagte Baird steif.

„Also dann auf mich", sagte Aislinn und rückte auf der Bank von ihm ab, um ihn anzusehen. Bairds Körper war angespannt und seine Hand tappte einen schnellen Rhythmus auf seinem Bein.

„Ich bin nicht wütend auf Dich", sagte Baird.

„Du lügst", sagte Aislinn, ohne ihn darauf hinzuweisen, dass sie ihn meilenweit entfernt lesen konnte. Wenn der Mann ihre Gabe immer noch nicht verstand, dann würde sie es ihm nicht nochmal erklären.

„Und das wüsstest Du natürlich. So wie Cait Gedanken aus meinem Kopf pflücken kann, und wer weiß, was alle anderen hier in der Stadt können. Ich bekomme das Gefühl, der allgemeinen Belustigung zu dienen."

Aislinn Kinnlade fiel herunter und sie fühlte, wie ihr irisches Gemüt aufbrauste.

„Entschuldige?", sagte Aislinn eisig.

„Du hast schon richtig gehört. So fühle ich mich, und ich habe ein Anrecht darauf. Und jetzt grade kommt es mir vor, als ob mir die ganze Stadt einen Streich spielt."

Aislinn schob sich von der Bank und ging vor ihm auf und ab, während sie versuchte, ihr Temperament zu besänftigen.

„Ach, und wofür wäre dieser Streich? Für einen Wettbewerb? Lasst uns alle den neuen Typen veralbern?", sagte Aislinn heftig.

„Vielleicht ist es nur ein Streich für den Rest der Welt. Für Tourismuszwecke. Wenn die ganze Stadt beteiligt ist, können Leute hierherkommen und eine magische Erfahrung machen. Das ist gut für die Stadt. Je mehr ich darüber nachdenke, desto einleuchtender klingt es", sagte Baird erhitzt und stellte sich vor sie.

Aislinns Brust hob und senkte sich, während ihre Gedanken voller Frust und Wut umherwirbelten.

Oh, so viel Wut.

Sie hob ihr Kinn und blickte Baird direkt an.

„Mich hat noch nie in meinem Leben jemand so beleidigt. Du denkst, dass ich eine persönliche Beziehung mit jemandem eingehen und trotzdem...über das hier lügen würde?" Sie ließ ihre Hand durch ihren Hinterhof und die Stadt schweifen.

„Na, das weiß ich doch nicht, oder? Es sieht aus, als wüssten alle Bescheid, nur ich nicht. Ich wäre die Zielscheibe des Spotts, oder?", schrie Baird, während Aislinn ihn ungläubig anstarrte.

Sie fühlte sich, als hätte er sie in die Magengrube geschlagen und ihr wurde übel vor Wut.

„Raus hier", flüsterte Aislinn und zeigte auf das Tor in ihrem Zaun.

„Entschuldigung?", fragte Baird und trat näher, so dass er sie überragte.

„Du machst mir keine Angst, Baird Delaney. Ich habe gesagt...raus hier", befahl Aislinn, ohne ihn aus dem Blick zu verlieren. Er beobachtete sie und dann fluchte er leise unter seinem Atem.

„Ich hätte wissen sollen, dass Du das nicht durchziehen würdest", zischte Baird und stürmte an ihr vorbei.

„Und was soll das heißen?", rief Aislinn ihm nach, erschüttert von seiner Aussage.

„Es heißt, dass Mädchen, die am ersten Abend Typen mit nach Hause nehmen, nicht durchhalten, wenn die Beziehung schwierig wird", sagte Baird und Aislinn verlor komplett die Beherrschung.

„Ich hoffe doch, dass Du nicht gerade behauptet hast, dass ich die Stadtschlampe bin, Du arroganter, überheblicher, sturer Klotz von einem Mann", kreischte Aislinn hinter ihm her.

„Ich weiß nicht, Aislinn, warum liest Du nicht einfach, was ich für Dich fühle?", rief Baird über den Zaun, knallte das Tor zu und verschwand aus ihrer Sicht. Aislinn drehte sich um und atmete tief aus, während sie durch ihren Hof stürmte.

Der *Scheißkerl*, dachte sie. Aislinn war nicht sicher, ob sie jemals vorher so beleidigt wurde.

Der Mann hatte sie gerade eine Schlampe genannt. Noch dazu eine, die lügt. Er dachte, die ganze Stadt hatte es auf ihn abgesehen? Als ob irgendjemand so viel Zeit übrig hatte! Aislinn murmelte vor sich hin, während sie im Hof auf und ab ging. Sie erspähte ihr Glas Wein, stürmte zurück, ergriff die Flasche und füllte ihr Glas bis an den Rand.

Sie war verletzt.

Aislinn blinzelte Tränen zurück und schwor, dass sie nicht wegen Baird weinen würde. Wenn sie weinte, dann hatte er ihr mehr bedeutet. Und es war eindeutig, dass sie nie ein Paar sein würden. Sie stieß mit dem Fuß einen Stein weg und ging zu ihrer Zeichnung des Schwans, über die das Kerzenlicht flackerte.

Der einzige Ort, an dem sie sich selbst verlieren konnte, egal was sie fühlte. Mit einem Seufzer hob sie ihre Kohle vom Boden auf, setzte sich hin und brachte ihre Hand zum Papier.

Und begann den Prozess, Baird aus ihrem Kopf zu verbannen.

KAPITEL EINUNDDREISSIG

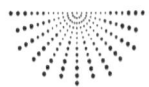

„Oh mein Gott", stieß Morgan aus, als sie ins Studio kam und Aislinn schläfrig in ihre Kaffeetasse starrend an ihrem Schreibtisch fand.

„Hi, Morgan", sagte Aislinn leise.

„Aislinn, oh Mann, hast Du das alles gemacht, seit ich am Sonntag gegangen bin?", fragte Morgan und drehte sich, um den hinteren Teil der Galerie anzusehen.

Leinwände bedeckten die Wände. Sie lehnten auf dem Boden, waren an jedem verfügbaren Haken aufgehängt und weitere waren versetzt hingestellt, damit sie trocken konnten. Das Meer war überall. Wütende stürmische Wellen tosten über Leinwände und kämpften sich aus dem Sturm der See heraus, so dass man mit der Hand das Wasser anfassen wollte. Nur für eine Sekunde...um zu sehen, ob es greifbar war.

„Die sind...wow, einfach wow. Fantastisch, so wütend, so gewaltig. Gott, Ash, ich habe so viel Ehrfurcht vor Deinem Talent", sagte Morgan, während sie umherging.

„Danke", sagte Aislinn leise.

„Sind die für die Ausstellung?"

„Ja, ich brauchte ein paar Meereslandschaften."

„Malst Du alle Stimmungen des Ozeans?", fragte Morgan, kreuzte ihre Hände über ihrer Brust und biss sich auf die Lippe, während sie Aislinns unordentliches Aussehen wahrnahm.

„Das könnte man sagen", sagte Aislinn.

„Em, wann hast Du das letzte Mal etwas gegessen?"

Aislinn sah Morgan mit blutunterlaufenen Augen an und versuchte sich zu erinnern, wann sie zuletzt gegessen hatte.

„Ich weiß nicht..." Sie zog ihre Augenbrauen verwirrt zusammen.

„Ok, das ist nicht gut. Ich besorge etwas. Bleib hier", befahl Morgan und verschwand aus der Hintertür. Aislinn brachte es nicht über sich, ihr zu sagen, dass sie wahrscheinlich nichts essen könnte von dem, das sie brachte. Sie stand auf und stellte sich vor ihre Arbeiten.

Sie war voller Zorn gewesen, nachdem Baird gegangen war. Sie merkte, dass sie die angefangene Zeichnung des Schwans nicht beenden konnte. Es war eine schöne Erinnerung und es schien falsch, sie in Wut zu zeichnen. Stattdessen waren wütende Wellen aus ihren Fingern geschossen und sie hatte wie besessen die ganze Nacht bis zum nächsten Tag durchgearbeitet.

Morgan hatte recht, dachte sie. Ihre Bilder waren fantastisch. Provokanter als alles, was sie vorher gemacht hatte. Sie kaute an ihrem Daumennagel, und während sie ihren gesamten Laden umkreiste, ließ sie ihren Blick über Gemälde von ruhigem Wasser, sonnengefluteten Tagen und wilden Stürmen schweifen. Morgan hatte damit auch recht, dachte Aislinn. Sie malte alle Launen der See.

Wie eine chaotische, arrogante und extrem stolze Frau präsentierte das Meer seine Stimmungen auf jede mögliche Art. Aislinn war stolz, die See zu würdigen und die wechselhafte Natur des Meeres zur Schau zu stellen. Aislinn wurde es nie müde, das Wasser zu beobachten, das die Ufer ihres kleinen Dorfs berührte oder die verwunschene Bucht füllte.

Aislinn war extrem stolz auf ihre Arbeit, auf ihr Dorf und ihre Abstammung. Sie war nicht sicher, dass ihr das so bewusst gewesen war, bis Baird alles abgewertet hatte. Und sie damit bis ins tiefste Innere verletzt hatte.

Gut, dass sie ihn los war, dachte sie und atmete tief ein, als Morgan mit einer Tüte vom Café durch die Tür kam.

„Mehr Kaffee, Muffins und ein paar hartgekochte Eier. Ich dachte, Du brauchst vielleicht etwas Protein", sagte Morgan eifrig.

„Danke, Morgan", sagte Aislinn und setzte sich an ihren kleinen Tisch in der Küche. Schweigend packte Morgan das Essen aus, aber Aislinn konnte ihre Nervosität sehen. Sie war zu müde, um sich darum zu sorgen, ob Morgan sich gut fühlte, brach ein Stück Cranberry Muffin ab und kaute mechanisch.

„Em, also, ist alles ok mit Dir und Baird?", fragte Morgan vorsichtig.

Aislinn hob nur eine Augenbraue und blieb stumm.

„Ich möchte nicht neugierig sein oder so. Aber, em, es ist schwer, Dich nicht zu lesen...Du weißt schon, mit meinen Kräften und so", sagte Morgan und wurde rot, bevor sie sich schnell ein Stück Muffin in den Mund schob, um den Wortschwall einzudämmen.

„Gott bewahre mich vor Frauen mit speziellen Fähigkeiten in meinem Leben", sagte Aislinn irritiert und rollte ihre Augen zur Decke. Sie wurde mit einem Lachen von Morgan belohnt. Aislinn konnte nicht anders als zurückzulächeln, da Morgan so selten lachte.

„Warum fragst Du, Morgan?"

„Es ist nur dass, na ja, Du kannst es hier sehen", sagte Morgan und zeigte mit ihrer Hand auf die Arbeiten, die an der Wand aufgereiht waren.

„Ich vermute, es ist eindeutig, dass ich etwas schlechte Laune hatte", stimmte Aislinn zu.

Morgan lachte laut und Aislinn lächelte wieder.

„Etwas? Das hier ist Zorn! Wunderbarer toller Zorn", sagte Morgan.

Aislinn drehte sich, um ihre Arbeiten zu studieren. Sie nahm an, dass es ein bisschen zornig war.

„Wir nennen dies meine Wutperiode", sagte Aislinn mit einem kleinen Lächeln, während sie auf ihren Kaffee blies.

„Ich meine nur...er sah auch nicht so gut aus", sagte Morgan zögerlich und Aislinn Kopf schnellte hoch und studierte Morgan Gesicht.

„Du hast ihn gesehen?"

„Em, ja?" Morgans Stimme ging nach oben, als wollte sie sagen: „Ist es schlimm, wenn ich das habe?".

„Du meinst im Laden?"

„Nein, er kam zu den Docks und hat mich für eine freie Sitzung mit ihm eingeladen", sagte Morgan leise und sah nach unten auf den Tisch. Aislinns Kinnlade fiel runter und aus irgendeinem Grund wurde sie noch wütender. Verflucht, da ging der Mann hin und machte etwas Gutes genau zu dem Zeitpunkt, an dem sie ihn hasste.

„Es tut mir leid, sei bitte nicht böse", sagte Morgan, die Aislinns Reaktion korrekt interpretierte.

„Ich bin überhaupt nicht böse auf Dich", sagte Aislinn und winkte Morgans Sorgen leichthin weg.

„Es war nett", sagte Morgan nervös und Aislinn lenkte ihre Gedanken für einen Moment von sich selbst weg.

„Du hast also mit ihm geredet? Wie fühlst Du Dich damit?"

Morgan zerriss den Muffin auf ihrem Teller, während sie über ihre Antwort nachdachte.

„Ich glaube, es wäre gut für mich, noch ein paarmal zu gehen. Ich...ich fühle mich noch nicht wohl damit, wieviel ich ihm sagen kann. Ich bin nicht sicher, ob ich ihm alles anvertrauen kann", sagte Morgan und zeigte mit ihrem Finger in einer Drehbewegung auf ihren Kopf. Aislinn wusste, dass sie ihre Gabe meinte.

„Es gibt etwas, das ich Dich zu gerne bitten würde zu tun, aber es wäre gehässig", murmelte Aislinn.

„Was wäre das?"

„Ich fände es toll, wenn Du etwas durch den Raum fliegen lassen würdest. Um ihm direkt Deine Kraft zu zeigen, damit er nicht glaubt, dass die ganze Stadt ihn anlügt", grummelte Aislinn. Morgan starrte sie an.

„Du hast ihm von Deiner Kraft erzählt?"

„Ja, ich bin immer ehrlich. Zumindest zu denjenigen, bei denen ich mich wohlfühle."

„Und er denkt, dass Du lügst?" Morgan hob ihre Augenbrauen.

„Das tut er. Tatsächlich scheint er zu glauben, dass die ganze Stadt in einen großen Schwindel verstrickt ist, um Touristen anzuziehen." Aislinn schob sich vom Tisch weg, um wieder auf und ab zu gehen. Wenn sie nur darüber nachdachte, wurde sie wieder wütend.

„Also...das ist der größte Blödsinn, den ich je gehört habe", sagte Morgan. „Und das ist komisch...weil der Doc mir eigentlich wie ein ziemlich intelligenter Bursche vorkommt."

„Oh, das ist er. Klug, sensibel, und..." Aislinn hörte auf zu reden, als sie merkte, dass sie kurz davor war, über ihn zu schwärmen. Sie schüttelte es von sich und drehte sich zu Morgan.

„Ich höre auf, zu ihm zu gehen. Der Mistkerl", entschied Morgan.

„Nein. Bitte, geh. Wenn Du seine Beratung umsonst bekommen kannst, mach es", drängte Aislinn. „Meine persönliche Beziehung sollte Dir nicht im Weg stehen zu lernen, einige Deiner Wunden zu heilen, ok?"

„Wenn Du Dir sicher bist."

„Ja, bitte. Es ist wirklich wichtig zu lernen, wie man Altlasten loslässt. Das ist gut für Dich. Und Du möchtest Dich besser dabei fühlen, Patrick zu sehen."

Morgan beugte sich vor, kreuzte ihre Arme und zerriss ihren bereits zerkrümelten Muffin.

„Er hat mir Blumen an meinen Wagen gelegt", flüsterte Morgan. Krümel flogen, als sie weiter an dem Muffin riss.

„Morgan. Stopp", sagte Aislinn und das Mädchen erschrak und sah auf ihren zerstörten Muffin.

„Oh, Mann. Entschuldige", sagte Morgan.

„Das ist ok. Es sind Deine Muffins, also kannst Du sie

zerreißen. Aber ich meinte, hör auf, Dich in Dir selbst zu verschließen, wenn ein netter junger Mann Dich mag. Ich kann Dir sagen, dass Patrick ein aufrichtiger Typ ist, ok?"

„Ist er das?" Hoffnung überflog Morgans Gesicht.

„Das ist er. Aber lass ihn dafür arbeiten", warnte Aislinn.

Morgan nickte aufgeregt und Aislinn seufzte beim Anblick ihres sehnsüchtigen Gesichtsausdrucks. Sah sie so aus, wenn sie über Baird nachdachte? Furchtbar, dachte Aislinn und ging, um ihren Teller in die Spüle zu stellen.

„Also, er hat schlecht ausgesehen?" Aislinn könnte sich dafür treten, dass sie fragte.

„Ja, er hatte dunkle Schatten unter den Augen. Er hat an Dich gedacht. In dem Moment, als er mich sah, gingen seine Gedanken zu Dir. Ich weiß nicht, Ash. Er sah ziemlich mitgenommen aus. Ich glaube, er mag Dich wirklich", sagte Morgan zögerlich.

Aislinn zuckte mit ihren Schultern.

„Na ja, er zeigt es aber nicht gerade gut, oder?"

Morgan öffnete ihren Mund, aber Aislinn hielt ihre Hand hoch, um sie zum Schweigen zu bringen.

„Komm, hilf mir, diese Bilder zu katalogisieren. Ich muss Fotos von ihnen machen und ihre Maße notieren, um sie der Galerie in Dublin zu schicken", sagte Aislinn und Morgan sprang pflichtbewusst hoch.

„Kann ich zu Deiner Ausstellung mitkommen? Wirst Du Hilfe brauchen?", fragte Morgan atemlos.

Aislinn hielt inne. Sie hatte noch gar nicht darüber nachgedacht, ob sie jemanden einladen würde, oder wie sie die ganzen Arbeiten dorthin kriegen würde.

„Ich habe einen Lieferwagen", bot Morgan an, als ob sie ihre Gedanken las.

„Ja, ich hätte Dich gern bei der Ausstellung als meine Assistentin dabei. Ich bezahle Dich natürlich", sagte Aislinn automatisch.

Morgan kreischte und klatschte in die Hände. Sie sah aus wie eine dunkelhaarige Elfe, als sie durch den Raum flitzte und über die Ausstellung schnatterte. Aislinn folgte ihren Bewegungen und zählte stumm alle Bilder, während Morgan redete. Sie brauchte noch mindestens ein weiteres Dutzend vor nächster Woche.

Ihr Herz setzte einen Schlag aus.

Ihre Ausstellung war in etwas über einer Woche.

Sie zwang sich zu atmen, marschierte durch den Raum und begann geistige Notizen zu machen über die verschiedenen Launen einer Frau und wie die See ihnen ähnelte. Als die Idee sich in ihrem Kopf verfestigte, stellte sie sich ihre anderen Bilder vor. Sie hatte Zorn, Sänfte, Traurigkeit und Glück. Was fehlte ihr?

Liebe, dachte sie bitter und drehte sich von ihrer Arbeit weg.

„Morgan, ich gehe für ein kleines Nickerchen nach oben. Ich muss die nächsten zwei Wochen mehr oder weniger durcharbeiten. Wie oft kannst Du hier sein?"

„Ich frage Flynn, ob ich die nächsten zwei Wochen frei haben kann."

„Danke", sagte Aislinn müde und ging die Treppe zu ihrer Wohnung hoch. Sie betrat ihr Schlafzimmer und fiel mit dem Gesicht nach unten auf ihr Bett. Bilder von der See in all ihren Launen wirbelten durch ihren Kopf und sie fiel in einen traumlosen Schlaf.

KAPITEL ZWEIUNDDREISSIG

Baird stand an seinem Fenster und beobachtete, wie Morgan zu seinem Büro kam. Seit ihrem ersten Termin waren ein paar Tage vergangen und er war froh, dass sie entschieden hatte zurückzukommen, um nochmal mit ihm zu sprechen. Er spürte viel unterschwelligen Zorn und Unsicherheit, womit sie fertig werden musste. Baird war es sogar egal, dass sie nicht bezahlen konnte. Irgendwie musste er ihr helfen, für Aislinn.

Vielleicht für ihn selbst, dachte Baird mit einem Achselzucken. Wenn er Morgan umsonst behandelte, um wieder gutzumachen, dass er Aislinn verletzt hatte, war es eine ziemlich verkorkste Art, sich zu entschuldigen, hatte sich der Psychiater in ihm selbst vorgehalten.

Ja, ja, dachte Baird. Ich weiß, was ich tue.

Er musste zu Aislinn gehen. Unbewusst hatte er die ganze Woche an sie gedacht. Er wollte sie anrufen, wenn ihm etwas Witziges in den Kopf kam oder wenn er etwas sah, von dem er wusste, dass sie es malen oder fotografieren wollte. Es war, als ob sie seine Augen zur Welt geöffnet hatte und Baird merkte, wie er in seiner alltäglichen Routine innehielt und die Schönheit in allem um ihn herum sah.

War das Dorf wirklich in einen großen Schwindel involviert? Je mehr Einheimische er traf und etwas mit ihnen zu tun hatte, desto weniger konnte er es glauben.

Und doch brauchte er immer noch Antworten.

Ein Teil von ihm hasste, dass er das tat. Warum konnte er nicht einfach loslassen und es akzeptieren? Er hätte sich neulich Abend selbst treten können für die Dinge, die er gesagt hatte. Es war, als wären sie wie von selbst von seiner Zunge gerollt.

Baird ging die Treppe zu seinem Büro herunter, als er das Klopfen an der Tür hörte.

„Hallo, Morgan." Baird hielt die Tür für das Mädchen auf und war erleichtert zu sehen, dass sie ihn anlächelte.

„Hi, Dr. Delaney", sagte Morgan schüchtern.

„Du kannst Baird zu mir sagen", sagte er mit einem Lächeln. Sie hatten die Formalitäten hinter sich gelassen, nachdem er letzte Woche die kleine Szene zwischen ihr und Patrick unterbrochen hatte. Er zeigte auf das Sofa, damit sie sich setzte und nahm in einem Sessel ihr gegenüber Platz. Baird spürte, dass sie kein Fan von Protokoll war, also ließ er sein Notizbuch liegen und ging stattdessen zu einem kleinen Kühlschrank.

„Wasser?"

„Ja, bitte", sagte sie.

Morgan kreuzte ihre Beine und zog ein Kissen auf ihren Schoß wie eine Barriere.

Zum Schutz, dachte Baird.

„Wie ist es so gelaufen seit unserer ersten Sprechstun-de?", begann Baird.

Morgan zuckte mit ihrer Schulter.

„Gut, denke ich. Ich hatte viel zu tun."

„Viel Arbeit?"

„Ja, ich helfe Aislinn mit den Vorbereitungen für ihre Ausstellung. Sie malt, als wäre sie besessen", sagte Morgan und blickte Baird direkt an.

„Ich bin sicher. Sie ist sehr talentiert", sagte Baird.

„Auf mehr als eine Art", sagte Morgan mit Bedeutung in ihrer Stimme.

Baird erwiderte ihren Blick aber sagte nichts. Es würde Aislinns Vertrauen missbrauchen, ihre Gabe mit Morgan zu diskutieren, unabhängig davon, ob das Mädchen davon wusste oder nicht.

„Wie gefällt es Dir, für sie zu arbeiten?", fragte Baird stattdessen.

„Ich liebe es. Ich finde sie so inspirierend. Sie ist die erste Person außer Flynn, die mir wirklich eine Chance gegeben hat. Ich lerne so viel", schwärmte Morgan.

„Du hattest nicht viele Chancen...oder Entscheidungs-freiheiten...als Du aufgewachsen bist, oder?"

Morgans Schultern sackten sofort nach unten.

„Nein, nicht viele. Bis ich beschloss zu gehen."

„Erzähl mir, warum Du weggelaufen bist, wenn Du kannst", fragte Baird.

Morgan beobachtete Baird für einen Moment, bevor sie nach ihrer Wasserflasche griff. Sie sagte kein Wort und stellte sie zurück auf den Tisch. Sie sah die Wasserflasche an und zurück zu Baird, der geduldig wartete, dass sie ihre Geschichte begann.

„Ich sollte nicht sagen, dass ich keine Möglichkeiten hatte. Ich hatte meine Kraft. Das gibt mir bestimmte Optionen, die andere nicht haben", sagte Morgan leise.

Baird sah sie mit erhobener Augenbraue an und unter- drückte ein Lachen. Noch eine mit Kraft? Na klar doch, dachte er voller Sarkasmus.

Wut überzog Morgans schönes Gesicht und seine Kinnlade fiel herunter, als die Wasserflasche in die Luft flog und über seinem Kopf schwebte, bevor der Inhalt in seinen Schoß kippte.

„Hey!", rief Baird und schnappte schockiert nach Luft, während er Morgan anstarrte und seine Gedanken auf Hochtouren arbeiteten, um zu verstehen, was gerade passiert war.

Morgan sprang auf und erwiderte seinen Ausbruch.

„Selber hey! Ich kann hören, was Du denkst! Ich brauche es nicht, dass Du auf mich heruntersiehst mit Deinem blöden Lächeln und Deinen Vorurteilen. Ich kann Dich HÖREN. Kapierst Du das? Ich habe diese Kräfte schon immer gehabt. Niemand hat mich je verstanden. Ich hatte in meinem ganzen Leben nie jemanden, der mir geholfen hat." Zornige Tränen stiegen in Morgans wunder- schöne Augen. „Nicht, bis ich hierherkam. Das erste Mal in meinem Leben habe ich Menschen gefunden, die mich so akzeptieren, wie ich bin. Und Dr. Delaney, ich brauche weder Dich noch sonst jemanden, der ein schnelles Urteil über mich fällt."

Morgans dünner Körper zitterte vor Wut, und Überra- schung spiegelte sich auf ihrem Gesicht wider. Baird folgerte, dass sie nicht oft laut wurde. Sie drehte sich, um zu gehen.

„Setz Dich, bitte", sagte Baird und schüttelte seinen Kopf über das, was gerade passiert war. Er war es gewohnt, dass Patienten ausflippten, aber das war eine ganz neue Kategorie. Was war nur los mit dieser Stadt? Er konnte beim besten Willen nicht leugnen, was er gerade gesehen hatte. Baird schloss für einen Moment seine Augen und seufzte.

Er schuldete Aislinn eine Entschuldigung.

Morgan setze sich, überkreuzte ihre Arme und wischte wütend die Tränen weg, die immer noch in ihre Augen stiegen.

„Es tut mir leid", flüsterte sie sanft und wandte ihren Blick von dem Wasserfleck auf seiner Hose ab.

Baird ging zum Beistelltisch und nahm eine Serviette, um seine Hose abzutupfen. Morgan hatte anscheinend mehr als eine Gabe. Er müsste vorsichtig sein um sie herum.

„Ich würde Dir nie weh tun", sagte Morgan und fühlte sich offensichtlich angegriffen.

Baird drehte sich herum und überraschte sich selbst, als er sie anlachte.

„Ich weiß. Ich meinte vorsichtig mit meinen Gedanken. Als Psychiater muss ich ein paar Möglichkeiten in meinem Kopf durchspielen, was mit Dir sein könnte. Wenn Du meine Gedanken hören kannst, darfst Du keine Schlussfolgerungen ziehen. Du musst mich als Deinen Arzt machen lassen, sonst kann ich Dich nicht behandeln."

Morgans Kinnlade fiel herunter.

„Du willst mich weiter behandeln?"

„Natürlich. Du willst doch immer noch Hilfe, oder nicht?"

Morgan nickte heftig mit ihrem Kopf.

„Bitte", flüsterte sie. „Bitte gib nicht auf mit mir."

Baird ging herüber und hielt ihr seine Hand hin.

„Du bleibst aus meinen Gedanken weg und lässt mich daran arbeiten, Dir zu helfen, und versprichst keine weiteren Tricks und ich behandle Dich. Einverstanden?"

Morgans Hand fühlte sich warm und feucht in seiner an und er war auf einmal dankbar, dass er die Gelegenheit hatte, sie zu behandeln. Es war eindeutig, wie wichtig es ihr war, sich selbst zu heilen.

„Einverstanden", flüsterte Morgan.

KAPITEL DREIUNDDREISSIG

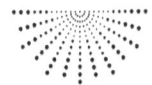

A islinn trat zurück und begutachtete die Vision, die ihr neulich in einem Traum gekommen war. Es würde ein Meisterstück werden, das Prunkstück, die Grande Dame der Sammlung, dachte sie.

Es war ein Triptychon. Ein Gemälde des Ozeans in drei Teilen. Jede Leinwand würde mit Treibholz gerahmt werden und war deckenhoch. Sie hatte die Leinwand auf den Boden ihrer Wohnung legen müssen, um zu malen und hatte dann eine Leiter geholt und sie zwischendrin immer wieder an der Wand befestigt, um die Bilder aus dem Winkel zu sehen.

Alle Launen der See waren vereint. Das Wasser rollte zwischen den drei Paneelen und verwandelte sich von einem sanften Gewässer zu einer tosenden Brandung im letzten Teil.

Aber es war das mittlere Bild, das sie verfolgte.

Die Bucht stach hervor und beherrschte das mittlere Paneel mit stolzer Arroganz, es zeigte, wie Land und See sich bekriegten.

Sich gegenseitig liebten.

Aber sie war noch nicht fertig. Sie war nicht sicher, ob sie es vollenden könnte. Ob sie wirklich die passenden Gefühle dafür hatte, um es zu vervollständigen.

Aislinn drückte ihre geballten Fäuste gegen ihre Augen. Wenn sie ihre Augen schloss, konnte sie fast fühlen, wie das Gemälde beendet werden sollte, aber etwas hielt sie davon ab, das Bild aus ihrem Kopf in ihre Arbeit umzusetzen.

Es reichte, um sie wahnsinnig zu machen oder sie zum Weinen zu bringen. Stattdessen ging sie für einen Schluck Whiskey in ihre Küche. Sie hatte Anfang der Woche den Wein stehenlassen und sich stattdessen dem harten Zeug zugewandt, um die Emotionen, die in ihr beim Malen wüteten, abzustumpfen. Wer immer behauptet hatte, Malen wäre kathartisch, hatte einen Knall, dachte Aislinn. Es war mehr, als würde man eine Wunde öffnen und Salz drauf streuen, dachte sie, als sie in ihr Whiskeyglas lachte.

Ein Klopfen an ihrer Hintertür ließ ihren Kopf hochgehen. Aislinn schaute auf die Uhr neben ihrem Bett. Es war nach 11 Uhr abends.

Baird.

Ein Teil von ihr hatte gewusst, dass er kommen würde. Genauso wie sie wusste, dass sie sein Klopfen nicht ignorieren konnte. Sie stellte den Whiskey ab, schob ihre Haare zurück und tapste leise die Treppe zur Tür herunter, wo sie sein Gesicht im Licht der Lampe sehen konnte. Sie stand einen Moment still und beobachtete ihn durch das Glas, ohne ihn hereinzulassen.

In seinen Augen war eine Frage.

Eine, die sie würde beantworten müssen.

Aislinn öffnete wortlos die Tür und sah ihn mit erhobenem Kopf an.

Baird bückte sich, legte seine Arme um sie und drückte einen Kuss auf ihre Lippen, der direkt in ihre Seele schoss. Sie hätte schwören können, dass sie Trompeten oder eine Art epischer Musik in ihrem Kopf hörte, als er sie anhob und die Treppe hochtrug, seine Lippen auf ihren.

Aislinns Herz zog sich zusammen, als er rückwärts mit ihr in den Raum ging. Gott, sie wollte ihn, sehnte sich nach ihm. Sie hatte nicht glauben wollen, dass es vorbei war und doch konnte sie nicht verstehen, warum er sie verlassen und ihr nicht vertraut hatte.

Baird nahm seine Lippen von ihren weg, seine Brust hob und senkte sich, während er mit seinem Atem kämpfte, und sein Blick wanderte an ihr vorbei zu dem Bild hinter ihr.

Aislinn schnappte nach Luft, als er sie wieder ansah. Bairds Blick war so voller Leidenschaft...voller Liebe...dass ihr Herz anfing zu singen. Sie fühlte, wie seine Emotionen über sie wuschen und wollte vor Freude weinen. Da war nichts als Leidenschaft und Liebe.

Baird liebte sie.

Er musste es nicht sagen, Aislinn konnte es fühlen. Aislinn streckte ihre Hand aus und drückte sie gegen seine Wange, während Tränen ihren Blick verschleierten. Sie hatte nicht gewusst, dass es dies war, was sie wirklich wollte, bis es passierte. Es war einfacher, sich selbst zu überzeugen, dass es ihr egal war. Ein Stöhnen entfuhr ihr, als er sie auf den Boden vor ihrem Bild legte.

Wortlos begann er, sie zu liebkosen. Es war seine eigene Art, ihr zu sagen, wie er fühlte. Seine Hände strichen an ihren

nackten Beinen hoch bis dahin, wo ihre zerfetzten Schlafshorts sie kaum bedeckten. Sie bebte, als er ihren inneren Ober-
schenkel liebkoste und seine Hände hochlaufen ließ unter ihre
Shorts, um den Rand ihrer Unterwäsche zu streicheln.

Hatte er nicht warten wollen? Was war passiert?
Warum jetzt?

Aislinn schnappte nach Luft, als er einen Finger unter
ihre Unterwäsche schob und leicht zog. Sie hob ihre
Hüften und erlaubte ihm, die Shorts von ihren Beinen zu
ziehen.

Baird pausierte zwischen ihren Beinen, um auf sie
herunterzusehen. Sie wusste, dass ihre Haare total unor-
dentlich waren und dass sie wahrscheinlich überall auf
ihrem dünnen Top Farbe hatte. Ihr Äußeres war ihr ziemlich egal, wenn sie malte.

Für eine Sekunde stand alles still. Die Welt verengte
sich zu einem winzigen Punkt. Warmes Licht von ihrer
Tischlampe schien über Bairds Gesicht und Aislinn konnte
die Farben ihrer Bilder hinter ihm sehen, der Krieg und
Zorn des Ozeans wüteten um seinen Körper herum. Alles
verschmolz in Harmonie mit seinen Emotionen und
Aislinns Körper sang, als er sich hinkniete und mit einer
fließenden Bewegung in sie eindrang.

Ihr Kopf fiel zurück auf den harten Boden und es war
ihr egal, dass es unbequem war oder dass sie halb angezogen waren. Es fühlte sich so richtig und so roh an, dass
ihr Körper um Bairds herum pulsierte, als er tief in ihrem
Innern rieb, sie in seinen Armen hielt und zum Punkt des
Wahnsinns trieb...zur Ekstase. Aislinn weinte in seinen
Mund, als er sie immer tiefer in ihre Gefühlswelt zog und

ihr mehr Liebe zeigte, als sie jemals mit irgendjemandem erlebt hatte.

Ihre Lippen trafen sich, ihre Körper bewegten sich im Einklang, während Baird sie bebend zum Abgrund einer Liebe brachte, die so schön und so offen war, dass ihr Körper sich schmerzhaft danach sehnte. Mit einem Stöhnen explodierte sie um ihn und schluckte seine Lust-schreie, als wollte sie diesen Moment nie beenden.

Verausgabt rollte Baird herum und zog sie auf sich, um sie vor dem harten Boden zu schützen. Aislinn schob ihre Haare aus dem Gesicht, legte ihre Arme auf seine Brust und sah in seine silbernen Augen.

„Ich habe Dich vermisst", sagte Baird einfach.

„Das merke ich", lachte Aislinn auf ihn hinunter.

„Es tut mir leid, Ash. Ich hätte...diese Dinge nicht sagen sollen", flüsterte er und Aislinn konnte den wahren Schmerz in seiner Stimme fühlen.

„Das ist ok. Du bist ein Mann. Männer neigen dazu, zu bestimmten Zeiten in ihrem Leben Idioten zu sein", sagte Aislinn großmütig.

Baird hob seine Augenbrauen. „Hast Du mich gerade einen Idioten genannt, nachdem ich Dich geliebt habe?"

Aislinn grinste ihn an. „Oh, das war Liebe, was Du gemacht hast?"

Baird streckte seine Hand aus und ließ sie an ihrer Wange, über ihre Nase und zu ihrer Unterlippe gleiten.

„Ja, das war es. Ich liebe Dich, Ash. Ich weiß nicht warum oder wie, ich verstehe Dich nicht ganz, aber Du bist alles, woran ich denken kann. Es ist nicht nur Lust, ich kenne den Unterschied", sagte Baird.

„Und ich dachte, dass ich Dich verführt hatte", witzelte Aislinn.

„Das dachte ich auch", sagte Baird ernst und Aislinn schlug ihm spielerisch auf den Kopf.

„War das der Grund, warum Du körperlichen Abstand wolltest?"

„Ich hatte einfach gedacht, dass ich Dich besser kennenlernen wollte. Es machte für mich keinen Sinn, dass ich so viel so schnell fühlen würde." Baird zuckte mit den Achseln.

Aislinn legte ihren Kopf zur Seite und sah ihn an.

„Glaubst Du nicht an Liebe auf den ersten Blick, Doktor?"

„Nein, tue ich nicht. Oder tat ich nicht", sagte Baird und kräuselte die Nase, als er darüber nachdachte.

„Nicht alles läuft so geordnet wie in Deinen Fachbüchern, oder?", fragte Aislinn ruhig.

„Nein", gab Baird zu und beobachtete sie. „Aber menschliche Emotionen sind verwirrend und folgen nicht den Fachbüchern. Selbst ich weiß das."

„Was ist mit dem anderen Zeug, mit meiner Gabe?"

„Ich liebe Dich und es ist ein Teil von Dir, also kann ich es akzeptieren."

Etwas an der Art, wie er es sagte, lag ihr quer, als ob er ihr großzügig etwas zugestehen würde. Das erste Mal in ihrem Leben beschloss Aislinn, ihren Mund zu halten und den Moment nicht zu ruinieren. Besonders, da sie sehen konnte, was er fühlte. Hinter seinen Worten war keine Feindseligkeit.

„Ich muss dann wohl lernen zu akzeptieren, dass Du ein besonders nobler Arzt bist", sagte Aislinn stattdessen und wurde mit einem Lachen von Baird belohnt. Aislinn kicherte, als ihr Magen laut knurrte und Baird sah sie erstaunt an.

„Nicht viel gegessen?"

„Zwischen der Wut auf Dich und den Vorbereitungen für die Ausstellung wurde Essen zur Nebensache", gab Aislinn zu.

„Dann lass mich Dir was zu essen machen", sagte Baird und setzte sich auf.

Aislinn rollte von ihm weg und hielt inne, als sie sah, wie Baird gebannt auf ihre Leinwände starrte.

„Die...sind fantastisch. Fast schmerzhaft. Mein Gott, Ash. Du raubst mir den Atem."

Baird ging und stand vor den Paneelen und Aislinn hatte das außerordentliche Vergnügen, seinen nackten Hintern zu bewundern. Vielleicht war das der fehlende Teil im mittleren Teil ihres Gemäldes, sinnierte sie. Ein Kichern gluckste aus ihr heraus und Baird drehte sich mit verengten Augen zu ihr um.

„Entschuldige, ich habe darüber nachgedacht, Dich reinzumalen. So, wie Du jetzt bist." Aislinn deutete auf ihn.

„Oh ja? Wie wäre es hiermit?" Baird beugte seine Knie und schob seinen Hintern heraus, als wäre er ein Mädchen und Aislinn konnte sich vor Lachen kaum halten.

„Wunder Dich nicht, wenn so etwas in meiner Ausstellung auftaucht", rief sie seinem verschwindenden Hinterteil nach.

Aislinn schnappte sich ihre Schlafshorts, zog sie über ihre Beine und stand vor ihrem Bild. Sie schloss ihre Augen und konnte fühlen, was sie machen musste. Es brannte ihr unter den Nägeln, den Pinsel in die Hand zu nehmen, aber sie wusste, dass die Künstlerin in ihre manchmal warten musste.

„Ich fange an, uns Essen zuzubereiten", rief Baird aus der Küche. Er steckte seinen Kopf heraus. „Ist Käsetoast und Suppe ok?"

„Perfekt." Aislinn grinste ihn an und war ganz aufgedreht nach der Wendung, die die Nacht genommen hatte.

Sie war froh, dass sie nicht alles hinterfragt und ihn hereingelassen hatte.

Dankbar, dass sie ihren Gefühlen gefolgt war statt ihrem Stolz.

„Mach es Dir gemütlich, ich bediene Dich", rief Baird aus der Küche und Aislinn hob ihre Augenbrauen. Ein Mann, der kochte und das Essen servierte? Lächelnd ging sie schnell ins Badezimmer und dann hinüber zu der niedrigen Couch, wo sie eine Decke über ihre nackten Beine zog.

Baird kam mit zwei Suppentassen und Sandwiches auf Tellern aus der Küche.

„Dreiecke?", fragte Aislinn und sah das ordentlich geschnittene Sandwich mit erhobener Augenbraue an.

„Immer", sagte Baird, setzte sich neben sie und streckte seine Beine aus, so dass sich ihre Füße auf dem Sofa verhakten. Aislinn blies auf die dampfende Suppe in ihrer Tasse, während sie ihn über den Rand hinweg ansah. Er sah zerknittert und bequem auf ihrem Sofa aus, mit sich und der Welt zufrieden.

Wie waren sie an diesen Punkt angekommen? Vor einer Woche waren sie noch wütend gewesen, jetzt saßen sie gemütlich zusammen auf dem Sofa mit Suppe und Sandwich.

Sie hatte die Tür für ihn geöffnet, oder?

„Warum bist Du heute Abend hergekommen?", fragte Aislinn und biss in ihr gegrilltes Käsesandwich, das eine perfekte Kruste hatte.

Baird zuckte mit seinen Schultern, nippte an seiner Suppe und sah über sie hinweg auf die Wand mit Bildern.

„Morgan war bei mir."

Aislinn sagte nichts und wartete. Er hob seine Augenbraue und lachte.

„Aha, Du kennst also die Macht des Schweigens, um jemanden zum Reden zu bringen?"

Aislinn lächelte ihn fröhlich an und ein tiefes Lachen blubberte aus ihm heraus. Sie wollte über das Sofa kriechen und sich an seine muskulöse Brust kuscheln.

„Ich kann nicht über unsere Sitzungen reden, das ist privilegierte Information. Es erübrigt sich zu sagen, dass sie mir die Augen geöffnet hat."

„Wie die Tatsache, dass besondere Fähigkeiten Wirklichkeit sind?", fragte Aislinn schelmisch.

Baird seufzte und schob seine Hand durch sein volles Haar. „Hör mal, es ist nicht, dass ich Dir nicht geglaubt habe. Ok, vielleicht ist es das..." Er hob seine Hand, um sie vom Reden abzuhalten, als sie den Versuch machte. „Es ist für mich total komisch, da ich nie vorher jemanden mit besonderen Fähigkeiten kannte und plötzlich habe ich eine ganze Stadt, in der anscheinend alle einverstanden sind mit diesem...magischen Zeug."

„Jemand, von dem Du es wusstest", sagte Aislinn.

„Was meinst Du?"

„Du hast nie jemanden mit besonderen Fähigkeiten gekannt, *von denen Du wusstest*", erklärte Aislinn.

Baird sah verblüfft aus über diese Erkenntnis und Aislinn lachte. Sie hatte den Verdacht, dass sie noch eine Weile an Bairds enger Weltansicht rütteln würde.

„Ich...willst Du nicht wissen warum? Magie ergibt für mich keinen Sinn. Wissenschaft tut es. Es tut mir leid, dass ich so bin, aber ich suche automatisch nach Antworten und Erklärungen." Baird hielt seine Hände flehend hoch und Aislinn seufzte über seine Worte.

„Und wenn es keine Erklärungen gibt, außer dem, was uns erzählt wird?"

„Dann muss ich es akzeptieren. Magie."

„Warum kannst Du es nicht einfach jetzt akzeptieren?", fragte Aislinn. Bitterkeit schlich sich in ihre Stimme.

„Ash, das ist alles neu für mich. Ich kann nichts dafür, dass mein Verstand es sofort verstehen und untersuchen will." Baird zuckte verwirrt mit seinen Schultern.

„Was bedeutet das für uns?"

„Ich weiß, dass ich mit Dir zusammen sein will", sagte Baird einfach.

„Und das ist alles? Was ist mit der Zukunft?"

Baird sah sie mit schiefgelegtem Kopf an. Hinter seiner Brille strahlten seine silbernen Augen voller Intelligenz und Liebe.

„Ich würde sagen, dass wir unsere Bindung Tag für Tag vertiefen, und die Zukunft wird sich dann selbst planen."

Aislinn Kinnlade fiel herunter. Das war die größte „aus dem Bauch" Aussage, die sie bisher von dem verklemmten Arzt gehört hatte.

„Also keine Einschränkungen oder Regeln? Oder sind wir in einer Beziehung?"

Baird sah beleidigt aus. „Natürlich sind wir in einer Beziehung. Ich betrüge nicht und ich lüge nicht. Ich werde ehrlich antworten, wenn mich Leute fragen, ob wir zusammen sind."

Wärme ging durch Aislinns Brust und sie prostete Baird mit ihrem Toast in der Hand zu.

„Also sind wir zusammen. Ich finde, das klingt gut", stimmte Aislinn zu und lächelte ihn mit einem Mund voll Sandwich und einem Herzen voller Liebe an.

„Jetzt musst Du gehen", sagte Aislinn und zeigte auf die Tür. Bairds Kinnlade fiel nach unten.

„Das kann nicht Dein Ernst sein."

Kopfschüttelnd stellte Aislinn ihren leeren Teller auf den Tisch vor dem Sofa. „Tut mir leid, aber ich muss weiterarbeiten."

„Die ganze Nacht durch?", fragte Baird ungläubig.

Schulterzuckend nickte Aislinn. „Ich muss dieses grandiose Stück fertigbekommen. Und ich habe noch einige Gemälde mehr zu tun. Sie müssen nicht nur fertig sein, sie müssen vor Ende der Woche trocken, eingerahmt und eingepackt sein."

Baird lehnte sich zurück und kreuzte seine Arme hinter seinem Nacken.

„Kann ich Dir nicht beim Malen zusehen?"

„Das kannst Du ganz sicher nicht", antwortete Aislinn sofort.

„Ah, das künstlerische Temperament kommt durch." Bairds Lippen kräuselten sich.

Aislinn hob ihre Nase hoch. „So etwas in der Art."

„Ich gehe unter einer, nein, zwei Bedingungen."

„Und die wären?"

„Komm hierher für einen Kuss", sagte Baird.

Aislinn stemmte ihre Hände in ihre Hüften und wartete. „Und die andere?"

„Komm her und finde es heraus."

Aislinn kicherte ihn an, kroch über die Couch und landete schwer genug auf seiner Brust, dass er „uff" sagte. Sie vergrub ihre Nase an seinem Hals, atmete seinen sauberen Geruch ein und krümmte fast ihren Rücken nach hinten, als seine Arme um sie kamen, um sie eng an sich zu halten. Sie sah auf und hob ihren Kopf genug, um an seiner Unterlippe zu knabbern.

„Die zweite Bedingung?"

„Das war kein richtiger Kuss", sagte Baird.

Aislinn kam hoch, stützte sich auf seinen Schultern ab, lehnte sich nach vorn und goss all ihre Liebe und Angst in ihren Kuss, bis ihre Lippen brannten und sie beide nach Atem rangen.

„Die zweite?", fragte Aislinn nochmal.

„Ich möchte zu Deiner Ausstellung kommen. Als Dein Date", sagte Baird.

Aislinn lächelte gegen seinen Mund.

„Das würde mir gefallen."

KAPITEL VIERUNDDREISSIG

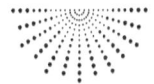

Die Tage vor ihrer Ausstellung verflogen in einer Mischung aus malen, mit Baird schlafen und ihn dann hinterher ohne Umschweife rausschmeißen, und mit detaillierten Organisationsfähigkeiten, die sie sonst nicht anwendete.

Sie hätte nicht glücklicher sein können.

Aislinn summte, während sie in ihrem Hinterhof Treibholzstücke mit einer kleinen Motorsäge zurechtschnitt. Heute rahmte sie ihr wichtigstes Ausstellungsstück. Pfeifend legte sie die einzelnen Treibholzstücke auf den Boden und passte sie ihren Maßen an. Sie stand darüber und untersuchte jedes Stück mit kritischem Auge. Sie drehte eins herum, nahm ein anderes weg und ersetzte es mit einem knotigeren Stück, bis sie am Ende zustimmend nickte. Mit kleinen Holznägeln nagelte sie die Ecken zusammen aber ließ die natürlichen Enden in unebenen Formen hervorstehen. Nachdem sie das Treibholz an den gespannten Leinwandrahmen befestigt hatte, würde sie die

Nagellöcher mit Lederbändern überdecken und diese dann um die Enden binden und verknoten.

Aislinn hievte den ersten Rahmen über ihren Kopf und marschierte in ihre Wohnung hoch. Niemand hatte diese drei Bilder bisher gesehen. Na ja, niemand außer Baird, dachte sie. Selbst dann hatte sie das fertige Produkt nach der ersten Nacht, als er zu ihr gekommen war, abgedeckt.

Die Nacht.

Aislinn dachte zurück an den rohen, aber wunderbaren Sex auf dem Boden vor ihren Bildern. Sie hatte noch nie vorher so sehr gewollt, dass jemand bleibt und gleichzeitig gewünscht, dass er geht. Ihre Finger hatten gejuckt, das Bild fertigzustellen und es hatte all ihre Willenskraft gekostet, mit ihm da zu sitzen und zu essen.

Als er endlich gegangen war, war Aislinn nach oben gerannt und hatte sich auf ihre Farben gestürzt. Sie hatte vor der mittleren Leinwand gestanden, auf der die Bucht abgebildet war, und ihre Augen für einen Moment geschlossen. Sie konnte das Bild vor ihrem geistigen Auge mit Farbe und Emotion pulsieren sehen. Dann öffnete sie ihre Augen, konzentrierte sich auf das Wasser in der Bucht und fing an zu malen.

Aislinn lächelte jetzt, als sie den Rahmen an das mittlere Bild hielt. Es war perfekt. Ihre Stirn brach in Schweiß aus und ihr Herz raste, als sie von den drei Bildern zurücktrat. Was macht man, wenn man mit der vielleicht besten Arbeit seines Lebens konfrontiert wird? Sie versuchte, ihren Atem zu beruhigen, als ihre Liebe für diese Paneele durch sie floss. Ihr Verkauf würde ihr womöglich das Herz brechen.

„Ash", rief Morgan von unten.

„Ich komme!", rief Aislinn. Sie wollte nicht, dass Morgan nach oben kam und ihre Bilder sah. Sie lachte ein bisschen über sich selbst, als sie die Treppe hinunterging. In ein paar Tagen könnte ganz Dublin ihre Arbeit sehen, wenn sie wollten.

Aislinn stürmte von Energie und Liebe getrieben in ihren Laden.

„Fiona!"

Aislinn strahlte, als die ältere Frau vor einem ihrer Bilder stand und ihren Kopf schüttelte. Fiona trug heute ein leichtes gewobenes Kleid in einem Muster aus lila und braunen Wirbeln, das ihr bis zu den Knöcheln ging. Ihr Haar war mit einem Band zurückgebunden und Armbänder mit verschiedenen Steinen bedeckten ihre Handgelenke. Sie klimperten, als sie ihre Arme hob, um Aislinn zu umarmen. Aislinn hielt sie etwas länger fest als sonst. Fiona umarmen war wie nach Hause kommen und es beruhigte ihre kribbeligen Nerven.

Sie sah, wie Morgan nervös am Rand des Raums stand und deutete ihr an, näher zu kommen.

„Morgan, das ist die grandiose Fiona, von der ich Dir erzählt habe. Fiona, Morgan. Ich wollte sie schon seit einer Weile zu Dir bringen."

„Wirklich?", fragte Fiona. Mit leuchtenden Augen, die an den Ecken von Fältchen umringt waren, drehte sie sich, um Morgan anzusehen.

Morgan lächelte schüchtern und hielt Fiona ihre Hand hin, die sie nahm und zwischen ihren Händen hielt. Sie nickte Morgan kurz zu.

„Du kommst mich dann bald besuchen."

„Em, werde ich das?", fragte Morgan, unsicher was Fiona meinte.

„Willst Du nicht mehr über Deine Kraft lernen? Oder sollte ich Kräfte sagen?"

Aislinn lächelte, als Morgans Kinnlade nach unten fiel. Niemand war je auf Fionas Direktheit vorbereitet. Aber diejenigen mit besonderen Fähigkeiten? Sie waren daran gewöhnt, dass sie andere überraschten. Selten wurden sie überrascht von jemandem mit ihrem eigenen Wissen und Kraft.

„Em, ja, ich denke schon. Ich meine, ich weiß nicht, was es da wirklich zu lernen gibt..." Morgan fuchtelte nervös mit ihren Händen.

Fiona lächelte sie freundlich an und tätschelte Morgans Arm.

„Das ist der Sinn des Lernens, oder? Du weißt nicht, was Du noch kannst, bis Du es versuchst."

Aislinn lachte Fiona an und bückte sich, um ihre Wange zu küssen.

„Unbestreitbare Weisheit wie immer."

„Ich habe gehört, Deine Ausstellung ist diese Woche. Ich kann nicht glauben, dass Du mich nicht eingeladen hast", sagte Fiona mit tadelnder Stimme, während sie durch das Geschäft ging.

„Ich habe nicht gewusst, dass Du kommen willst!", sagte Aislinn ehrlich überrascht.

Fiona sah Aislinn mit stählernem Blick an.

„Und warum würde ich nicht kommen, um eine von uns zu unterstützen?"

Wärme floss durch Aislinn und sie war überrascht, dass sich ein kleiner Klumpen in ihrer Kehle formte. Sie bohrte ihren Zeh in den Boden wie ein kleinlauter Teenager, der geschimpft wird.

„Ich weiß nicht. Es ist ein ziemlich weiter Weg dahin."

„Ich nehme den Zug. Ich habe mein Hotel schon gebucht", sagte Fiona über ihre Schulter und drehte sich, um die Leinwände anzusehen, die an der Wand aufgereiht waren.

„Das hier ist eins meiner Lieblingsbilder", flüsterte Morgan und zeigte auf eins von Aislinns Gemälden mit der Wut des Ozeans. Fiona studierte es eine Weile, bevor sie sich umdrehte, um Aislinn anzusehen.

„Du bist wesentlich besser geworden. Also hast Du Dich verliebt?"

Aislinn schwor, dass sie fühlen konnte, wie ihre Wangen heiß wurden.

„Du bist eine neugierige alte Frau, oder?"

Fiona brach in Lachen aus, das ihre dünnen Schultern schüttelte, bevor sie durch den Raum rauschte, um sich den Rest ihrer Arbeiten anzusehen.

„Deine Ausstellung wird ein großer Erfolg werden", verkündete Fiona und kam zurück zu Aislinn.

„Danke, Fiona", flüsterte Aislinn, überrascht festzustellen, dass sie Fionas Anerkennung gewollt und vielleicht sogar gebraucht hatte.

„Ok, sag mir, wie ich helfen kann", sagte Fiona und drehte sich mit erhobener Augenbraue zu Morgan. Das Mädchen kam in Bewegung und zeigte Fiona, wie weit sie mit verpacken und einrahmen waren.

„Ich packe die fertigen Sachen ein und mache eine Liste. Du machst die Rahmen", entschied Fiona.

„Danke, Fiona", sagte Aislinn mit einem Lächeln und

bückte sich, um eine Rolle dickes Papier aufzuheben, das die drei Leinwände im Obergeschoss schützen würde. „Ich muss oben ein Projekt fertigstellen. Ich bin bald wieder unten."

Fiona drehte sich und Aislinn schwor, dass die alte Frau darauf bestehen würde, nach oben zu kommen, um ihre Bilder zu sehen. Stattdessen nickte sie Aislinn nur zu und begann, Morgan mit Fragen zu bombardieren. Lächelnd rannte Aislinn nach oben und begann die Arbeit an den letzten Treibholzrahmen für ihre Paneele.

Eine Stunde später war sie gerade damit fertig, das Lederband um die Ecken der Rahmen zu wickeln und zog ein schützendes Tuch über die großen Paneele, als sie unten Stimmen hörte. Sie hatte den Laden für den Rest der Woche geschlossen, da es ihr unmöglich war, Zeit oder Geduld für Kunden zu haben. Sie hörte Keelins Stimme und pausierte mit dem Einpacken.

„Aislinn! Wir kommen nach oben!"

Aislinn schwang herum, um zu prüfen, dass ihre Bilder komplett bedeckt waren und schüttelte dann ihren Kopf über sich selbst. Wenn sie aus ihrer Arbeit so ein Geheimnis machte, warum stellte sie sie dann überhaupt aus? Vielleicht sollte sie sie einfach für sich behalten. Eine permanente Ausstellung ihrer Arbeiten, die ihre Inspiration am meisten zeigten, grübelte sie.

Keelin und Cait stürmten in das Zimmer in einem Schwall von Begeisterung und Energie.

„Wir können es nicht erwarten bis zu Deiner Ausstellung!", rief Keelin, ihre Arme voller Einkaufstaschen. Cait folgte ein bisschen langsamer, aber auch ihre Arme waren voller Taschen.

„Was ist das alles?", fragte Aislinn und zeigte auf die Taschen.

„Outfits!", sang Keelin heraus.

Aislinns Gesicht wurde kreideweiß.

Sie hatte vergessen, ein Outfit für ihre Ausstellung auszusuchen. Was hatte sie sich nur gedacht? Aislinn eilte herüber, ergriff Cait und küsste sie begeistert auf ihre Wangen, bevor sie Keelin nahm und sie in eine unbeholfene Gruppenumarmung zog.

„Ich hatte vergessen, mir was zum Anziehen auszusuchen!", rief Aislinn aus.

„Das haben wir uns schon gedacht, deshalb sind wir zu Deiner Rettung gekommen", sagte Cait mit einem Lächeln und ließ sich auf das Sofa fallen. Sie winkte mit ihrer Hand zu den großen Bildern in der Ecke. „Für die Ausstellung?"

„Ja, das Hauptstück. Niemand hat es bisher gesehen. Naja...". Aislinn verstummte.

Cait lehnte sich nach vorn und sprang drauf an.

„Du und Baird habt es gemacht! Genau hier!"

Keelin kreischte, ergriff Aislinns Arm und zog sie mit Taschen und allem zur Couch. „Erzähl uns alles."

Aislinn starrte Cait an. „Warum fragst Du nicht einfach Cait?"

Cait lächelte Aislinn unschuldig an. „Ich bin schwanger. Du kannst nicht böse sein auf mich. Hormone sind dafür verantwortlich, dass ich impulsive Dinge tue. So wie Deine Gedanken lesen und herausfinden, dass Du und Dr. Lecker Spaß hattet hier auf dem Boden. Und dass er Dich liebt."

Keelin schnappte nach Luft. „Oh, er liebt Dich! Liebst Du ihn? Was ist passiert?"

Aislinn sah Cait an. „Warum erzählst Du es ihr nicht einfach, Cait?"

Cait hielt ihre Hände beschwichtigend hoch. „Ich weiß nicht alles, obwohl ich es versucht habe. Ich konnte es neulich Abend lesen, als er in den Pub kam."

Interessiert lehnte sich Aislinn zurück. „Wann war das?"

„Der Abend, als er mit Patrick ein Pint trank."

Aislinn hob ihre Augenbrauen. „Ach. Bist Du sicher? Wir hatten an dem Abend einen Riesenstreit."

Cait zuckte mit ihren Schultern. „Die schlimmsten Streitigkeiten, die ich je hatte, waren mit dem Mann, den ich liebe."

Keelin nickte ernsthaft. „Das stimmt. Ich auch."

„Na ja, lange Rede kurzer Sinn, er hat entschieden, meine Fähigkeiten zu akzeptieren, obwohl er immer noch Antworten sucht, und er kam rüber, um mir zu sagen, dass er mich liebt."

Keelin lehnte sich zurück und sah sie an. „Was meinst Du damit, er sucht immer noch Antworten?"

„Dr. Lecker ist ein Skeptiker, Keelin", sagte Cait.

„Oh, und was bedeutet das für Dich?", sagte Keelin mit einer Sorgenfalte auf der Stirn.

„Es bedeutet, dass ich einfach akzeptieren muss, dass er dieses unersättliche Bedürfnis nach Antworten hat und wenn er herausfindet, dass hinter unseren besonderen Fähigkeiten keine Wissenschaft steckt, wird er sich beruhigen müssen." Aislinn zuckte mit ihren Schultern, als Keelin Cait einen stählernen Blick zuwarf. Die beiden tauschten einen Blick aus und Aislinn hielt ihre Hände hoch, um sie aufzuhalten.

„Ok. Wir sind zusammen und exklusiv. Das ist alles."

„Hast Du ihm gesagt, dass Du ihn liebst?", fragte Cait.

„Natürlich..." Aislinn hielt inne. Hatte sie? „Em, eigentlich nicht, glaube ich."

„Gut. Das gibt Dir die Oberhand." Cait nickte zustimmend und Keelin sah sie mit gerunzelter Stirn an.

„Meinst Du nicht, dass Du es ihm sagen solltest?"

„Ich bin sicher, dass er es weiß. Aber ich werde es. Ich kann nicht glauben, dass ich es ihm nicht gesagt habe", murmelte Aislinn.

Die Taschen knisterten, als Cait in ihnen herumwühlte und ein hellrotes Kleid herauszog. „Das ist ein tolles Kleid. Na los, zieh es an."

Keelin klatschte in ihre Hände. „Ja, führ es uns vor. Zeit für eine Modenschau!"

Aislinn lachte die beiden dankbar an. Sie konnte wirklich nicht glauben, dass sie vergessen hatte zu überlegen, was sie anziehen würde.

Eine Stunde lang modellierte Aislinn für ihre Freundinnen, wühlte durch Kleider, Hosen und Accessoires, tanzte durch den Raum und gab vor, eine hochnäsige Künstlerin zu sein.

„Ok, ich glaube, wir haben zwei in der engeren Wahl, oder?" fragte Cait.

„Ja", sagte Keelin.

Die erste Möglichkeit war das rote Kleid, das ihren Körper wie eine zweite Haut umschmiegte und sie aussehen ließ wie eine Flamme. Sie hatte eine silberne Kette, die für das Ensemble perfekt war und wenn sie ihre Haare in einem unordentlichen Lockenkopf ließ, würde sie wild und doch sinnlich aussehen.

Die andere Möglichkeit war ein dunkellila Kleid, das am Saum und Kragen hellrote Akzente hatte. Es fiel ganz gerade in einer Linie zum Boden und war aus tausenden kleinen Perlen gemacht, die bei jeder Bewegung mitschwangen. Für dies würde sie ihre Haare zurückbinden und das Kleid für sich selbst sprechen lassen.

„Ich mag das rote", entschied Cait.

„Ich weiß nicht. Sie sind beide toll", sagte Aislinn.

„Ich will nicht aussehen wie eine Künstlerin aus der Provinz. Ich will provokant und sexy aussehen", beschloss Aislinn.

Die Frauen sahen sich an, bevor sie sich beide zu Aislinn umdrehten und einstimmig ausriefen: „Rot!".

„Das lila Kleid ist auch toll", ergänzte Keelin und ließ ihre Finger über das Kleid gleiten. „Diese Perlenarbeit."

„Ich nehme beide mit und entscheide dort", beschloss Aislinn. „Danke, dass Ihr die Kleider für mich gebracht habt. Ich weiß nicht, was ich in der letzten Minute übergeworfen hätte, wenn Ihr nicht daran gedacht hättet!"

„Wir können es nicht erwarten, die Ausstellung zu sehen", sagte Cait.

„Ihr kommt?", fragte Aislinn mit offensichtlicher Überraschung in der Stimme.

„Natürlich, Du glaubst doch nicht, dass wir Dein großes Debut verpassen würden?", fragte Keelin entgeistert.

Aislinn zuckte mit ihren Schultern. „Ich habe einfach nicht erwartet, dass Leute den Weg auf sich nehmen würden für meine Arbeit. Ich meine, sie können es alles direkt hier in meinem Geschäft sehen."

„Aber nicht so, wie wir es in einer großen schicken Galerie in Dublin sehen können, oder?", fragte Cait.

„Wir sind so stolz auf Dich", folgte Keelin.

„Danke Euch, Ladies. Ich bin so froh, dass Ihr heute gekommen seid. Das habe ich gebraucht. Ich glaube, mir war nicht klar, wie sehr ich diese Unterstützung gebraucht habe, auch von Fiona."

„Du bist Familie", sagte Keelin einfach und sie drängten sich um Aislinn, um ihr viel Glück zu wünschen, bevor sie die Treppe herunterpolterten und darüber schnatterten, was sie in Dublin anziehen würden.

Aislinn schüttelte überrascht ihren Kopf über sich selbst. Manchmal war sie so vertieft in ihre Kunst und damit, ihr Geschäft und ihr Leben zu organisieren, dass sie die Menschen vergaß, die ihr immer beistanden. Es war dumm von ihr gewesen, niemanden zur Ausstellung einzuladen. Sie hätte wissen müssen, dass sie sowieso kommen würden.

Es fühlte sich gut an, zu wissen, dass sie Leute hatte, die ihr den Rücken stärkten.

Sie streckte sich, ging zu ihren Bildern und verpackte den Rest.

„Morgan? Kannst Du kommen und mir helfen?"

Zusammen brachten sie die eingewickelten Leinwände herunter zum Erdgeschoss. Aislinn drehte sich und schaute über die Reihen der eingepackten Bilder, erstaunt darüber, wieviel sie in so kurzer Zeit produziert hatte.

„Ich bin morgen ganz früh mit meinem Lieferwagen hier", versprach Morgan.

„Danke, Morgan. Em, Baird möchte mit uns mitfahren, aber er nimmt vielleicht sein eigenes Auto."

„Fahr mit ihm. Ich folge direkt hinter Euch." Morgan winkte mit ihrer Hand.

„Bist Du sicher? Das ist eine lange Fahrt so allein."

„Ich bin es gewohnt, allein zu sein", sagte Morgan und schlüpfte aus der Hintertür.

Aislinn verstand das. Sie war es gewohnt, allein zu sein und Dinge selbst zu machen. Aber es war nett zu wissen, dass Leute da waren, wenn sie sie am meisten brauchte, oder? Lächelnd machte sie die Lichter in ihrem Laden aus und ging nach oben. Sie musste noch für das Wochenende packen.

KAPITEL FÜNFUNDDREISSIG

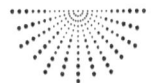

A islinn hatte kaum ein Auge zugemacht.
Bereits bei ihrer dritten Tasse Kaffee angekommen, knurrte sie Befehle heraus, als Morgan pünktlich im Geschäft ankam.

„Wir müssen das nach Größe machen", sagte Aislinn und wünschte verzweifelt, dass sie Baird letzte Nacht hätte vorbeikommen lassen. Er hätte sie wahrscheinlich ausreichend beruhigt, so dass sie hätte schlafen können, oder sie mit anderen Aktivitäten von Gedanken an die Ausstellung abgelenkt. Stattdessen hatte sie ihn weggeschoben und ihm versichert, dass sie ihren Schlaf brauchte.

Ha, dachte sie.

Aislinn legte ihre Hand an ihren Nacken, um einen verspannten Muskel zu massieren, während sie ihre Leinwände betrachtete und versuchte zu entscheiden, wo sie anfangen sollten.

„Guten Morgen", erklang Bairds Stimme durch die Hintertür.

„Wir sind im Laden", rief Aislinn und stoppte, als Baird mit seinen Händen voll mit leuchtend roten Mohnblumen um die Ecke kam.

Mohnblumen.

Wer würde auf die Idee kommen, diese Blume auszusuchen? Es war eine ihrer Lieblingsblumen, weil sie das leuchtende Rot der Blumen als Kontrast zum Grün der Landschaft liebte. Sie malte sie immer mit Begeisterung. Sie wusste nicht mal, wo man in dem kleinen Grace's Cove Mohnblumen kaufen konnte.

„Für meine berühmte Künstlerfreundin". Baird lächelte sie an und reichte ihr den Strauß. Sie schwor, dass ein Teil von ihr wie ein Teenager kreischen wollte, weil er sie seine Freundin nannte, also vergrub sie ihr Gesicht in den Blumen, bevor sie ihre Hand auf seine Wange legte. Baird lehnte sich herunter und drückte seine Lippen für einen Moment auf ihre.

„Danke schön", atmete Aislinn gegen seinen Mund.

„Genug geküsst, lasst uns aufladen." Patricks Stimme erschreckte sie und Aislinn drehte ihren Hals. Über Bairds Arm sah sie Patrick mit einem breiten Lächeln auf seinem schönen Gesicht in der Hintertür stehen.

Morgan drehte ihnen sofort ihren Rücken zu und begann, die Leinwände zu durchsuchen.

„Patrick! Was machst Du hier?"

„Ich bin gekommen, um zu helfen, Aislinn. Ich komme mit zur Ausstellung, wenn Du nichts dagegen hast." Patricks Worte waren an Aislinn gerichtet, aber seine Augen folgten Morgan.

Aislinn lehnte sich zurück und fing Bairds Blick auf.

„Lass die beiden das miteinander ausmachen", atmete er gegen ihre Lippen.

„Das klingt hervorragend, Patrick. Wir gehen nur kurz nach oben, damit Baird mir mit meinem Gepäck helfen kann", improvisierte Aislinn und zog an Bairds Hand, um ihn an einem lächelnden Patrick vorbei die Treppe hoch zu ihrer Wohnung zu bugsieren.

Oben angekommen, schnappte sie nach Luft, als Baird sie hochhob, im Zimmer herumschwang und ihr Gesicht mit Küssen bedeckte.

„Du siehst müde aus. Schlafprobleme?"

„Ja. Ich hätte Dich kommen lassen sollen. Tut mir leid", sagte Aislinn und fühlte sich schlecht darüber, dass sie Baird weggeschoben hatte, als sie ihn brauchte.

„Nächstes Mal", sagte Baird einfach und stellte sie wieder hin. Er drehte sich um und suchte ihr Gepäck.

„Das ist alles?"

Eine Kleiderhülle und eine kleine Reisetasche lagen auf dem Bett.

Aislinn zuckte mit den Achseln. „Na ja, es ist nur ein Wochenende, oder?"

„Ich bin überrascht. Normalerweise haben Frauen noch fünf weitere Taschen, davon eine nur für Schuhe und Makeup."

„Ich habe ein gutes Auge", sagte Aislinn steif und Baird lachte sie an.

„Das ist keine schlechte Eigenschaft, Ash."

Sie lächelte ihn an, als er ihre Taschen hochnahm.

„Meinst Du, sie haben lange genug geredet, um über die Unbehaglichkeit wegzukommen?"

„Das hoffe ich doch, da er mit ihr im Lieferwagen nach

Dublin fährt." Baird grinste sie breit an, während Aislinn nach Luft schnappte. Sie wedelte mit ihrem Finger vor seinem Gesicht.

„Du bist hinterhältig."

„Ich?" Baird hob seine Augenbrauen schelmisch und sie lachten auf dem Weg die Treppen herunter. Ein Adrenalinschub traf Aislinn und sie fühlte sich plötzlich voller Energie und bereit, die Herausforderung anzugehen. Sie trat in den Innenhof und fand Patrick, der Morgan erklärte, wie die Bilder am besten in den Lieferwagen zu laden wären.

„Ich will die letzten drei, die größten, ganz obendrauf", rief Aislinn.

Patrick drehte sich und nickte. „Ja, ich habe mir schon gedacht, dass sie speziell sind. Wir kümmern uns darum."

Und das taten sie. In weniger als einer Stunde hatten sie den Lieferwagen vollgepackt und ihr kleines Geschäft sah leer aus. Aislinn sah sich kurz um, bevor sie den leeren Wänden einen Abschiedskuss zuwarf. „Ich stelle etwas Schönes auf, wenn ich wieder da bin, versprochen", flüsterte sie ihrem Laden zu, ging hinaus in den Hof und verschloss die Tür hinter sich.

Bairds schmucker Wagen parkte vor Morgans grauem Lieferwagen. Die drei waren in einer Unterhaltung, als Aislinn näherkam.

„Alles bereit?", fragte Baird.

„Ja." Aislinn nickte und ging zu seinem Auto.

„Wir sehen Euch beide in Dublin", rief Baird über seine Schulter.

Aislinn biss sich auf die Lippe und versuchte, nicht über Morgans verschreckten Gesichtsausdruck zu lachen.

„Kommst Du mit?", fragte Morgan Patrick.

„Ja, soll ich den ersten Teil fahren?", fragte er leichthin.

„Nein, das ist schon ok", sagte Morgan steif und hüpfte auf den Vordersitz des Lieferwagens. Patrick drehte sich um, gab Aislinn und Baird ein Zeichen, dass alles in Ordnung war, und sie lachten ihn beide an, bevor er sich mit einem riesigen Grinsen auf seinem Gesicht auf den Passagiersitz des Lieferwagens schwang.

„Oh Mann, was ich nicht geben würde, um jetzt in dem Wagen zu sein", lachte Aislinn, als sie sich im Auto anschnallte. Sie lehnte sich hinüber, strich mit ihrer Hand an Bairds Arm entlang und lächelte ihn an.

„Danke, dass Du mit mir mitkommst. Das bedeutet mir viel", sagte sie.

„Ich würde es um nichts in der Welt verpassen." Baird lächelte sie an und ein warmes Leuchten füllte ihren Körper und beruhigte ihren flauen Magen.

STUNDEN SPÄTER KONNTE Aislinn nicht glauben, wie schnell die Zeit vergangen war. Baird handhabte die kurvigen Landstraßen mit Leichtigkeit und die Unterhaltung hatte nie gestockt, sie war nicht einmal abgeflaut. Sie lachten, stritten, und forderten sich gegenseitig zu praktisch jedem Thema heraus. Aislinn hatte noch nie auf einer Autofahrt so viel Spaß gehabt.

Die Landschaft beim Verlassen von Grace's Cove war traumhaft, aber als sie näher an Dublin kamen, blieben sie auf der Hauptstraße und Autos zischten an ihnen vorbei, als die typische grüne Landschaft Irlands immer mehr der Stadt wich.

„Was ist der Plan, wenn wir ankommen?", fragte Baird.

„Wir bringen die Bilder direkt zur Galerie, so dass sie sie ausladen und die Ausstellung aufbauen können. Wir haben morgen fast den ganzen Tag frei."

„Und was hast Du Dir dafür überlegt?"

Aislinn zuckte mit ihren Schultern, biss auf ihre Lippe und schaute auf die Gebäude, die an ihrem Fenster vorbeizogen.

„Ich weiß nicht. Wahrscheinlich mache ich mich den ganzen Tag verrückt."

„Möchtest Du sehen, wo ich zur Uni gegangen bin? Ich muss da sowieso hin und ein Manuskript von einem Kollegen abholen. Ich habe versprochen, eine Studie zu überarbeiten, die er veröffentlichen will."

„Klar, das wäre nett. Wir können durch die Stadt laufen und ich spiele Touristin, während Du mir Deine alten Lieblingsplätze aus der Universitätszeit zeigst." Aislinn lächelte ihn an und versuchte, nicht an die Ausstellung zu denken.

„Die Green on Red Gallery ist ziemlich berühmt", sagte Baird und blickte zu ihr herüber.

Als Antwort nickte Aislinn nickte nur. Ihr Mund war plötzlich trocken geworden.

„Ich kann jetzt mit meiner berühmten Freundin angeben", lachte Baird. „Solange es Dir nicht zu Kopf steigt."

Aislinn tat so, als würde sie ihn auf den Arm boxen, aber ein Grinsen machte sich auf ihrem Gesicht breit. Sie hatte das Gefühl, sie könnte vor Glück und Nervosität platzen mit all den Emotionen, die sich in ihrem Magen drängten.

„Ich frage mich, wie es Morgan und Patrick geht." Aislinn drehte sich um und sah, dass der Lieferwagen direkt hinter ihnen war. Sie konnte sehen, dass Patrick wild gestikulierend redete, aber konnte nicht viel von Morgan erkennen.

„Das wird schon gut werden. Sie werden ihren Weg finden...so oder so", sagte Baird.

Aislinn lehnte sich in ihrem Sitz zurück, als sie sich Dublin näherten.

„Sind wir im gleichen Hotel?", fragte Aislinn, als ihr einfiel, dass sie total vergessen hatte, eine Unterkunft für Baird zu reservieren.

Baird lächelte sie nur an.

„Ich habe uns ein Zimmer im Westbury gebucht."

„Oh, das klingt schön. Ist es das?"

Baird lachte. „Ja, das perfekte Hotel für eine aufstrebende Nachwuchskünstlerin."

„Dann muss ich mein Zimmer stornieren. Oh, und ich muss die anderen anrufen, um zu sehen, wo sie alle wohnen."

„Ich habe alle im gleichen Hotel untergebracht", sagte Baird.

Aislinn fuhr mit dem Kopf herum und sah ihn überrascht an.

„Du bezahlst für alle?"

Baird lachte. „Als ob ihre Männer mich zahlen lassen würden. Nein. Aber ich zahle für Morgans, Patricks und Fionas Zimmer. Es ist mir ein Vergnügen."

„Oh Mann, Baird. Danke!"

„Gern geschehen." Baird lächelte und konzentrierte sich dann, da die Straßen geschäftiger wurden. „Ich muss ein bisschen langsamer fahren, um sicherzugehen, dass ich Morgan in diesem Straßengewirr nicht verliere."

Aislinn wurde ruhiger und beobachtete, wie die Gebäude Dublins an ihrem Fenster vorbeizogen. Sie kam sehr gern in die Stadt, aber sie würde nie hier leben wollen. Ihr waren der Ozean und die kleinstädtischen Geschäfte lieber. Sie lächelte über die Mischung von alt und neu, die Dublin bevölkerte. Uralte Kirchen drängten sich neben Banken und Pubs, jeder kämpfte für eine Position in der Menschenmenge, die sich durch die Straßen schob. Baird fuhr in das Stadtzentrum und ließ sich vom Verkehr um das Trinity College herum zur Galerie leiten.

„Weißt Du, wo die Galerie ist?"

„Ja, sie ist neben einem Pub, in den ich früher gegangen bin", sagte Baird. Er bog in eine enge Seitenstraße ab und fuhr langsamer. „Ich halte hinten an, da sie bestimmt wollen, dass Du dort auslädst."

Aislinn konnte nur nicken, als er hinter einem Gebäude anhielt, das aussah wie ein großes Lagerhaus mit riesigen Fenstern, die sich über die ganze Länge zogen und natürliches Licht in die Räume ließen. Ihr Herz flatterte in ihrer Brust und für einen Moment rang Aislinn nach Luft.

„Sch, Deine Arbeit ist umwerfend. Die ganze Stadt wird über Dich reden", versicherte ihr Baird und stieg aus dem Auto. Sie beobachtete ihn, wie er zu dem Mann ging, der an der Hintertür stand und vergrub ihre feuchten Hände in ihrer Jeans.

„Ok. Du schaffst das. Und wenn niemand Deine Arbeiten mag...na und? Du hast zu Hause ein gutes

Geschäft, das Dich ausreichend auf Trab hält", sagte Aislinn zu sich selbst und dann öffnete sie die Tür, um den Mann zu treffen, der neben Baird stand.

Der Mann, mit dem er sprach, drehte sich um und strahlte Aislinn an. Er war groß und spindeldürr und trug eine Smokingjacke aus Tweed. Mit einem waschechten Monokel im Auge sah er gleichzeitig faszinierend und exzentrisch aus.

„Du musst Aislinn sein. Ich bin Martin O'Hennessy, der Kunstdirektor."

„Martin, es freut mich, Dich endlich persönlich kennenzulernen", sagte Aislinn und grinste ihn an, dankbar, dass er nicht so ein steifer und reservierter Kunstsnob war.

„Wir sind bereit, Deine Arbeiten entgegenzunehmen. Möchtest Du ein bisschen bleiben und uns helfen, die Ausstellung aufzubauen?"

Aislinn lehnte fast ab und dachte dann daran, wie gut Morgan ihren Laden arrangiert hatte. Sie zeigte auf den Lieferwagen. „Kann meine Assistentin uns helfen? Sie hat ein richtig gutes Auge."

„Natürlich," sagte Martin und drehte sich dann, um in das Gebäude hineinzurufen, woraufhin mehrere Männer auftauchten, um zu helfen. Aislinn drehte sich zu Baird um.

„Das kann eine Weile dauern."

„Kein Problem, ich stehle Patrick für ein Bier", versicherte ihr Baird. Er lehnte sich herüber, legte einen Kuss auf ihre Lippen und verweilte für einen Moment, während die Geräusche der Stadt um sie herumwirbelten.

„Ich rufe Dich nachher an", sagte Aislinn und hielt ihr Handy hoch, das sie mit ihrer Hand umklammerte.

„Brauchst Du sonst noch etwas aus dem Auto?"

„Nur meine Handtasche."

Baird holte sie, während sie ging, um mit Morgan zu reden. Ohne irgendwelche Scham scannte Aislinn Morgan und Patricks Gedanken. Es war ihr auch völlig egal, dass Morgan sie anstarrte und mental zurückschubste. Stattdessen grinste sie das Mädchen breit an und hakte sich bei ihr unterm Arm ein. Sie war erfreut zu lesen, dass sie zu einem vorübergehenden Waffenstillstand gekommen waren. Sie fragte sich, wann sie wohl zugeben würden, dass sie sich voneinander angezogen fühlten. Sie tat es achselzuckend ab und zeigte mit dem Finger auf Patrick.

„Du gehst mit Baird mit. Du wirst ein Pint oder zwei als Belohnung für Deine Hilfe bekommen", befahl Aislinn. Patrick grinste sie an und winkte ihnen beiden zu, als er zu Bairds laufendem Auto rannte.

„Und?", fragte Aislinn.

„Und was? Wo gehen sie hin?", sagte Morgan und umging Aislinns Frage geschickt.

„Sie gehen in den Pub. Du und ich werden helfen, die Ausstellung aufzubauen."

Morgan quietschte und wippte auf ihren Fersen. „Wirklich? Ich darf helfen?"

„Ich bestehe darauf."

Aislinns Atem zischte heraus, als Morgan ihre Arme um Aislinn warf.

„Danke, danke, danke!"

Aislinn befreite sich von Morgan und tätschelte ihren Arm. „Du hast ein gutes Auge und bist eine Bereicherung für meinen Laden. Also, was hältst Du davon, die Werke nach Launen sortiert aufzustellen?"

„Lass uns den Raum anschauen und dann sehen wir weiter", sagte Morgan geschäftig.

Sie drehten sich um und gingen in die Galerie.

KAPITEL SECHSUNDDREISSIG

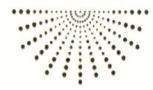

S tunden später war Aislinn selbst reif für ein Pint.

Morgan hatte sich als unbezahlbare Bereicherung erwiesen. Sie und Martin hatten rasch den Aufbau der Stücke übernommen und entschieden, die Stimmungen des Ozeans durch die verschiedenen Räume so zu platzieren, dass sie am Ende den Höhepunkt erreichten.

Ihre drei Paneele.

Sie trat zurück, während einer von Martins Assistenten die Beleuchtung anpasste, um die Bilder besser hervorzubringen. Ein Teil von ihr stand staunend vor ihrer Arbeit. Die Paneele bedeckten die gesamte Länge einer Wand und waren atemberaubend, sie verlangten eine Reaktion vom Betrachter. Niemand konnte von diesen Bildern unberührt bleiben.

Ihr Blick fiel auf das winzige bisschen persönliche Symbolik, das sie in das mittlere Bild eingefügt hatte. Sie und Baird waren am Strand und schauten auf das Wasser, während ein schwaches Leuchten unter den Wellen pulsierte. Diejenigen, die wenig über die Bucht wussten, würden annehmen, dass die Sonne auf den Wellen spielte.

Fiona würde es besser wissen, genau wie die anderen beiden Frauen.

Sie fragte sich, was Baird wohl denken würde, wenn er es sah. Ob er wütend auf sie sein würde, weil sie ihn an einen Moment erinnerte, der ihn gleichzeitig verängstigt und verwirrt hatte, oder ob er endlich die Antwort auf seine Fragen in ihrem Bild sehen würde.

Wahre Liebe, sinnierte Aislinn. Die Bucht leuchtete nur, wenn wahre Liebe präsent war. Sie hatte gewusst, dass andere es erlebt hatten und sich oft gefragt, ob es wohl für sie passieren würde. Als es dann so weit war, hatten die Macht und die reine Schönheit sie fast umgehauen. Sie wünschte, dass Baird anders reagiert hätte, dass sie hätten bleiben können, um das außerordentliche Licht über das Wasser tanzen zu sehen.

Sie war über sich selbst verärgert gewesen, erinnerte sich Aislinn, nicht nur Baird wollte weggehen.

Ich war noch nicht bereit, es zu sehen, flüsterte Aislinn dem Bild zu und fuhr mit ihrer Hand über ihre winzigen Figuren auf dem Strand.

Sie hörte ein plötzliches Einatmen hinter sich und dann ein langes, langsames Händeklatschen. Aislinn drehte sich erschreckt um und sah Morgan mit ihrer Hand über ihrem Mund und Martin, der sie anlächelte und mit seinen langen schmalen Händen applaudierte.

„Bravo, meine Liebe, bravo. Einfach fantastisch. Ich bin froh, dass Du uns hast warten lassen, bis wir dieses Stück sehen durften", sagte Martin, während er mit einem glückseligen Gesichtsausdruck vor ihren Bildern auf und ab ging.

„Was wirst Du es nennen?"

„Die Offenbarung", flüsterte Aislinn.

„Ja, ich liebe es. Die Leute werden Schlange stehen, um es zu kaufen. Wir haben morgen ein paar Prominente hier und ich vermute, dass es vor dem Ende der Ausstellung verkauft ist."

Aislinn versuchte sich, keine wehmütigen Gefühle zu haben bei dem Gedanken, dass ihre Bilder an jemanden anders gehen würden. Ein Teil von ihr wollte sagen, dass sie nicht zum Verkauf standen.

„Was...was ist, wenn ich sie nicht verkaufen will?"

Martin drehte sich um und betrachtete einen Moment lang ihr Gesicht. Was immer er sah, ließ ihn nicken. „Wir nehmen Anfragen entgegen, aber stellen es nicht zum Verkauf. Du kannst Dich nach der Ausstellung entscheiden und dann können wir den Leuten den Preis sagen. So ist es sogar noch exklusiver", sagte Martin.

Aislinn atmete erleichtert aus und strahlte den Direktor an. „Danke."

„Kein Problem. Du hast eine gute Ausstellung erschaffen. Ich glaube, es wird ein riesiger Erfolg werden."

„Wann brauchst Du mich morgen?"

„Hmm, sagen wir mal so um sechs? Dann kannst Du nochmal über etwaige letzte Änderungen gehen, die Du machen möchtest."

„Ich bezweifle, dass es welche gibt. Du hast es gut hinbekommen, meine Arbeiten im besten Licht zu zeigen. Danke", sagte Aislinn und schüttelte Martins Hand.

„Bist Du bereit zu gehen, Morgan?"

Das Mädchen drehte sich endlich mit einem Tränen-schleier in ihren Augen von den Bildern weg.

„Ich fühle mich geehrt, Dich zu kennen", flüsterte sie Aislinn zu, bevor sie die Tränen aus ihren Augen wischte. Aislinn legte einen Arm über ihre Schultern.

„Keine Tränen, komm schon."

„Das ist die beste Art von Kunst...Bilder, die eine instinktive emotionale Reaktion verursachen", murmelte Martin und lächelte die Frauen an, als er sie zur Hintertür führte.

„Ich brauche jetzt ein Pint", beschloss Aislinn, als sie ihr Telefon herauszog und Baird eine SMS schickte.

„Ich glaube, das Hotel ist ziemlich nah", sagte Morgan und ging zu ihrem Lieferwagen. Aislinn folgte ihr und sprang auf den Vordersitz.

„Ja, und es sieht so aus, als ob alle da wären", sagte Aislinn und las ihre Nachricht.

Die Nacht verging wie im Flug mit Gelächter und gutem Essen. Aislinn musste sich selbst kneifen, um sich zu überzeugen, dass ihre Freunde alle hier waren, um ihre erste Kunstausstellung zu feiern.

Sie drehte sich, um Baird anzusehen, als er am Ende des Abends die Rechnung unterzeichnete. Seine Augen lächelten sie an und auf einmal sah sie alles mit absoluter Klarheit. Sie wusste, dass alles passte.

Es schien, als ob morgen ein ganz neues Kapitel in ihrem Leben beginnen würde.

KAPITEL SIEBENUNDDREISSIG

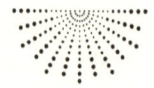

S ie hatte recht gehabt.

Baird bei sich zu haben, beruhigte definitiv ihre Nerven. Sie hatte sogar ein bisschen geschlafen. Wahrscheinlich aus purer Erschöpfung, dachte sie, als ihre Lippen sie aus dem Spiegel zurück angrinsten. Baird war ein ganz besonders großzügiger Liebhaber und er hatte sie mit seinen Fähigkeiten einen Großteil der Nacht wachgehalten. Aislinn steckte ihre Locken mit einer Haarspange aus dem Gesicht, da sie wusste, dass die Frauen ihr nachher die Haare stylen würden.

„Bist Du fertig?"

Baird ging mit ihr zu einem schnellen Mittagessen und dann zu einem Kollegen an der Universität. Im Hinblick darauf, dass sie in der Stadt viel zu Fuß gehen würde, hatte sie Tennisschuhe, Jeans und ein luftiges, leuchtend blaues Top angezogen. Aislinn nahm eine Umhängetasche, legte sich einen pinkfarbenen Schal um ihren Hals und traf Baird an der Tür.

„Ich bin startklar." Sie strahlte Baird an und er bückte sich, um ihr einen kurzen Kuss zu geben.

Aislinn fühlte sich wie ein Schulmädchen, dachte sie später, als Baird sie durch sein altes Revier zog. Sie hatte in Pubs angehalten, war in Geschäfte gegangen und sogar durch den Park spaziert, in dem er angeblich die Entscheidung getroffen hatte, Psychiater zu werden. Aislinn fand es nicht schlimm, durch die ganze Stadt geschleift zu werden, da es ein schöner Tag war und es lenkte sie von ihrer Ausstellung an dem Abend ab. Sie hatte alles getan, was sie konnte, damit es ein Erfolg wurde. Jetzt konnte sie nur noch abwarten.

„Bist Du bereit, Matthew zu treffen?", fragte Baird und lächelte sie an, als er seine Hand in ihre schob. Sie gingen durch den Haupthof des Trinity College und Aislinn bewunderte die Architektur der Gebäude.

„Klar. Ist er auch ein Psychiater?"

„Das ist er, aber er hat sich mehr auf das Gehirn spezialisiert...Dinge wie Experimente durchführen, Studien ausarbeiten, und so weiter. Er testet gern seine Hypothesen und erzielt so Resultate, während ich gern mit Leuten arbeite und auf diese Weise Ergebnisse sehe."

„Beide haben einen gerechtfertigten Platz für sich", sagte Aislinn, während er eine Tür für sie offenhielt und sie in einen langen kühlen Korridor traten. Ein eleganter schwarzer Schreibtisch, an dem eine junge Frau an einem Computer saß, war vor dem Flur positioniert und Aislinn vermutete, dass es eine Art Empfang war.

Die Frau lächelte sie freundlich an. „Kann ich Ihnen helfen?"

„Wir sind hier, um Matthew zu sehen. Sie können ihm

sagen, es ist Dr. Delaney", sagte Baird. Die Frau schaute über ihre Liste und winkte sie mit ihrer Hand weiter.

„Alles klar. Sie können nach hinten gehen. Er sollte in seinem Büro oder im Labor sein."

Baird ergriff Aislinns Hand wieder und sie gingen den Korridor entlang an Türen vorbei, durch die sie kleine Schreibtische sahen, überladen mit Büchern, und Leute, die telefonierten oder Prüfungen korrigierten.

Baird stoppte an einer Bürotür, an der ein kleines Schild hing mit dem Namen: Matthew Connor, PHD. Er steckte seinen Kopf durch die Tür und zog ihn mit einem Lächeln wieder zurück.

„Er muss im Labor sein."

Sie folgten dem Korridor, bis er an einer Reihe von Glasfenstern und einer Tür endete. Durch das Fenster konnte Aislinn drei Männer sehen, die gedrängt an einem Tisch standen und durch einen Berg Papiere sahen. Baird klopfte leicht an das Fenster und die Männer sahen hoch. Der Mann in der Mitte, der aussah wie eine Miniaturversion des Weihnachtsmanns, strahlte Baird an und eilte herüber, um die Tür zu öffnen.

„Komm rein, komm rein", dröhnte der Mann, von dem Aislinn annahm, dass er Dr. Connor war. Seine Stimme bestätigte ihren ersten Eindruck vom Weihnachtsmann. Er umarmte Baird heftig und drehte sich dann, um sie anzusehen.

„Und diese hübsche junge Dame?", fragte er, ergriff ihre Hand und zog sie weiter in den Raum. Aislinn war komplett eingenommen von seinem Charme und lachte ihn an, als er sie zu den anderen führte.

„Dies ist Aislinn, bald berühmte Künstlerin und meine

Freundin", sagte Baird und legte stolz seinen Arm um Aislinns Taille. Sie lachte ihn kurz an und drehte sich zu den Männern.

„Freut mich, Sie kennenzulernen. Noch nicht so berühmt, aber trotzdem eine Künstlerin", sagte sie.

Dr. Connors Augen verengten sich und dann ging ein riesiges Lächeln über sein Gesicht. Er drehte sich zu den Männern neben ihm und zeigte auf Aislinn.

„Meine Herren! Das hier ist die Aislinn, von der ich Euch erzählt habe, von der Baird gesprochen hat. Ihr wisst schon, mit den besonderen Fähigkeiten. Ich bin so froh, dass er sie zu uns gebracht hat."

Ein eisiger Anflug von Panik flitzte durch Aislinns Magen und sie trennte sich von Baird. Ihre Kehle begann sich plötzlich zu schließen und sie rang nach Luft.

„Oh ja, wie wunderbar. Ich bin so glücklich, dass Sie einverstanden sind, dass wir Sie studieren können", sagte einer der anderen Männer strahlend, zog einen Notizblock aus einer Mappe und setzte seine Brille auf. Dr. Connor nahm die Veränderung in Aislinn überhaupt nicht wahr und fuhr fort.

„Ja, als Baird mir die erste E-Mail über Sie geschickt hat, war ich so aufgeregt, jemandem zu begegnen, die offen ihre besonderen Fähigkeiten nutzt. Wir suchen schon lange jemanden, der freiwillig ins Labor kommt, damit wir die Nervenbahnen studieren können, die benutzt werden, wenn Sie diese Seite von Ihnen aktivieren. Wir hoffen, dass wir endlich eine Antwort darauf bekommen, warum das Gehirn sieht, was es tut und diesem magischen Unsinn ein Ende setzen können." Dr. Connor schnaufte und als er seine Aufmerksamkeit endlich auf Baird und Aislinn richtete, hörte er auf zu reden.

„Worüber. Reden. Sie?", zischte Aislinn durch die Zähne, ihre Hand vor ihrem Bauch geballt. Ihr ganzer Körper war angespannt, als ob sie einen riesigen Muskelkrampf hatte, und sie zwang sich, flach zu atmen, während sie versuchte, ihre Emotionen zu kontrollieren, damit sie sich auf die Worte konzentrieren konnte, die aus Dr. Connors Mund kamen.

„Ihre Fähigkeit? Wir wollen Sie untersuchen?", begann Dr. Connor und Baird schnitt ihm das Wort ab.

„Hast Du meine E-Mail nicht erhalten? Die, in der ich sagte, dass ich jetzt mit Aislinn zusammen bin und nicht länger daran interessiert, diese Studie weiter zu verfolgen?", sagte Baird eisig und drehte sich, um Aislinn näher zu kommen. Sie ging zurück und stolperte in einen Stuhl. Ihr Körper bebte vor Schock.

Vor Betrug.

Dr. Connor schüttelte verwundert seinen Kopf. „Nein, ich war den größten Teil dieser Woche im Labor. Ich hinke furchtbar hinterher mit E-Mail. Ist dies…nicht das, was Du wolltest?"

„Nein, wir wollen dies nicht", sagte Baird entschlossen und Aislinn war schockiert, Gelächter zu hören, das durch den Raum hallte. Sie erstarrte, als sie merkte, dass es von ihr kam.

„Ist es das, was ich für Sie bin? Eine Ratte, die man studiert? Damit Sie Ihre Neugier befriedigen können?", fragte Aislinn Dr. Connor und riss ihren Arm aus Bairds Hand, als er nach ihr griff.

„Nein, nein, natürlich nicht, meine Liebe", sagte Dr.

Connor und schloss dann seinen Mund, als ihm endlich klar wurde, dass es in seinem besten Interesse war, seine Klappe zu halten.

Aislinn drehte sich, um Baird anzusehen und ihr ganzer Körper zitterte wegen seines Verrats. Übelkeit wirbelte in ihrem Magen und ihre Welt riss unter ihr auf. Ihr Herz bebte und fiel in die Spalte, die Baird gerade unter ihren Füßen geöffnet hatte.

„Du konntest es einfach nicht lassen, oder?", sagte sie mit schmerzerfüllter Stimme, aber sie hob ihre Hand, um Baird vom Näherkommen abzuhalten. „Du musst immer Antworten haben. Bis zu dem Punkt, an dem Du bereit warst, mich dem hier auszusetzen? Um ein Ding zu sein, das studiert wird?"

Baird schüttelt seinen Kopf, ohne sie anzufassen. „Nein, das war nicht so, glaub mir."

„Du willst, dass ich für sie etwas vorführe? Ist es das? Na gut", sagte Aislinn. Ihr Zorn überwog den Schmerz, der es ihr fast unmöglich machte zu atmen. „Der da links? Er ist jetzt nervös, aber trotzdem fasziniert von mir. Und er fragt sich, wieviel er mir zahlen muss, um an einer Studie mitzumachen. Nichts, übrigens", sagte Aislinn. Sie drehte sich um und sah zu Dr. Connor.

„Aislinn, hör auf. Du musst mir zuhören."

„Dr. Connor ist auch von mir fasziniert, aber er hat ein bisschen mehr Herz und hat ein Problem damit, das hier zu beobachten, weil es schmerzhaft für ihn ist. Er mag es nicht, wenn Leute verletzt werden." Aislinn nickte Dr. Connor zu und dankte ihm stumm.

„Und der hier?" Aislinn zeigte auf den letzten Mann im Raum. „Er denkt, es ist witzig. Mir ist danach, Ihnen zu sagen, was Sie damit machen können." Sie wackelte mit ihren Händen, als würde sie zaubern, und der Mann zuckte zusammen und schrie auf.

„Und Du. Es ist mir egal, was Du fühlst. Du hast meine private Welt genommen und sie für ihre Aufregung und Begutachtung vor ihnen ausgebreitet. Ich habe mich vor Dir offenbart." Aislinn schüttelte ihren Kopf über ihn. Sie zwang die Tränen in ihren Augen zurück und versprach sich selbst einen langen Urlaub in Griechenland, wenn sie nicht weinen würde. Die Genugtuung würde sie Baird nicht gönnen.

Sie hatte ihm schon genug gegeben.

Aislinn lief aus dem Raum und den Korridor herunter.

„Aislinn!", rief Baird. Seine Füße hämmerten hinter ihr auf dem harten Linoleumboden. Aislinn sah die Frau am Empfang, wie sie mit einem Mann redete, der aussah wie vom Sicherheitsdienst. Beide drehten sich bei Bairds Ausruf um.

„Hilfe!", schrie Aislinn und der Mann rannte zu ihr.

„Dieser Mann. Halten Sie ihn auf. Ich muss sicher von hier wegkommen", rief Aislinn ihm zu, während sie weiterlief. Sie hörte Baird fluchen, als der Wachmann ihn aufhielt, aber Aislinn weigerte sich zurückzusehen.

Sie ließ ihr Herz in dem wissenschaftlichen Gebäude, rannte keuchend zum Hotel und versuchte, nicht zu weinen. Aislinn stürmte panisch in die Lobby, drückte den Knopf für den Aufzug und betete, dass er schnell kommen würde.

„Aislinn!"

Aislinn sah nicht auf, weil sie Angst hatte, dass sie in

der Lobby zwischen den fremden Leuten zusammenbrechen würde.

Die Tür öffnete sich und Aislinn lief in den Aufzug, dankbar, dass die Kabine leer war.

„Aislinn!" Cait schlüpfte durch die Türen, als sie sich gerade hinter ihr schlossen. Sie starrte Aislinn erschreckt an und nahm ihren Arm.

„Oh nein. Oh, Schatz, was ist passiert?"

Aislinn schüttelte nur ihren Kopf voller Angst, dass alles wie eine Flut aus ihr stürzen würde, sobald sie anfing zu reden, und sie sich für ihre Ausstellung nicht wieder fangen würde. Cait sah Aislinn mit schmalen Augen an, während sie ihre Gedanken las.

„Der Mistkerl! Ich ziehe ihm eigenhändig die Haut ab." Cait fluchte aufgebracht im besten Jargon einer Pubbesitzerin. Aislinn lächelte fast über ihren wilden Ausbruch. Fast.

„Ok, ok, atme tief ein. Lass uns zu Deinem Zimmer gehen und Dein Zeug holen. Kommst Du mit mir mit?"

Aislinn nickte. Sie war dankbar, dass Cait nichts anderes fragte, sondern einfach ihre Hand hielt. Es gab Zeiten, da war es einfach zu schwierig zu reden.

Die Aufzugtüren klingelten und Aislinn rannte zu ihrem Zimmer, während sie in ihrer Handtasche nach der Schlüsselkarte suchte. Sie schob sie in das Schloss und stürzte zu ihrem Zeug, das sie morgens gepackt hatte in der Erwartung, sich im Zimmer der anderen Frauen für die Ausstellung fertigzumachen. Dankbar, dass sie nicht viel zusammensuchen musste, stoppte sie beim Notizblock am Bett. Sie beugte sich mit vollen Armen vor, kritzelte eine Nachricht auf das Papier und warf es auf das Bett.

Bleib von mir weg.

Cait nickte zustimmend, drängte sie aus dem Zimmer und drehte sie in Richtung Treppenhaus.

„Wir sind nur ein Stockwerk unter Dir. Wir nehmen nicht den Aufzug, falls er hochkommt."

Aislinn nickte Cait zu und mit ihren Armen voll mit Klamotten, Schuhen und Gepäck klapperten sie zusammen die Treppe herunter zu Caits Stockwerk.

„Wir teilen uns eine Suite mit Keelin. Geh rein. Ich rufe sie an und erklär es ihr", sagte Cait, als sie die Tür aufschloss und weit aufschwang, damit Aislinn an ihr vorbeirasen konnte. Aislinn stolperte in das Zimmer, ließ ihr Zeug auf dem großen Bett fallen und drehte sich dann verzweifelt um auf der Suche nach dem Badezimmer. Sie sah die Tür, rannte hinein, fiel auf ihre Knie und spuckte ihren Schmerz heraus.

Aislinn hörte Stimmen im Zimmer, aber sie brachte es nicht über sich, von der Toilette hochzusehen. Sie spülte und setzte sich zurück auf ihre Knie, um zu sehen, ob ihr Magen sich beruhigt hatte.

„Hier, Schatz, lass mich." Keelin kam ins Badezimmer und kniete neben ihr. Sie legte ihre Hände auf Aislinns Bauch und schloss ihre Augen. Aislinn fühlte eine Energiewelle durch sie waschen und in einer Sekunde war ihre Übelkeit verschwunden. Sie drehte sich dankbar zu Keelin.

„Kannst Du ein gebrochenes Herz heilen?", flüsterte Aislinn.

Keelin schüttelte ihren Kopf und legte ihren Arm um sie.

„Das würde ich, wenn ich es könnte, Süße, wirklich. Komm, wir holen Dir etwas Wasser."

Keelin zog Aislinn vom kühlen Fliesenboden hoch und Aislinn folgte ihr in das Zimmer. Eine Tür vom Schlafzimmer führte zu einem gemeinsamen Wohnzimmer. Shane und Flynn standen mit wütenden Gesichtern über Cait.

„Oh nein", flüsterte Aislinn.

„Es ist ok. Sie brechen nur ein paar Knochen, versprochen", sagte Keelin leichthin und lachte dann über Aislinns Gesicht. Die Männer sahen beim Klang ihrer Stimmen hoch und Cait drehte sich um.

„Wir bringen ihn um", sagte Shane einfach und Cait schlug nach ihm.

„Klasse, und dieses Baby hat dann einen Mörder als Vater?" fragte sie ihn.

„Nein, danke. Bitte, macht nichts. Wenn Ihr etwas tut, dann bedeutet es, dass es für mich wichtig ist. Und...er ist nichts", sagte Aislinn leise.

„Ash", begann Keelin und strich ihre Hand an Aislinns Arm herunter.

„Nichts. Es ist nichts. Ich bin erwachsen und ich werde darüber hinwegkommen. Jetzt brauche ich von Euch Damen extra viel Arbeit, damit ich heute Abend fantastisch aussehe." Sie stoppte und drehte sich, als sie zu ihrem Berg Klamotten ging. „Oh, und tut Baird nichts an. Aber ich will ihn nicht in meiner Ausstellung haben. Verstanden?"

„Wir kümmern uns darum", sagte Flynn gleichmütig und Aislinn nickte.

„Ich will nicht darüber reden. Ich will dem nicht mehr Bedeutung geben als es schon hat. Ich muss mich auf heute Abend konzentrieren. Bitte lenkt mich ab", bat

Aislinn, als sie sich in einen Stuhl setzte und Keelin ihre
Tasche mit Make-up herüberbrachte.

„Flynn überlegt, ob er hier am Fluss noch ein Restaurant kaufen soll", sagte Keelin und Aislinn lächelte sie an,
dankbar für die Verbindung, die sie und ihre Halbschwester im letzten Jahr aufgebaut hatten, und für alle,
die sie unterstützten.

Sie könnte sich nicht vorstellen, was passiert wäre,
wenn sie nicht hier gewesen wären.

„Fantastisch, ich male etwas für die Wände", sagte
Aislinn und lächelte Keelin an. „Jetzt sorg dafür, dass ich
gut aussehe."

KAPITEL ACHTUNDDREISSIG

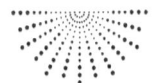

S ie war weg.

Nachdem Baird mit dem Sicherheitsbeamten die Angelegenheit geklärt und ihn davon überzeugt hatte, dass er Aislinn nichts antun wollte, war er zur Tür gerannt und hatte gesehen, dass der Hof leer war. Gerade als er gehen wollte, hatte Matthew ihn aufgehalten.

„Baird, es tut mir so leid, ich dachte, das war der Grund, warum Du sie mitgebracht hast. Es war einfach ein Fehler", hatte Matthew an seiner Seite mit schamroten Wangen gekeucht.

Und das war es gewesen. Einfach ein Fehler.

Bevor er wirklich wusste, wohin die Sache mit Aislinn gehen würde, hatte er Matthew E-Mails mit Fragen geschickt. Es war Teil seiner Natur, Dinge zu hinterfragen, die er nicht verstand und Antworten zu suchen. Als Matthew Baird eingeladen hatte, Aislinn mitzubringen, um zu sehen ob sie gern mehr über ihre Fähigkeit lernen würde, hatte Baird es offen gelassen.

Wir werden sehen, hatte er geschrieben. Baird schüttelte seinen Kopf, als er über diese Worte nachdachte.

Er hatte sich kurz nach dieser E-Mail in Aislinn
verliebt.

Als Baird wusste, dass er mit ihr nach Dublin kommen
würde, hatte er Matthew eine E-Mail geschickt und erklärt,
dass sich ihre Beziehung geändert hatte und er keine
Antworten über Aislinn mehr wollte oder brauchte. Und
dass er den Verdacht hatte, dass sie Matthews Nachforschungen nicht gut auffassen würde. Es schien, als hätte
Matthew seine E-Mail nie bekommen.

Baird zerknitterte ihren Zettel in seiner Hand und er
war wütend und traurig über ihre Worte. Er sollte sich von
ihr fernhalten, als ob er eine Art Hooligan war, der sie
verletzen würde.

Außer, dass er sie verletzt hatte.

Seine eigene Ungläubigkeit und die Weigerung zu
akzeptieren, was sie war, hatte ihr dies angetan. Baird hätte
nie versuchen sollen nachzuforschen, jedenfalls nicht,
nachdem sie miteinander geschlafen hatten. Er hatte ihr
Vertrauen missbraucht – von Anfang an. Er lachte sich
selbst höhnisch aus. Gott, sogar als er ihr gesagt hatte, dass
er sie liebte, war er herablassend über ihre Gabe gewesen.
Wann hatte er sich in so ein hochnäsiges Ekel verwandelt?
Er hatte eine attraktive, erstaunlich kreative und außergewöhnlich feinfühlige Frau in seinen Armen gehalten und
sie durch seine eigene Blindheit durch die Finger gleiten
lassen.

Er wusste noch nicht mal, ob er um sie kämpfen
könnte.

„Du solltest zur Ausstellung gehen, weißt Du." Eine

Stimme, reichhaltig wie ein warmer Brandy, lähmte ihn für einen Moment. Er hatte Gänsehaut auf seinen Armen und der Raum fühlte sich an, als wäre er in einem Gefrierschrank gelandet. Langsam drehte er sich herum.

Eine Frau saß in einem Stuhl am Fenster, prachtvoll in einem roten Samtkleid, ihre Haare mit einer Silberkette in einen eleganten Knoten gewoben. Ihre Augen dominierten in einem Gesicht, das gleichzeitig schön und einschüchternd war. Stärke und eine unwirkliche Aura strahlten von ihr aus. Bairds Mund wurde trocken.

„Entschuldigung, aber kennen wir uns? Hat Aislinn Ihnen aufgetragen hierherzukommen?" Baird sah die seltsame Frau mit schräg gelegtem Kopf an, verwirrt durch ihre Anwesenheit, und hatte das Gefühl, er brauchte eine Waffe. Irgendetwas war anders an dieser Frau.

Ein Lächeln glitt über ihr schönes Gesicht. „Nein, das hat Aislinn garantiert nicht getan. Ich vermute also, dass Du nicht weißt, wer ich bin?" Sie neigte ihren Kopf und wartete, dass Baird sprach.

Baird konnte sein Herz schlagen fühlen, als ob jemand auf seiner Brust trommelte, und seine Finger verkrampften sich unwillkürlich, bis seine Nägel sich in seine Handflächen eingruben.

„Nein", flüsterte Baird.

Sie stand auf. Baird stolperte zurück, bis seine Beine das Bett trafen, und sein Hintern folgte kurz danach. Als sie aufstand und sich vom Stuhl entfernte...konnte er den Stuhl durch sie hindurchsehen. Baird schluckte und warf einen Blick zur Tür. Konnte er entkommen?

„Oh, hör auf. Ich will Dir nichts tun. Ich bin Grace O'Malley und Aislinn stammt aus meiner Blutlinie. Du solltest Dich geehrt fühlen, dass ich entschieden habe, mich Dir zu zeigen. Ich mache mich ganz selten bemerkbar, und sonst nur für die, die das Glück haben, mein Blut zu teilen." Grace hob ihr Kinn und sah auf ihn herunter, durch und durch legendäre Piratenkönigin.

Baird versuchte, seinen Atem zu kontrollieren. Träumte er? Hatte er Halluzinationen?

„Hör auf, in Frage zu stellen, was das hier ist. Ich habe wenig Zeit, also pass auf", bellte Grace ihn an und Baird zuckte hoch und nickte aufmerksam, während sie begann, auf und ab zu gehen. Sein Magen drehte sich ein bisschen, als er durch ihre schattenhafte Form die Bilder an der Wand sehen konnte.

„Du hast Aislinn und damit alle aus meiner Blutlinie beleidigt ", begann Grace. Baird öffnete seinen Mund, aber Grace erhob ihre Hand, um seine Worte zu stoppen.

„Davon abgesehen weiß ich, dass Männer dumm sein können und man ihnen eine zweite Chance geben sollte."

Baird wollte reden aber hielt seinen Mund klugerweise geschlossen. Es war wenig sinnvoll, mit einem Gespenst zu streiten.

„Du musst zu ihr gehen. Sie vertraut Dir im Moment nicht. Geh zu ihr und finde die Offenbarung. Du wirst dann wissen, was zu tun ist", sagte Grace.

„Die Offenbarung?", fragte Baird verwirrt.

„Geh zu ihr. Du hast sie verletzt. Beweise Deine Liebe", befahl Grace und als Baird seinen Mund öffnete, um zu sprechen, verblasste sie und verschwand aus dem Zimmer. Baird sprang auf und rannte dahin, wo sie gestanden hatte. Er stützte seine Hände in die Hüften und suchte den Raum nach Videokameras oder Projektionsmonitoren ab, die diese Erscheinung hätten produzieren können.

Und, Gott bewahre, er stieß einen Schrei aus, als er von etwas Unsichtbarem geschubst wurde.

„Ok, ok, es tut mir leid. Ja, ich kann sehen, dass Du Wirklichkeit bist", rief Baird in das leere Zimmer. Nachricht angekommen, dachte er. Hör auf anzuzweifeln, was Du nicht kennst. Baird sank auf das Bett und ließ Aislinns Zettel nochmal durch seine Hände gleiten. Er blickte auf seine Uhr und sah, dass die Ausstellung in einer Stunde anfangen würde. Baird vermutete, dass Aislinn immer noch im Hotel war und sich wahrscheinlich bei ihren Freundinnen fertigmachte. Und mit hoher Wahrscheinlichkeit waren die Männer mit unguten Absichten auf der Suche nach ihm.

Wie bestellt erklang ein Klopfen an der Tür. Baird seufzte in Erwartung dessen, was kam. Er lugte durch das Guckloch und debattierte kurz, nicht zu antworten.

„Wir können Dich sehen", rief Flynn durch die Tür.

Baird seufzte, öffnete die Tür und hielt seine Handflächen sofort hoch.

„Ich liebe sie", sagte er und schloss seine Augen, als Shanes Faust nur wenige Zentimeter vor seinem Gesicht stoppte.

„Gute Kontrolle, Mann", sagte Flynn und klopfte Shane auf die Schulter. Baird trat zurück und bedeutete den Männern hereinzukommen. Shane und Flynn saßen auf dem Bett, während Patrick mit einem unglücklichen Gesichtsausdruck auf und ab ging.

„Du hast einen ganz schönen Schlamassel verursacht", begann Flynn.

„Ja, ich weiß. Ich habe wirklich nicht beabsichtigt, sie zu verletzen, aber sie hat mir wenig Zeit gegeben, es zu erklären, bevor sie weglief", sagte Baird.

„Erklär es jetzt", verlangte Patrick und Baird drehte sich mit erhobener Augenbraue zu dem jungen Mann um.

„Ja, er ist streitsüchtig. Das kann ich bestätigen", sagte Shane.

Baird gab eine kurze Erklärung ab und sagte dann: „Hört zu, es ist in meiner Natur, Dinge zu hinterfragen. Es ist nicht mal als Urteil gemeint. Ich suche nur gern nach Antworten. Ich bin dazu ausgebildet zu versuchen, Dinge zu erklären. Es war nie mit der Absicht, sie zu verletzen."

Flynn lachte und Shane warf ihm einen bösen Blick zu.

„Naja, ich lache nur über die Tatsache, dass er versucht hat, eine Frau zu verstehen. Noch dazu eine von unseren. Ich meine, hat er nicht gelernt, dass man Frauen nie wirklich verstehen kann?"

Baird lächelte darüber, obwohl sein Herz immer noch in seiner Brust raste nach seiner Begegnung mit Grace.

„Wie geht Ihr mit Euren Frauen und deren Kräften um?" fragte Baird und sah dann Flynn an. „Warte, hat Keelin eine Kraft?"

„Ja, sie kann mit ihren Händen heilen", sagte Flynn trocken und lachte dann, als Bairds Kinnlade vor Schock herunterfiel. „Akzeptier es einfach, mein Lieber. Manchmal gibt es keine Erklärungen."

Baird schüttelte fassungslos seinen Kopf über die Idee, dass die hübsche Keelin jemanden mit ihren Händen heilen konnte. Er drehte sich und sah Shane mit erhobener Augenbraue an.

„Ja, Cait kann Gedanken lesen. Sie schaltet es meistens aus oder kann es wirklich gut verstecken. Es ist für sie eine Gabe aber auch ein Fluch. Es ist nicht immer einfach, wenn Du die Gedanken von anderen Leuten hören kannst und sie Dir durch den Kopf schießen", sagte Shane. Baird hatte so noch nicht darüber nachgedacht. Er vermutete, dass es für Aislinn hart sein musste, immer ohne Filter den Gefühlen anderer ausgesetzt zu sein.

Jetzt fühlte er sich noch schlechter, als ihm klar wurde, dass ihre Fähigkeit gleichzeitig ein Geschenk und ein Fluch war.

„Ich bin ein Idiot", seufzte Baird am Ende und warf seine Hände hoch.

„Stell es richtig", befahl Flynn und warf Baird einen stählernen Blick zu. „Und wenn Du das nicht tust, stelle ich sicher, dass Du aus Grace's Cove verjagt wirst. Ich brauche keine Gewalt so wie der da." Flynn zeigte mit einem teuflischen Grinsen auf seinem Gesicht auf Shane.

„Sie will nicht, dass ich heute Abend zu der Ausstellung gehe."

„Ja, wir haben Anweisungen, Dich fernzuhalten", sagte Flynn.

Die Männer saßen still und sahen sich gegenseitig einen Moment an.

„Wir könnten uns darauf einigen, ihn nicht zu sehen?", sagte Patrick.

„Das ist unter einer Bedingung ok", sagte Flynn und hob seine Hand. „Sollte sie auch nur für einen Moment unglücklich aussehen, bist Du draußen. Verstanden? Das ist ihre Nacht und nichts, ich meine absolut nichts, soll sie davon abhalten, eine gute Zeit zu haben. Also finde einen Weg, wie Du das hinbekommst oder komm gar nicht."

Baird nickte ihn an. „Ich habe keine Ahnung, wie ich das machen soll, aber ich lasse mir etwas einfallen."

Die Männer nickten und warfen Baird mitleidige Blicke zu, als sie aus seinem Zimmer gingen. Baird blieb, wo er war, und seine Hand umschloss ihre Notiz, während seine Gedanken wirbelten.

Fiona.

KAPITEL NEUNUNDDREISSIG

„Mach auf, ich kann Dich sehen." Baird wiederholte die Worte, die Flynn nur Momente vorher an seiner Tür gesagt hatte.

Fiona machte die Tür einen Spalt auf und rümpfte ihre Nase. „Und warum sollte ich Dich hereinlassen?"

„Ich habe gerade Grace O'Malley gesehen."

Fionas Augen weiteten sich und ohne ein Wort öffnete sie die Tür und deutete Baird an, in ihr Zimmer zu kommen.

„Whiskey?", fragte Fiona und Baird sah sie überrascht an. Eine Flasche Redbreast 12 stand auf der Anrichte in ihrem Zimmer.

„Gern."

Prachtvoll gekleidet in einem dunkelblauen Wollkleid mit Silberfäden durchzogen, die Haare in einen eleganten Knoten zurückgebunden und glitzernden Tropfen an ihren Ohren, sah Fiona haargenau aus wie die Nachfahrin seiner gespenstischen Besucherin. Fiona nahm einen Eiswürfel aus dem Eisbehälter und ließ ihn in ein Glas fallen, bevor sie eine großzügige Portion Whiskey einschenkte. Sie ging zu Baird und bot es ihm an.

„'Slàinte", sagte sie und stieß sein Glas mit ihrem an. „Sprich."

„Hast Du gehört, was mit Aislinn passiert ist?"

„Natürlich", sagte Fiona, ohne vorzugeben nichts zu wissen. Baird wusste ihre Direktheit zu schätzen.

„Ich liebe sie. Es ist ein riesiges Missverständnis", sagte Baird. Fiona nickte nur und durchbohrte ihn mit ihrem stählernen Blick, während sie einen Schluck von ihrem Whiskey nahm.

„Das ist ein ziemliches Missverständnis. Ich vermute aber, dass es eine Lektion für Dich ist", murmelte Fiona und Baird lächelte sie an.

„Ja, das sehe ich jetzt auch", sagte er.

„Warum glaubst Du, dass es Grace O'Malley war, die Du gesehen hast?", fragte Fiona.

„Warum ist sie mir erschienen? Sie sagte, dass sie sich nur denen zeigt, die aus ihrer Blutlinie kommen", sagte Baird.

Fiona sah ihn mit erhobener Augenbraue an. „Also sie war es wirklich."

„Soweit ich weiß. Jetzt, nachdem ich sie und Dich so angezogen sehe, erkenne ich die Ähnlichkeit. Ihr seid beide beeindruckende Schönheiten", sagte Baird.

Fiona strahlte ihn an und ging durch das Zimmer, um ihre Handtasche und einen Schal zu ergreifen.

„Danke, ich schätze das Kompliment, besonders in meinem Alter. Aber ich muss bald gehen. Erzähl mir, was Grace gesagt hat."

„Sie hat mir gesagt, dass ich zur Ausstellung gehen

soll, um die Offenbarung zu finden, weil ich dann meine Antwort haben würde." Baird biss sich auf die Lippe und fragte sich, wie er das tun könnte, ohne Aislinn noch mehr aufzubringen. Er sah Fiona an. „Ich brauche Deine Hilfe."

Fiona war einen Moment still, während sie darüber nachdachte.

„Ich rufe Flynn an. Sie wollten mich mitnehmen. Wissen sie Bescheid?"

„Ja", sagte Baird.

Fiona holte ein schlichtes Handy aus ihrer Tasche und rief Flynn an. Nach ein paar gemurmelten Worten machte sie es zu und steckte es zurück in ihre Handtasche.

„Sieht aus, als wärst Du mein Date. Gehen wir?"

Baird atmete erleichtert aus. Dann sah er Fiona voller Sorge an.

„Sie hat nie gesagt, dass sie mich liebt, weißt Du. Das ist mir gerade erst aufgefallen. Vielleicht sollte ich dies nicht tun. Vielleicht liebt sie mich nicht."

Fiona legte ihren Kopf zur Seite und überdachte seine Worte.

„Was fühlst Du?"

„Ich glaube, ich bin davon ausgegangen, dass sie es tut, aus dem Grund hatte ich wahrscheinlich bis jetzt nicht gemerkt, dass sie es nie zu mir gesagt hatte", sagte Baird und zuckte hilflos mit den Schultern.

„Also heute Abend musst Du für ein unbekanntes Ergebnis kämpfen", stellte Fiona klar.

„Ich...ich denke schon."

Fiona lachte und Baird sah sie mit zusammengekniffenen Augen an.

„Ich liebe es einfach, wie uns das Leben immer wieder neue Sachen lehrt. Gehst Du so, wie Du angezogen bist?"

„Nein, ich muss mich noch kurz umziehen, wenn es Dir nichts ausmacht zu warten."

„Bitte tu das. Ich trinke meinen Whiskey aus und denke darüber nach, wie Du es am besten angehst."

KAPITEL VIERZIG

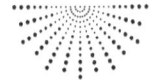

Aislinn strich mit ihren schweißnassen Händen über ihre Handtasche und kaute nervös an ihrer Lippe. Ihr ganzer Körper schmerzte und alles, was sie wollte, war, mit einem Becher Eiscreme und einem Liebesroman ins Bett zu kriechen.

Liebesroman, schnaubte sie innerlich. Genau. Als ob das ihrer geistigen Verfassung helfen würde.

„Alles wird gut werden", murmelte Cait hinter ihr und Keelin riss ihren Kopf herum.

„Was? Denkt sie schon wieder an Baird?", fragte Keelin.

„Ich bin auch hier", sagte Aislinn und hob ihre Hand.

Sie waren auf dem Weg zur Ausstellung, eingepfercht auf den Sitzen in Flynns schickem SUV.

„Du siehst fantastisch aus. Haben wir schon erwähnt, wie toll Du aussiehst? Alles wegen uns natürlich. Ich glaube, dass wir Stylistinnen werden sollten, oder, Cait?", fragte Keelin schelmisch und Cait rollte ihre Augen.

Aislinn wusste, dass sie versuchte, sie abzulenken und war dankbar dafür.

„Das rote war eine gute Wahl", stimmte Cait zu.

Im letzten Moment war Aislinn aus dem geradege-schnittenen lila perlenbesetzten Kleid in das rote geschlüpft, in dem sie aussah, als stünde sie in Flammen. Für sie signalisierte Rot Macht. Sie wollte nicht zulassen, dass Baird ihr ihre Macht nahm.

„Die Kette ist fantastisch", sagte Keelin und strich mit ihren Händen über die verketteten Ringe, für deren Krea-tion Aislinn mehr Stunden gebraucht hatte, als sie einge-stehen wollte. Es war ein Stück Kunst für sich und das Kleid brachte sie perfekt zur Geltung.

„Sie ist ein Unikat. Ich weiß nicht, ob ich die Geduld habe, noch eine zu machen."

„Wenn doch, sag mir Bescheid. Ich kenne ungefähr eine Million Leute in Boston, die sich dafür vor Begeiste-rung überschlagen würden", sagte Keelin.

Aislinn lächelte sie an und schnappte dann nach Luft, als Flynn um die Ecke zur Galerie einbog. Keelin schnappte nach Luft und packte ihren Arm. Aislinn nahm ihre Hand, hielt sie fest umklammert und zwang sich, flach durch ihren Mund zu atmen, als sie auf die lange Schlange von Leuten starrte, die warteten, um auf dem roten Teppich in die Galerie zu gehen.

„Ist das für mich?", flüsterte Aislinn.

„Ja, da steht Red on Green Gallery dran", sagte Shane.

„Shane, hör auf. Sie weiß, dass es für sie ist. Sie braucht nur einen Moment", sagte Cait und warf ihrem Verlobten einen warnenden Blick zu.

Shane tat, als würde er an seinem Mund einen Reißverschluss zumachen, während Flynn langsam einer langen Schlange von Autos folgte.

„Willst Du über den roten Teppich gehen oder hinten herum?"

Aislinn dachte darüber nach. Was sie wirklich wollte, war, sich durch die Hintertür hineinzuschleichen. Das bedeutete, dass sie über den roten Teppich gehen musste. Als Künstlerin hatte sie gelernt, dass sie sich dazu zwingen musste, wenn ihr etwas unangenehm war. Der bequeme Weg führte nie zu Durchbrüchen oder persönlichem Wachstum. Sie atmete tief ein.

„Roter Teppich", sagte Aislinn.

„Ich steige aus, gehe vor und spreche mit dem Sicherheitsdienst", bot Shane an und schlüpfte aus dem Wagen. Aislinn sah, wie er auf zwei Männer in Anzügen zuging und auf das Auto zeigte. Sie nickten und winkten zur Tür. Aislinn sah Martin aus der Vordertür der Galerie heraustreten und sie lächelte über seinen grauen Paisley Anzug. Der Mann hatte seinen eigenen Stil, dachte sie.

Martin winkte ihr Auto weiter und Panik ergriff Aislinn.

„Was ist, wenn ich stolpere?"

„Dann stehst Du wieder auf, Dummerchen", sagte Cait leichtfertig und Aislinn stoppte sich selbst.

Und was, wenn sie stolperte? Das war es, worum es im Leben ging. Dic Stimmungen ihrer Bilder reflektierten das. Der Ozean flüsterte seine Geheimnisse jedem zu, der zuhören wollte. Schmerz, Freude, Liebe, Wut und Traurigkeit...sie alle waren Teil der menschlichen Erfahrung. Der Punkt war nicht, die Emotionen zu vermeiden. Man musste sie begrüßen und durch sie so majestätisch und extravagant leben, wie es das dramatische Wasser des Meeres tat.

Ein Frösteln durchlief Aislinn und für einen Moment fühlte sie etwas Weiches ihre Wange streicheln. Sie spürte sofort, wie Ruhe durch sie ging und sie richtete ihre Schultern gerade und drehte sich so, dass sie leicht einfach aus dem Auto aussteigen konnte.

„Bereit?"

„Ich bin bereit", sagte Aislinn und wartete, bis sich die Tür öffnete, bevor sie in das blendende Blitzlicht der vielen Kameras trat, die sich am roten Teppich entlang aufreihten. So etwas hatte sie noch nie zuvor erlebt. Martin war sofort an ihrer Seite und hakte sich an ihrem Arm ein und sie war dankbar für seine Unterstützung. Cait nahm ihr die Handtasche ab und zusammen posierten sie und Martin für Journalisten und beantworteten Fragen.

„Du siehst atemberaubend aus, meine Liebe. Wie eine Flamme, die sich selbst verzehrt", flüsterte Martin ihr zu und sie drehte sich um und lächelte ihn dankbar für seine Unterstützung an.

„Es tut mir leid, dass ich nicht eher kommen konnte", flüsterte sie.

„Kein Problem, Deine Ausstellung ist makellos. Eine der einfachsten, die ich jemals aufgebaut habe", versicherte Martin ihr. Sie gingen durch die eleganten Türen der Galerie und Aislinn schnappte nach Luft.

„Oh...oh, ich fange an zu weinen", flüsterte Aislinn und Martin zog sofort ein Taschentuch aus seiner Tasche.

„Es war Morgans Idee."

„Sie hat genau ins Schwarze getroffen. Ich muss ihr

Gehalt erhöhen", sagte Aislinn. Sie hatte sich gewundert, wohin Morgan vorher verschwunden war.

Was aussah wie Tausende von Kerzen standen gedrängt auf treibholzähnlichen Säulen und kleinen Tischen entlang des Raums. Durchsichtige Glasbehälter reihten sich an den Wegen durch die Galerie, während größere säulenähnliche Kerzen ungeordnet auf den Tischen zusammengestellt waren. Es war das einzige Licht in der Galerie, abgesehen von dem weichen Licht, das die Bilder hervorhob und die Galerie in eine mystische, verwunschene Unterwasserhöhle verwandelte. Ihre Bilder wüteten über die Wände, während die sanft flackernden Kerzen das Wasser in ihren Bildern zum Rollen und Tanzen brachten.

Es war das aufregendste und demütigendste Erlebnis, was Aislinn je hatte.

„Ich kann nicht glauben, dass das meine sind", hauchte Aislinn.

Martin nickte zustimmend. „Jeder große Künstler neigt dazu zurückzutreten, als ob er aus einer Wolke herauskommt, um anzusehen, was er erschaffen hat und fragt sich...wie ist das aus mir gekommen?"

Aislinn nickte Martin zu. Er verstand es.

„Das heißt nicht, dass Du eine Hochstaplerin bist, meine Liebe. Es bedeutet nur, dass Du so in Deiner Arbeit versunken bist, dass Du nicht immer zurücktrittst, um über Deinen Tellerrand zu sehen. Und dies, oh dieses Bild ist atemberaubend", schnurrte Martin und zog sie durch die Reihen von Kerzen, während ihre Bilder sich um sie herum vor Emotion wanden, bis zu ihrem Meisterstück.

Die Offenbarung.

Die Paneele hingen perfekt an der Wand, und was aussah wie tausend Kerzen reihten sich auf dem Boden davor auf und erschufen eine Barriere zwischen den Menschen und dem Bild. Das Licht tanzte über die Bilder und es war bewegend, himmlisch und wie ein Schlag in ihre Magengrube.

Aislinn schaute auf das Leuchten der Bucht und die weich beleuchteten Figuren, die auf dem Sandstrand gingen. Sie drehte sich und sah Martin an.

„Verkauf es", sagte sie ausdruckslos.

Martin wich geschockt mit weit aufgerissenen Augen zurück...und mit Besorgnis.

„Bist Du Dir ganz sicher?"

„Ja", sagte Aislinn einfach und drehte sich zu der Schlange von Leuten, die an der Tür standen. „Sollen wir beginnen?"

„Natürlich, wir platzieren Dich anfangs da drüben hin mit Deinen Freunden." Martin zeigte auf die Ecke, in der Cait und Keelin und die anderen standen. Sie sah Morgan, wie sie hinter der Gruppe herauslugte, in einem schwarzen Wollkleid, in dem sie aussah wie ein Model, das gerade vom Pariser Laufsteg heruntergestiegen war.

„Morgan!", rief Aislinn aus, lief zu ihr und legte ihre Arme um das Mädchen und zog sie an sich. Morgan versteifte sich für einen Moment und ließ sich dann von Aislinn umarmen. Verglichen mit den ersten Tagen, als niemand sie anfassen durfte, war das eine immense Verbesserung, dachte Aislinn und trat dann von dem Mädchen zurück.

„Danke, danke, danke. Du hast meine Ausstellung zum Leben gebracht", flüsterte Aislinn.

„Es war einfach nur eine Idee. Das Einzige, woran ich denken konnte, war, dass Deine Bilder ein stimmungsvolles Licht brauchten." Morgan tat es ab, aber Aislinn ergriff ihren Arm und drehte sie, damit sie in die Galerie sehen konnte.

„Nein, schau es Dir an. Schau es richtig an. Du hast Talent. Wir werden darüber noch sprechen, wenn wir wieder zu Hause sind. Ich glaube, dass ich ein paar Ideen habe, in welche Richtung Du gehen könntest...wenn Du möchtest?", fragte Aislinn Morgan mit erhobener Augenbraue und das Mädchen nickte wild.

„Ja, das möchte ich gern."

Sie drehte sich um, nickte Martin zu und er schob die Türen auf und ließ die wartenden Leute herein.

„Bist Du bereit? Ich werde erzählen, dass ich Dich schon kannte, als Du noch nicht berühmt warst", sagte Cait und schnappte sich ein Häppchen von einem Tablett, das ein Kellner vorbeitrug.

Aislinn lachte sie an und drehte sich, um die hereinströmende Menge zu begrüßen.

EINE STUNDE später war Aislinn schwindlig. Ihre Wangen waren gekniffen worden, ihre Schulter geklopft und sie hatte mehr als eine Einladung zum Essen erhalten. Leute hatten sie beglückwünscht, sie von oben herab behandelt und ihr Aufträge geben wollen. Ihr Kopf drehte sich wegen der Verrücktheit von allem.

Sie trat zurück von dem letzten Kunstkäufer, der Maltechniken und ihre Motivation für eins der Wutbilder diskutieren wollte und griff nach einem Glas Champagner, um ihren trockenen Hals zu kühlen.

Die Menge kreiste um sie herum und Aislinn konnte mehr als einen diskreten „VERKAUFT" Aufkleber auf den Bildern sehen, die an der Wand aufgereiht waren. Sie konnte es nicht über sich bringen, auf Die Offenbarung zu schauen.

Sie sah etwas Rotes im Augenwinkel und drehte sich, um Fiona zu sehen, die mit roten Mohnblumen in den Armen durch die Menge segelte.

Für einen Moment, nur eine kurze Sekunde, wurde sie von Glück erfüllt, als sie an Baird dachte. Sie schob den Gedanken beiseite und weigerte sich, an ihn zu denken, da der kalte Knoten in ihrem Magen ihre Freude über ihre erste Ausstellung vertreiben würde.

Fiona hielt vor ihr an und lächelte sie an.

„Blumen? Für mich?" Aislinn lächelte und versuchte, sich nicht an den ähnlichen Strauß zu erinnern, den Baird ihr erst gestern gegeben hatte.

„Für Dich", sagte Fiona und als Aislinn gerade im Begriff war, sie zu nehmen, blickte sie hoch und sah durch den Raum.

Für einen Moment stand die Zeit still und sie hätte schwören können, dass sie Baird vor Der Offenbarung stehen sah. Ihr Herz setzte aus und erschrocken hob sie ihren Arm, um dem Sicherheitsdienst zu signalisieren, dass sie ihn entfernen sollten.

Fiona ergriff ihren Arm und zog sie in eine ruhige Ecke. Aislinn versuchte, über ihre Schulter zu schauen, aber die alte Frau sprach mit ihr.

„Da ist eine Karte", sagte Fiona und ihre Worte durchdrangen endlich den Nebel, der Aislinns Kopf einhüllte.

„Oh, was? Oh", sagte Aislinn und sah auf den leuchtenden Blumenstrauß in ihren Armen. Die Blütenblätter waren der Farbe ihres Kleids so ähnlich, dass es schwer war zu sehen, wo eins aufhörte und das andere anfing. Sie tauchte ihre Hände in die Blüten und zog eine kleine Karte aus der Tiefe des Straußes.

Ich glaube an Dich. Kannst Du an uns glauben?

Aislinns Herz zog sich zusammen und Tränen drohten ihr in die Augen zu steigen. Fiona nahm ihren Arm und als ein kleines Prickeln von Energie sie durchlief, wurden Aislinns Augen trocken.

„Normalerweise mache ich das nicht, aber heute Abend sollte es nur Freudentränen geben, mein Kind", sagte Fiona und Aislinn sah sie dankbar an.

„Er ist hier?", hauchte Aislinn.

„Er wird Dich nicht stören. Aber die Frage auf der Karte ist ernst gemeint", sagte Fiona.

„Was? Du bist auf seiner Seite?" Aislinn sah Fiona schockiert mit erhobenen Augenbrauen an.

„Ich bin auf der Seite der Liebe", sagte Fiona leichthin und lächelte sie an.

„Er hat mir weh getan", sagte Aislinn.

„Ja, und das war bestimmt nicht das letzte Mal", sagte Fiona. „Das ist das Problem mit Liebe...mit Emotionen. Es ist kompliziert. Dinge verwickeln sich ineinander, Gefühle werden verletzt und es ist nur wahre Liebe, wenn Du versuchst, die Motivation der anderen Person zu verstehen und bereit bist zu vergeben. Das ist die Art Liebe, die mit der Zeit wächst. Eine währende vergebende Liebe."

„Also Du möchtest, dass ich ihm vergebe?", fragte Aislinn.

Fiona lachte und zeigte auf die Bilder, die über die Wände wüteten.

„Die Antwort musst Du in Dir selbst suchen, meine Liebe. Aber, frag Dich das...warum hast Du ihm nicht gesagt, dass Du ihn liebst? Wovor hast Du Angst?"

Aislinn hielt inne, bereit, sich selbst zu verteidigen und dann ging ihr Blick zu dem Bildertrio auf der anderen Seite des Raums.

„Ich habe Angst, dass er mich nicht lieben oder akzeptieren wird...alles von mir", flüsterte Aislinn.

„Und was passiert, wenn er das nicht tut?"

Aislinn zuckte mit ihren Schultern. „Dann stehe ich wieder auf, male durch mein gebrochenes Herz durch und lasse ihn hinter mir."

„Genau. Die Welt bleibt nicht wegen Dir stehen. Aber was, wenn er Dich…liebt. Alles von Dir?"

Wärme durchlief Aislinn und sie lächelte Fiona an. „Dann öffnet sich die ganze Welt vor mir, ich lebe weiter, aber mit ihm an meiner Seite."

Fiona nickte sie an.

„Genau. Es gibt zwei verschiedene Pfade durch diese Welt. Auf beiden findest Du Deinen Weg. Ein Weg bringt Dir vielleicht nur mehr Freude, das ist alles." Fiona küsste sie auf die Wange. „Es scheint mir, dass Du eine Entscheidung treffen musst."

„Du hast recht. Und ich stehe hier, angeblich verletzt und mit gebrochenem Herzen, dabei habe ich ihm nie gesagt, dass ich ihn liebe. Und er hat alles gemacht, was er konnte, damit diese Ausstellung ein Erfolg wird." Schuld nagte an Aislinn.

Fiona blickte Aislinn streng an. „Ich sage nicht, dass der Mann nicht eine kleine Strafe verdient hat. Ich sage nur, dass Du ein bisschen nachdenken solltest. Oh, und dass ich so unglaublich stolz auf Dich bin. Schau Dir das alles nur mal an." Fiona schweifte ihren Arm über die volle Galerie, die von Kerzenlicht und den Emotionen ihrer Bilder erfüllt war. Aislinn sah kurz, wie ihre Mutter mit Martin flirtete und lächelte. „Es ist unbeschreiblich. Du, meine Liebe, bist eine Kraft, mit der man rechnen muss. Ich habe noch nie so viel Emotion einfach aus Bildern bluten sehen. Ich habe schon eines gekauft und ziehe ein weiteres in Erwägung."

„Fiona! Ich hätte Dir eines gegeben", sagte Aislinn mit offenem Mund.

„Kommt gar nicht in Frage! Ich habe durch den Kauf Deiner Arbeit jahrelang etwas zu erzählen, und ich werde meine Nase hoch in die Luft strecken und damit angeben, dass ich eine berühmte Künstlerin kenne, die in Dublin ausstellt." Fionas Augen glitzerten und Aislinn bückte sich, um die alte Frau an ihre Brust zu drücken, egal, ob die Blumen beschädigt wurden.

„Du weißt, dass Du mich gerettet hast."

„Unsinn. Du hast Dich selbst gerettet. Jetzt denk darüber nach, was ich gesagt habe. Es sind Entscheidungen zu treffen", sagte Fiona und zog ab, um einem Kellner mit einem Tablett Champagner zu folgen.

Aislinn sah auf die Mohnblumen in ihren Armen.

Entscheidungen.

Sie erspähte Martin durch die Menge und ging durch

die Menschen, während sie höflich eine abweisende Hand hochhielt, wenn jemand mit ihr reden wollte. Endlich erreichte sie Martin und zog ihn beiseite.

„Diese Mohnblumen sind fantastisch", sagte Martin begeistert und sah herunter auf ihre Blumen.

„Martin, verkauf Die Offenbarung nicht", flüsterte Aislinn ihm zu.

Ein erschrockener Ausdruck ging über das Gesicht des Mannes.

„Schatz, es tut mir leid, ich habe gerade den Papierkram erledigt."

„Was? Du hast es schon verkauft?"

„Ja, da war eine riesige Schlange von Leuten, die es kaufen wollten. Ich habe es an den Höchstbietenden für einen astronomischen Preis verkauft. Du wirst da einen ganz schönen Reibach machen." Martin lächelte sie an und Aislinn legte ein höfliches Lächeln auf ihr Gesicht, während ihr Herz brach.

Sie drehte sich um, ging zu ihren Bildern und stand vor ihnen, ungeachtet der Menge, die um sie herum wog. Ihr Herz hämmerte in ihrer Brust und sie kämpfte damit zu atmen, als ihr klar wurde, was sie aufgab.

Und die Realisation, dass es mehr war als nur ihre Bilder.

KAPITEL EINUNDVIERZIG

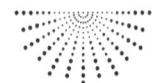

S päter an dem Abend versuchte Aislinn immer noch, sich das blöde Grinsen aus dem Gesicht zu wischen. Die Ausstellung war ein voller Erfolg gewesen und jedes Bild wurde verkauft.

Einschließlich der Offenbarung.

Aislinn schüttelte ihren Kopf und zwang sich, die Panik zu unterdrücken, die durch sie ging bei dem Gedanken, diese Gemälde zu verlieren. Sie würde Martin nerven, bis er ihr den Namen des Käufers gab, und mit dem Erlös der anderen Verkäufe würde sie es zurückkaufen.

Aislinn ging zum Nachtportier am Empfang. Er lächelte sie strahlend an, als sie auf ihren hohen Schuhen in seine Richtung torkelte, etwas beschwipst vom Champagner, den sie beim Essen nach der Ausstellung getrunken hatte.

„Kann ich Ihnen helfen, Miss?"

„Ja, können Sie mir sagen, ob der Herr in Zimmer 338 ausgecheckt hat? Baird Delaney?"

„Einen Augenblick, bitte."

Der Mann schaute auf seinen Computer und lächelte sie dann höflich an.

„Ja, es sieht aus, als hätte er so um 18 Uhr ausgecheckt."

Vor ihrer Ausstellung. Es war am Ende gar nicht Baird gewesen, den sie bei der Ausstellung gesehen hatte.

Aislinn versuchte, die aufgekommene Traurigkeit zu verdrängen.

Sie nickte dankend und ging zu den Aufzügen, um zu Fionas Zimmer zu gehen. Sie hatte ein freies Bett in ihrer Suite und Aislinn hatte zugestimmt, morgen mit Fiona im Zug zurückzufahren. Es würde ihr Zeit geben, sich von der Ausstellung zu erholen, ohne stundenlang mit Leuten im Auto reden zu müssen. Fiona kannte die Macht des Schweigens, um das Herz zu heilen. Aislinn hatte genug von Menschen, von Emotionen, von den Auswirkungen einer besonderen Gabe in einer Menge von Menschen, die alle mit ihr interagieren wollten. Es war definitiv anstrengend, ihre geistigen Schutzschilder aufrechtzuerhalten.

Am nächsten Morgen saß Aislinn in einem Zustand reiner Erschöpfung am Zugfenster angelehnt und beobachtete träge, wie die Landschaft an ihr vorbeisauste.

Sie hatte recht, dachte sie. Sie schlief besser, wenn Baird bei ihr war. Aislinn schaute ins Leere, so dass die Landschaft verschwommen an ihr vorbei huschte und sie versuchte, ihre Gedanken davon zu überzeugen einzuschlafen. Leider funktionierte es nicht. Sie seufzte, kreuzte ihre Arme über ihrer Brust und wiederholte den Refrain, der sie die ganze Nacht gequält hatte.

Warum hatte sie Baird nicht gesagt, dass sie ihn liebte?

Nicht, dass er aus dem Schneider dafür war, dass er sie verletzt hatte, aber – und das war die negative Seite an ihrer Gabe – sie wusste auch, wie er über sie fühlte. *Richtig wusste.* Und in seinem Verhalten waren keine List oder irgendwelche versteckten Motive gewesen an dem Tag, als sie zu seiner Universität gegangen waren. Sie hätte es vorher fühlen können.

Also warum wurde sie so wütend mit ihm, wenn sie wusste – wirklich wusste – dass er ihr keinen Schaden zufügen wollte?

Es war immer noch verletzend, was er gemacht hatte, erinnerte sie sich selbst. Letzte Nacht, als sie sich herumgewälzt hatte, war ihr der wahre Grund deutlich geworden.

Sie hatte Angst, sich zu binden.

Vielleicht, weil sie aus einem kaputten Elternhaus kam. Oder vielleicht war es, weil sie eine Bindung als Verantwortung sah und der größte Teil ihres Lebens als Künstlerin basierte darauf, Verantwortung abzulehnen und ihren eigenen Weg zu gehen. Und sie war am Ende zu dem Schluss gekommen, dass man etwas, vor dem man Angst hatte, trotzdem versuchen sollte. Typischerweise, wenn ihr etwas Angst machte, forderte sie es heraus oder sie sprang mit beiden Füßen hinein. Sie konnte keine Angst davor haben, verletzt zu werden, belehrte Aislinn sich selbst. Man musstc nur die schönen Bilder sehen, die sie in ihrer Wut kreiert hatte. Konnte sie sich wirklich Künstlerin nennen, wenn sie sich weigerte, selbst das volle Spektrum an menschlichen Emotionen zu fühlen, gut und schlecht?

Mit Unbehagen über den Weg, den ihre Gedanken genommen hatten und wissend, dass sie Baird höchstwahrscheinlich zumindest eine kleine Entschuldigung schuldete, seufzte Aislinn wieder.

„Schnaufen und keuchen machen den Zug auch nicht schneller", murmelte Fiona und Aislinn warf ihr ein Grinsen zu.

„Ich bin froh, dass Du mit mir mitgekommen bist, danke", sagte Aislinn.

„Natürlich. Ich kann es nicht erwarten, meine Bilder aufzuhängen, wenn sie kommen."

„Ich hätte Morgan bitten können, dass sie sie mitbringt."

„Unsinn. Und den niedlichen Boten verpassen, der zu meinem Haus kommt? Niemals."

Aislinn kicherte über Fiona. Sie liebte ihre Anwesenheit und genoss den beruhigenden Effekt, den Fiona unausweichlich für sie hatte. Es war leicht, sich in dem Rhythmus des Zugs zu verlieren, das Klicken der Räder gegen die Schienen, die Erschöpfung, die auf ihre Augen drückte. Sie nahm sich vor, dass sie eine Schlaftablette nehmen würde, wenn sie nach Hause kam, einfach mit dem Gesicht nach unten auf ihr Bett zu fallen und sich vor der Welt verstecken würde. Nur für einen Tag.

„Ach, Fiona. Was soll ich nur machen?"

„Male mehr Bilder, werde weltberühmt, lass Morgan Deinen Laden führen." Fiona zuckte mit den Schultern.

„Du weißt, wovon ich rede", sagte Aislinn.

Fiona beugte ihren Kopf und sah Aislinn über ihre Lesebrille hinweg an. „Natürlich und Du glaubst doch nicht, dass ich Dir sagen werde, was Du mit Deinem Liebesleben machen sollst."

Aislinn sah wieder aus dem Fenster, die grüne Land-schaft glitt an ihr vorbei und sie verzog das Gesicht.

„Ich glaube, dass ich ihm eine Entschuldigung schulde."

„Dann entschuldige Dich", sagte Fiona einfach.

„Das klingt so einfach, wenn Du das sagst", protes-tierte Aislinn.

„Das ist es. Niemand fühlt sich jemals schlechter, nachdem er sich entschuldigt hat, weißt Du", kommen-tierte Fiona.

Gegen Fionas Weisheit kam man nur schwer an. „Aber glaubst Du nicht, dass er sich auch bei mir entschuldigen sollte?"

„Ja, das sollte er. Ihr beide solltet es. Also mach es und fertig. Warum Zeit damit verschwenden, unglücklich zu sein?"

„Weil Künstler das so machen, Mensch", lachte Aislinn sie an.

Sie hatte aber recht, dachte Aislinn, als sie sich wieder der Stille hingab. Warum Zeit damit verschwenden, unglücklich zu sein?

KAPITEL ZWEIUNDVIERZIG

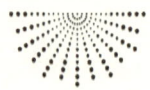

Ihr Geschäft sah leer aus, die Wände der Bilder beraubt. Aislinn schloss die Tür hinter sich, ging hinein und warf ihre Taschen auf ihren Schreibtisch, bevor sie durch den leeren Laden kreiste.

Der Raum spiegelte die Leere wider, die sie innerlich fühlte und ihr wurde klar, wie sehr sie sich daran gewöhnt hatte, Bairds Stimme jeden Tag zu hören. Es war, als ob ein Licht in ihrer Seele ausgegangen war.

Mit einem Kopfschütteln nahm sie ihr Gepäck vom Schreibtisch und rannte die Treppe hoch zu ihrem Schlafzimmer. Alles, was Aislinn wollte, war, eine kleine Weile über nichts nachzudenken und für ein gutes tiefes Nickerchen unter ihre Bettdecke zu schlüpfen.

„Oh ja, das ist genau das, was ich brauche", murmelte sie sich selbst zu, während sie sich bis auf ihr Top und die Unterwäsche auszog und unter die kühlen Laken glitt. Augenblicke später holte die Erschöpfung sie endlich ein und sie schlief ein.

. . .

E IN LAUTES K LOPFEN an der Hintertür weckte sie. Sie setzte sich auf und für einen Moment wusste sie nicht, wo sie war. Das Zimmer war dunkel und als sie ihren Kopf herumriss, erinnerte sie sich, dass sie in ihrem eigenen Bett war.

„Ich komme!", rief Aislinn nach unten und schaltete das Licht an ihrem Bett ein. Sie beugte sich über die Seite des Betts und schnappte sich ihre Jeans. Sie ergriff ein Sweatshirt von einem Kleiderhaken neben ihrem Bett, zog es über ihren Kopf und warf ihre Locken zurück, so dass sie ihren Rücken herunterfielen.

Aislinn tapste die Treppe herunter, öffnete die Tür einen Spalt und schaute in den Hinterhof.

Da war niemand.

„Hallo?", rief Aislinn und trat auf den Treppenabsatz.

Ihr Herz hüpfte und setzte einen Schlag aus, als sie eine einzelne rote Mohnblume auf ihrem Picknicktisch sah. Aislinns Atem stockte und sie trat in den Hof.

„Baird?"

Stille entgegnete ihren Worten und dann sah sie die zweite Mohnblume. Diese lag auf dem Boden ein paar Meter vom Tisch weg. Verwirrt kam Aislinn näher und sah noch eine Mohnblume ein paar Meter entfernt von der zweiten. Sie beugte sich vor, um die ersten zwei aufzuheben, ging weiter zur dritten, bückte sich nach ihr und sah beim Hochsehen die nächste an dem offenen Tor zu ihrem Hof.

Das Tor steht nie offen, dachte sie und eilte hinüber, um es zu schließen, wobei sie auf dem Weg noch eine Mohnblume aufhob.

Als sie ihre Hand auf das glatte Holz des Tors legte, sah sie noch eine Mohnblume ein paar Meter weiter draußen. Aislinn lehnte sich über das Tor, drehte ihren Kopf und sah eine ganze Linie von Mohnblumen, die den Bürgersteig entlang aufgereiht waren und um die Ecke verschwanden.

Ein fast hysterisches Lachen kam aus ihrem Mund und Aislinn rannte den Bürgersteig herunter, sich immer wieder bückend, um die Blumen zu sammeln. Sie folgte ihrem Herz, als sie der Blumenspur nachging, die Baird für sie gelegt hatte. Die Blumen gingen zu dem Bürgersteig vor ihrem Geschäft und als sie den Kopf hob, stellte sie fest, dass sie direkt ins Dorf führten. Sie begann, heftiger zu lachen, als sie sah, dass Leute die Blumen und sie verwirrt anschauten.

Unbeirrt fing sie an zu rennen, hielt immer wieder an, um die Blumen aufzuheben und folgte dem Pfad, den Baird für sie hinterlassen hatte runter zum Hafen, an Flynns Restaurant vorbei, bis sie die letzte Blume fand. Keuchend sah sie sich nach der nächsten Blume oder nach einem Hinweis um.

Aislinn drehte sich mit ihren Armen voller Blumen im Kreis und dann sah sie es.

Wie ein Schlag in die Magengrube wurde sie von Liebe überwältigt. Sie weinte in die Blumen hinein, war so glücklich und wollte verzweifelt Baird sehen.

Über ihr, in den Fenstern von Bairds Wohnung,

standen ihre Bilder mit der Vorderseite nach außen und von unten beleuchtet.

Die Offenbarung.

Sie sahen fantastisch aus in den Fenstern, wo das Licht mit den Wellen spielte, die das Bild verwüsteten und gleichzeitig liebten. Er hatte sie gekauft. Baird war der Käufer gewesen. Aislinns Atem kam stoßweise aus ihr und sie versuchte, sich mit ihren Armen voller Blumen die Tränen aus ihrem Gesicht zu wischen.

„Ich verstehe es jetzt", sagte Bairds Stimme hinter ihr und Aislinn erstarrte. Sie drehte sich um, ihr Herz voller Hoffnung.

„Das Leuchten?" Baird zeigte auf das Bild. Er sah müde aus, genauso kaputt und verwuschelt wie sie wahrscheinlich aussah, dachte Aislinn. Sie wollte zu ihm rennen und ihn umarmen, aber sie spürte, dass er seine Worte loswerden musste.

„Ja?"

„Es ist wahre Liebe, oder? Die Bucht leuchtet für wahre Liebe."

Aislinns Augen füllten sich wieder mit Tränen und sie blinzelte dagegen an. Baird verwandelte sich in ein verschwommenes Bild aus Farbe und Form.

„Ich glaube an Dich, Aislinn. Ich glaube an uns. Aber ich muss Dich fragen: tust Du es auch?"

Aislinn schluchzte und nickte. „Das tue ich. Ich glaube, ich habe es erst richtig realisiert, als ich dieses Bild gemalt habe. Und selbst dann war es erst, als es weg war, dass es mir klar wurde. Ich habe meine Emotionen gemalt, ohne sie wirklich sehen zu können."

„Aber Du wusstest es...oder? Was die leuchtende Bucht bedeutet?"

„Ich wusste es. Ich wollte es nicht glauben. Ich war noch nicht bereit dafür", flüsterte Aislinn. Ihr ganzer Körper zitterte und sie fühlte sich furchtbar, weil sie Baird nicht gesagt hatte, was sie fühlte.

„Bist Du jetzt bereit?"

„Das bin ich, oh, Baird, es tut mir so leid. Ich hätte wissen müssen, dass Du mich nicht so verletzen würdest", sage Aislinn und stürzte zu ihm. Sie wollte vor Freude schreien, als seine Arme sich um sie legten und die Blumen zwischen ihnen zerdrückten.

„Ich hätte Matthew niemals diese E-Mail schicken sollen. Es war eine Lektion darin, dass man nicht alle Antworten sofort haben muss. Wenn ich einfach gewartet hätte, hätte ich alle die Antworten bekommen, die ich brauchte."

Aislinn blinzelte ihn unter Tränen an und Wärme breitete sich in ihr aus, als er den sanftesten Kuss auf ihre Lippen legte.

„Kannst Du sehen, wie ich mich fühle? Kannst Du es?", fragte Aislinn und zog seine Hand zu sich, um ihr Herz unter den Blumen zu spüren.

Baird lachte sie an. „Die Offenbarung hat mir alles erzählt, was ich brauchte. Sehr guter Name, übrigens." Er zwinkerte ihr zu und dann wurde sein Gesicht ernst. „Fühl mich, Ash. Mach es einfach."

Aislinn ließ ihre geistigen Schilder fallen und seine Liebe wusch über sie, eine pure frische Liebe, die sich mit der Zeit ändern und stärker werden würde. Die Art von

Liebe, die ein Fundament bildet und über Jahre halten würde.

Die perfekte Art.

„Ich liebe Dich", flüsterte Aislinn gegen seinen Mund.

„Ja, ich weiß", lachte Baird sie an und Aislinn fühlte, wie ihr Herz voller wurde.

„Ich muss dieses Bild von Dir zurückkaufen", sagte Aislinn und machte ein ernstes Gesicht.

„Darüber reden wir noch."

EPILOG

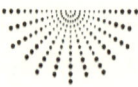

Aislinn lachte, als Morgan einen Kunden belehrte, dass er die Bilder nicht anfassen sollte. Das Mädchen hatte sich im Geschäft als unersetzlich herausgestellt und Aislinns Karriere als Künstlerin florierte.

Nach der Ausstellung war die Nachfrage nach ihren Gemälden so groß geworden, dass sie zugestimmt hatte, Drucke ihrer Arbeit bei Red on Green Gallery zu lizensieren. Die Drucke waren erfolgreich und wurden jetzt in der ganzen Welt verkauft. Sie hatte in einem Monat mehr Geld verdient als in den letzten fünf Jahren. Ausnahmsweise war Aislinn klug und hortete ihr Geld. Ihr Traum war, ihre Wohnung in ein Studio umzuwandeln und in der Nähe etwas zu kaufen.

Oder sogar mit Baird zusammenzuziehen, dachte sie, während sie durch eine Mappe mit Schwarzweißfotos ging, die sie einrahmen musste. Die Beziehung hatte sich in eine vollwertige Partnerschaft entwickelt und sie verbrachten ihre Tage damit, Geschäftliches zu diskutieren, sich zu lieben und darüber zu streiten, für wieviel

Geld Baird ihr Die Offenbarung wieder zurück verkaufen würde.

Er blieb immer noch standhaft, dachte sie verschnupft, obwohl es ihr heimlich gefiel, dass er die Bilder behalten wollte.

„Ash, komm mal hier raus", rief Baird aus dem Innenhof.

„Bin gleich wieder da", rief Aislinn Morgan zu.

Sie trat in den Sonnenschein, aber die Luft hatte sich etwas abgekühlt. Baird sah in seinem karierten Hemd und dunklen Jeans aus wie Dr. Lecker, wie Cait ihn immer noch nannte. Er trug immer noch die Brille und Aislinn tat ihr Bestes, bei jeder Gelegenheit seine perfekten Haare durcheinander zu bringen.

„Hi", sagte Aislinn und strahlte ihn an.

„Selber hi", sagte Baird und berührte ihre Nase mit einem Umschlag, den er hielt. „Kommst Du für einen kleinen Spaziergang mit mir mit?"

„Klar", sagte Aislinn und schob ihre Hand in seine. Er zog sie aus dem Hof und über die Straße zu dem Haus neben ihrem Laden. Er hielt plötzlich an, drehte sich zur Haustür und hob seine Hand, um anzuklopfen.

„Baird, die Murphys sind vor einem Monat ausgezogen", sagte Aislinn und zog an seinem Arm, um ihn vom Klopfen abzuhalten.

Baird drehte sich um, lächelte sie an und öffnete seine Handfläche, um ihr einen Schlüssel zu zeigen. Verwirrt legte Aislinn ihren Kopf schief, als er den Schlüssel in das Schloss schob und die leuchtend rote Tür aufmachte.

„Komm", sagte Baird.

„Dürfen wir hier drin sein?", flüsterte Aislinn. Sie wollte keinen Ärger bekommen.

„Ja", sagte Baird einfach und führte sie durch einen kleinen Flur, hinter dem sich das Erdgeschoss in einen einzigen Raum mit Küche öffnete. Aislinns Kinnlade fiel nach unten.

„Was ist denn hier passiert? Hier waren vorher eine Menge kleinerer Zimmer."

„Ja, ich habe es geöffnet", sagte Baird einfach und Aislinn drehte sich verwirrt zu ihm um.

Mit offenem Mund sah sie, was hinter ihm stand.

„Die Offenbarung", hauchte Aislinn.

Die Bilder hingen an einer langen cremeweißen Ziegelsteinmauer, die aussah, als wäre sie dafür gemacht, so perfekt passten sie. Aislinn riss ihren Kopf herum zu Baird.

„Ich verstehe nicht. Mietest Du das hier?"

Baird gab ihr den Umschlag. Aislinn öffnete ihn und entfaltete das Papier. Es war eine Kopie der Besitzurkunde mit Bairds Namen.

„Du hast es gekauft?", sagte Aislinn. Ihre Stimme ging hoch zu einem Kreischen.

„Für uns, wenn Du mit mir zusammenziehen möchtest."

Aislinns Kinnlade fiel nach unten und ihre Kehle wurde für eine Sekunde trocken.

Als sie schweigte, begann Baird zu stottern. „Guck mal, ich habe gedacht, Du würdest diesen offenen Platz mögen und dass Du die Wohnung in Deinem anderen Haus als Studio benutzen kannst. Oben sind ein paar Schlaf-zimmer und es gibt einen schönen kleinen Hof. Und Du hast einen ganz einfachen Arbeitsweg." Baird zuckte mit seinen Schultern und stieß ein „uff!" aus, als Aislinn an ihm hochsprang und ihre Beine um seine Taille legte.

„Du hast mir ein Haus gekauft?"

„Uns, ich habe uns ein Haus gekauft", stellte Baird mit einem Lächeln klar.

„Es ist perfekt", hauchte Aislinn gegen seine Lippen und Baird lachte.

„Gottseidank, weil ich nicht glaube, dass ich es zurückgeben kann."

KAPITEL 1 - WILDE IRISCHE REBELLIN

„Stopp!" Morgan McKenzie wachte mit einem Schrei auf. Ihre Kehle brannte und sie fasste nach Luft ringend an ihre Brust. Der Beginn einer Panikattacke brannte in ihrem Magen und sie kämpfte damit, sich zu orientieren.

„Oh nein." Morgan riss ihren Kopf hoch und

versuchte, ihre Gedanken von der Panikattacke weg zu dem dringenderen Problem zu lenken.

Nämlich, dass das gesamte Inventar ihres kleinen Studioapartments um sie herum in der Luft hing.

Einschließlich ihres Betts.

„Okay, atme, konzentrier dich", befahl Morgan sich selbst, während sie verzweifelt versuchte, die Objekte, die um sie herumschwebten, herunterzubringen. Sie besaß nicht viel in dieser Welt und was sie hatte, war ihr wichtig. Wenn Morgan wegen eines wiederkehrenden Albtraums, den sie hatte, ihre Lampe zerbrach, müsste sie mindestens eine Woche arbeiten, um eine neue bezahlen zu können.

Morgan atmete erleichtert aus, als sich ihr Nachttisch und die Lampe wieder auf dem Boden befanden. Aber ihr Bett herunterzubringen, ohne die Nachbarn unter ihr mit einem lauten Bums zu wecken, war etwas anderes und sie zählte im Kopf bis zehn, um sich zur Konzentration zu zwingen, bevor sie das Bett vorsichtig wieder auf dem Boden absetzte.

„Oh, das muss einfach aufhören", murmelte Morgan sich selbst zu, während sie sich aus dem Bett rollte und zu der kleinen Küchenzeile in der Ecke ging.

Die Wohnung war winzig und knapp innerhalb ihres Budgets, aber das war Morgan egal. Es war eigentlich nicht mehr als ein großes Zimmer im dritten Stock eines kleinen Apartmenthauses am Stadtrand. Aber die abgenutzten Holzböden und geschwungenen Glasfenster hatten Morgan gefallen, und die hohen Decken mit den hervorstehenden Balken ließen den Raum größer erscheinen, als er war. Mit Hilfe ihrer Chefin Aislinn hatte sie es geschafft, ein Doppelbett, ein zweisitziges Sofa und einen Tisch mit zwei Stühlen in das Zimmer zu bekommen. Drucke von Aislinns stimmungsvollen Meereslandschaften hingen an der Backsteinwand und brachten Farbe und Bewegung in den Raum. Morgan hatte eine innerliche Genugtuung empfunden, als sie für das Bett eine Steppdecke in zartgrünen Meerschaumtönen mit passenden Handtüchern für das kleine Badezimmer, das neben der Küche versteckt war, gekauft hatte.

Es war nicht viel, aber es war ihr Zuhause.

Abgesehen von ihrem Transporter war es das Erste, das Morgan ihr Eigen nennen konnte. Nachdem sie jahrelang von einer Pflegefamilie in die nächste geschickt wurde, hatte Morgan eine natürliche Aversion dagegen, Wurzeln zu fassen. Bis sie nach Grace's Cove gekommen war und das erste Mal in ihrem Leben in der Lage war, Freundschaften zu bilden.

Und sie hatte Leute gefunden, die ähnliche Gaben hatten wie sie selbst.

Es war nicht einfach gewesen für sie...ohne Familie aufzuwachsen, damit zu kämpfen, ihre anderweltliche Fähigkeit zu verstehen, die scheinbar von allein agierte. Es war so schlimm geworden, dass die Nonnen regelmäßig versucht hatten, ihr die Dämonen auszutreiben.

Morgan schüttelte sich, als sie den Kaffee für ihre French Press abmaß.

So viel dazu, tiefverwurzelte Unsicherheiten anerzogen zu bekommen, dachte sie. Morgan hasste die Träume, die sie zwangen, diese Zeit in ihrem Leben wiederaufleben zu lassen. Die Nonnen waren überzeugt gewesen, dass sie in Gottes Namen handelten. Erst Baird, Aislinns Mann und ortsansässiger Psychiater, hatte ihr klargemacht, dass es

Kindesmisshandlung war, ans Bett gebunden zu werden und stundenlang zu beten.

Baird. Morgan atmete erleichtert aus, als sie an ihren sanftmütigen Psychiater und Freund dachte. Er hatte ihr die Sitzungen auf Bitte seiner Frau, und Morgans Chefin, Aislinn, umsonst angeboten. Ihre Augen füllten sich mit Tränen, wenn sie nur daran dachte, wie viel die beiden ihr in so kurzer Zeit geholfen hatten. Morgan war ziemlich sicher, dass sie einfach sterben würde, sollte sie sie jemals enttäuschen.

Und es waren nicht nur Baird und Aislinn, die ihr geholfen hatten, dachte Morgan, während sie ungeduldig darauf wartete, dass ihr Kaffee fertig wurde. Flynn hatte es riskiert, sie anzustellen, um auf seinen Fischerbooten mit ihm zu arbeiten. Seine Frau Keelin machte sich einen Namen als Heilerin und sie hatte Morgan dazu gedrängt, Zeit mit ihrer Großmutter zu verbringen, der größten Heilerin in ganz Irland, Fiona. Morgans Kopfhaut juckte, wenn sie darüber nachdachte, Fiona zu treffen. Sie hatte ihre besonderen Fähigkeiten so lange versucht zu verstecken, dass es ihr vorkam, als würde sie ein Pflaster von einer Wunde reißen, wenn sie zu Fiona ging. Sie war einfach noch nicht bereit für diesen Schritt.

Und dann waren da Cait und Shane. Cait war eine herrische Pubbesitzerin, jetzt hochschwanger, die sich in Morgans Leben eingeschlichen und angefangen hatte, sie herumzukommandieren, als hätte sie Morgan schon immer gekannt. Obwohl Morgan sich ab und zu symbolisch dagegen wehrte, liebte sie es insgeheim, dass jemand sie genug mochte, um sie herumzuscheuchen. Caits Mann Shane hatte ihr diese Wohnung verschafft und Morgan war ziemlich sicher, dass er ihr den Familienrabatt gab. Eine Schuld, die sie mit einem Jahr gratis babysitten zurückzahlen würde, wenn das Baby geboren war.

Morgans Gedanken kreisten zurück zu Aislinns Galerie, Wilde Seele. Sie hatte etwas riskiert an dem Tag, als sie ihre Kräfte genutzt hatte, um ein Bild davon abzuhalten, von der Wand zu fallen. Es war ein so schönes Stück gewesen, dass Morgan instinktiv reagiert hatte. Aislinn hatte mitbekommen, wie Morgan ihre Kraft nutzte, um das Bild zu retten und statt sie aus der Stadt zu jagen, hatte sie Morgan angestellt und war ihre Mentorin geworden.

Morgan wusste nicht, wem sie für die glückliche Wendung, die ihr Leben genommen hatte, danken sollte, aber etwas hatte sie in Richtung Grace's Cove geschubst. Eine kleine Stadt zu finden voll mit Leuten, die ähnliche Gaben hatten wie sie, war das beste gewesen, was ihr je passiert war.

Der Duft des Kaffees kitzelte in Morgans Nase und zog sie aus ihren Gedanken heraus. Morgan seufzte erleichtert auf, als sie nach ihrem einzigen Kaffeebecher griff, ein abgelehntes Töpferexperiment, das Aislinn zu hässlich für den Verkauf fand. Morgan liebte die überlappende Glasur in Creme und Türkis und hatte darauf bestanden, ihn mit nach Hause zu nehmen. Jeden Morgen, wenn sie daraus trank, erinnerte es sie daran, wie weit sie gekommen war.

Und genau wieviel sie zu verlieren hatte.

Morgan ließ ihren Blick durch den Raum schweifen, um sicherzugehen, dass während ihres Albtraums nichts zerbrochen war. Sie hatte noch nicht herausgefunden, wie sie ihre Kraft im Schlaf kontrollieren konnte, speziell während ihrer Albträume. Es war einer der Hauptgründe, warum sie keine Verabredungen hatte und nie im Haus eines Mannes schlief.

Sie konnte sich das Gesicht eines Mannes nur vorstellen, wenn er aufwachte und einen Schreibtisch über ihnen schweben sah. Er würde schreiend in die Nacht laufen.

Morgan schüttelte ihren Kopf und nahm einen Schluck Kaffee. „Lass es einfach sein", befahl sie sich selbst. Diese Albträume machten sie immer melancholisch und brachten sie zurück zu der Zeit, als sie ans Bett gebunden war, während der Priester sie auf lateinisch anschrie. Sie sollte das bei Baird irgendwann mal erwähnen.

Nach einem Blick auf die Uhr merkte Morgan, dass sie sich viel zu lange in ihren Gedanken verloren hatte. Sie huschte ins Badezimmer, sah in den winzigen Spiegel und schnitt ihrem Spiegelbild eine Grimasse. Dunkle Ringe lagen unter Augen, die sich nicht entscheiden konnten, ob sie blau oder grün waren, und ihre Haut sah blass aus. Sie kniff sich in ihre Wangen für ein bisschen Farbe und flocht ihre langen dunklen Haare in einen Zopf, bevor sie sie zu einem Knoten band. Sie zog sich aus, trat in die Dusche und wusch sich schnell, während sie große Schlucke von dem Kaffeebecher nahm, den sie auf die Ablage gestellt hatte. Sie wünschte, sie könnte noch eine Weile länger unter dem warmen Strahl stehen und die Knoten in ihrem Nacken massieren, die von einer unruhigen Nacht kamen. Stattdessen trocknete sie sich eilig ab, putzte ihre Zähne und sah kaum in den Spiegel, bevor sie ihren Kaffee schnappte.

Morgan benutzte selten Makeup. Was für einen Sinn hatte es? Sie arbeitete auf einem Fischerboot und hatte keine Verabredungen, also hatte sie wenig Bedarf dafür.

Morgan zog sich schnell ein einfaches T-Shirt und eine wasserdichte Anglerlatzhose an und steckte ihre Füße in Schuhe mit Gummisohlen. Mit einem letzten Blick auf die Uhr ergriff sie einen Apfel und ein Erdnussbutterbrot aus dem Kühlschrank und verließ ihre winzige Wohnung.

Morgan versuchte, die abgetretenen Holztreppen, die in die Eingangshalle ihres Apartmentgebäudes führten, leise herunterzugehen. Es war gerade mal 4.30 Uhr morgens und sie hatte den Verdacht, dass die anderen Mieter es ihr übelnehmen würden, wenn sie sie zu dieser Stunde aufweckte.

Frische Morgenluft kam ihr entgegen, als sie auf die Straße trat. Grace's Cove war nach der atemberaubenden Bucht benannt, die in den Kliffen außerhalb der Kleinstadt versteckt war. Es war eine allgemein akzeptierte Tatsache im Ort, dass Grace O'Malley, Irlands berüchtigte Piraten-königin, die Bucht als ihre letzte Ruhestätte ausgewählt hatte.

Und dadurch beschützte sie die Bucht mit mächtiger Magie. Die meisten Einwohner von Grace's Cove sprachen nicht über die Magie, die in der Bucht zu finden war; statt-dessen hielten sie sich weit weg von diesem verzauberten Wasser, da sie wussten, dass ihnen dort Schaden zustoßen würde. Tausende strömten aus ganz Irland in die Stadt und dachten, sie wären diejenigen, die sich endlich in die Bucht wagen und den vermeintlichen Schatz finden würden, den Grace dort vergraben hatte. Die Regierung musste am Ende Schilder aufstellen, die vor der mächtigen Strömung warnten und Leuten aus Sicherheitsgründen untersagten hineinzugehen.

Zu viele Leben waren hier verloren worden.

Und doch schien die Bucht ihre eigenen zu akzeptie-
ren, dachte Morgan, als sie die stille Straße hinuntereilte.
Nur in der Bäckerei waren ein schummriges Licht und
Bewegung zu sehen. Häuser und Läden drängten sich an
den überladenen Straßen, die alle zum Hafen hinunterführ-
ten. Es war normal, unter den Geschäften einzigartige
Plätzchen zu finden, so wie der Laden, der tagsüber als
Eisenwarenhandlung diente und nachts als kleiner Pub.
Die Leute in Grace's Cove waren einfallsreich.

Und sie waren nicht zurückhaltend, wenn es darum
ging, eine Gelegenheit zu nutzen. Es kamen genauso viele
Menschen nach Grace's Cove, um die verwunschene
Bucht zu sehen, wie um die malerische kleine Stadt zu
genießen, die atemberaubende Blicke auf das Wasser bot.
Pubs, Restaurants und Gästehäuser machten hier im
Sommer einen Reibach.

Die Wintermonate waren die mageren Zeiten. Morgan
schnupperte die Luft und war froh zu riechen, dass die
Kälte des Winters sich auflöste und die Milde des Früh-
lings heranrollte. Auf dem Fischerboot zu arbeiten war
während der Wintermonate besonders grausig gewesen,
aber Morgan war entschlossen gewesen, es durchzustehen,
was ihr wiederum den zurückhaltenden Respekt der
anderen Mitglieder von Flynns Crew gewonnen hatte.

Als Morgan die Docks erreichte, ging sie hinunter zu
Flynns Pier, wo ein kleineres Fischerboot angebunden war.

Heute war ein Buchttag, dachte Morgan und lächelte
glücklich.

Morgan war die Einzige, die Flynn mit in die Bucht
nehmen konnte. Es war der Ort, an dem er den besten
Fisch und Hummer finden konnte, um seine Restaurants in

ganz Irland zu versorgen. Fisch, der hier gefangen wurde, brachte einen hohen Preis.

Es war eine Ehre, auf diesen Fahrten mitkommen zu dürfen, dachte Morgan und winkte Flynn mit einer Hand zu, als sie zum Bug des Boots kam.

„Buchttag?"

„Ja", sagte Flynn.

Buch 4 - Wilde irische Rebellin

NACHWORT

Irland hat einen besonderen Platz in meinem Herzen – es ist ein Land der Träumer und für Träumer. Es gibt nichts Schöneres, als es sich in einer Kneipe am Kaminfeuer gemütlich zu machen und einer Musiksession zuzuhören oder eine Tasse Tee zu trinken, während der Regen vor dem Fenster die Sicht vernebelt. Ich werde für immer von diesen felsigen Ufern verzaubert sein und hoffe, dass Ihnen das Lesen dieser Serie genauso viel Spaß macht, wie ich es genossen habe, sie zu schreiben. Danke, dass Sie an meiner Welt teilnehmen.

Ich bin überglücklich, dass meine Geschichten ins Deutsche übersetzt werden. Die Übersetzungen meiner Romane nehmen ein bisschen Zeit in Anspruch. Melden Sie sich also für meinen Newsletter an, um zu erfahren, wann das nächste Buch erscheint.

http://eepurl.com/hLxHBz

Ich hoffe, meine Bücher haben in Ihrem Leben ein wenig Zauber hinterlassen. Wenn Sie einen Moment Zeit haben, um mir davon etwas zurückzugeben, würde ich mich freuen, wenn Sie Ihren Freunden davon erzählen und eine Bewertung hinterlassen. Mundpropaganda ist die wirkungsvollste Methode, um meine Geschichten zu teilen. Danke schön.

GEHEIMNISVOLLE BUCHT

*Jetzt verfügbar

DIE INSEL DES SCHICKSALS

Buch 1 - Das Lied des Steins

Buch 2 - Das Lied des Schwerts

Buch 3 - Das Lied des Speers

Buch 4 - Das Lied des Schatzkessels

———

Jetzt verfügbar

Eine komplette Serie mit vier Romanen von

Tricia O'Malley

"Ein tolles Buch, es greift irische Mythen auf und verbindet diese mit einem spannenden undgefühlvollen Roman. Ich freue mich schon auf das nächste Buch dieser Serie" - Amazon Review

BÜCHER VON TRICIA O'MALLEY

STAND ALONE NOVELS

Ms. Bitch

"Ms. Bitch is sunshine in a book! An uplifting story of fighting your way through heartbreak and making your own version of happily-ever-after."

~Ann Charles, USA Today Bestselling Author

Starting Over Scottish

Grumpy. Meet Sunshine.

She's American. He's Scottish. She's looking for a fresh start. He's returning to rediscover his roots.

One Way Ticket

A funny and captivating beach read where booking a one-way ticket to paradise means starting over, letting go, and taking a chance on love…one more time

10 out of 10 - The BookLife Prize

Pencraft Book of the year 2021

DANKSAGUNG

Ein tief empfundenes und herzliches Dankeschön geht an diejenigen in meinem Leben, die mich kontinuierlich auf diesem wunderbaren Weg als Autorin unterstützt haben. Manchmal kann dieser Job sehr stressig sein, daher ich bin dankbar für meine Freunde, die immer ein offenes Ohr haben und mir durch die kniffligeren Momente der Selbstzweifel helfen. Ein ganz besonderer Dank geht an The Scotsman, der an erster Stelle mein großartigster Unterstützer ist und es immer schafft, mich zum Lächeln zu bringen. Ein weiterer besonderer Dank geht an Ulrike Bartz und Annette Glahn für die Hilfe bei der Übersetzung dieses Buches. Ihre Liebe zum Detail und ihre sorgfältige Arbeit haben mein Buch zum Leben erweckt - danke!

Jedes Buch, das ich schreibe, ist ein Teil von mir und ich hoffe, dass Sie die Liebe spüren, die ich in meine Geschichten stecke. Ohne meine Leser bedeutet meine Arbeit nichts, und ich bin dankbar, dass Sie bereit sind, Ihre wertvolle Zeit mit den Welten zu teilen, die ich erschaffe. Ich hoffe, jedes Buch zaubert Ihnen ein Lächeln ins Gesicht und lässt Sie für einen Moment dem Alltag entfliehen.

Slainté, Tricia O'Malley